奥斯卡
经典文库

[013]

Oscar Short Set II

奥斯卡经典短篇集 II

(英)詹姆斯·希尔顿 (美)瓦伦蒂娜·戴维斯 (英)彼得·乔治●著

马竞 柏杨●译　何亮●丛书主编

首都师范大学出版社
CAPITAL NORMAL UNIVERSITY PRESS

图书在版编目(CIP)数据

奥斯卡经典短篇集 .2/(英)希尔顿，(美)戴维斯，(英)乔治著；马竞，柏杨译. —北京：首都师范大学出版社，2015.2

(奥斯卡经典文库)

ISBN 978-7-5656-2078-2

Ⅰ.①奥… Ⅱ.①希… ②戴… ③乔… ④马… ⑤柏… Ⅲ.①短篇小说—小说集—世界 Ⅳ.①I14

中国版本图书馆 CIP 数据核字(2014)第 207928 号

AOSIKA JINGDIAN DUANPIANJI Ⅱ

奥斯卡经典短篇集Ⅱ

(英)詹姆斯·希尔顿 (美)瓦伦蒂娜·戴维斯 (英)彼得·乔治 著 马竞 柏杨 译

责任编辑 刘志勇

首都师范大学出版社出版发行

地 址 北京西三环北路 105 号

邮 编 100048

电 话 68418523(总编室) 68982468(发行部)

网 址 www.cnupn.com.cn

北京集惠印刷有限责任公司印刷

全国新华书店发行

版 次 2015 年 3 月第 1 版

印 次 2015 年 3 月第 1 次印刷

开 本 880mm×1230mm 1/32

印 张 11.25 插页 4

字 数 248 千

定 价 32.00 元

《万世师表》剧照

《死亡诗社》剧照，其灵感源于《万世师表》

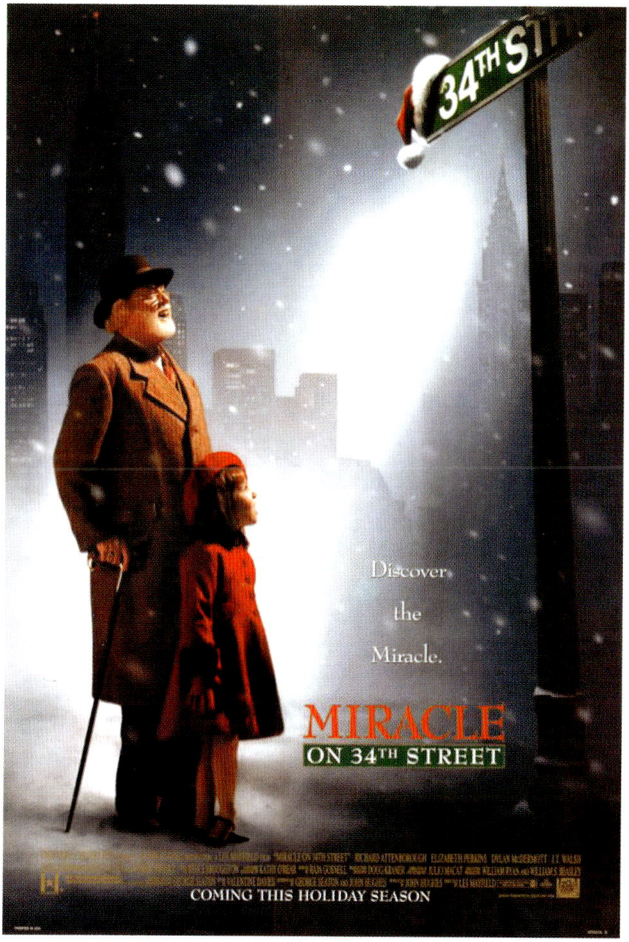
34TH ST
Discover
the
Miracle.
MIRACLE
ON 34TH STREET
COMING THIS HOLIDAY SEASON

《梦幻街 34 号》海报

《奇爱博士》剧照

总序：电影的文学性决定其艺术性

不是每个人都拥有将文字转换成影像的能力，曾有人将剧作者分成两类：一种是“通过他的文字，读剧本的人看到戏在演。”还有一种是“自己写时头脑里不演，别人读时也看不到戏——那样的剧本实是字冢。”为什么会这样，有一类人在忙于经营文字的表面，而另一类人深谙禅宗里的一句偈“指月亮的手不是月亮”。他们尽量在通过文字（指月亮的手），让你看到戏（月亮）。

小说对文字的经营，更多的是让你在阅读时，内视里不断地上演着你想象中的那故事的场景和人物，并不断地唤起你对故事情节进程的判断，这种想象着的判断被印证或被否定是小说吸引你的一个重要原因，也是作者能够邀你进入到他的文字中与你博弈的门径。当读者的判断踩空了时，他会期待着你有什么高明的华彩乐段来说服他，打动他，让他兴奋，赞美。现实主义的小说是这样，先锋的小说也是这样，准确的新鲜感，什么时候都是迷人的。

有一种说法是天下的故事已经讲完了，现代人要做的是改变讲故事的方式，而方式是常换常新的。我曾经在北欧的某个剧场看过一版把国家变成公司，穿着现代西服演的《哈姆莱特》，也看过骑摩托车版的电影《罗密欧与朱丽叶》，当然还有变成《狮子王》的动画片。总之，除了不断地改变方式外，文学经典的另一个特征，是它像一个肥沃的营养基地一样，永远在滋养着戏剧，影视，舞蹈，甚至是音乐。

我没有做过统计，是不是20世纪以传世的文学作品改编成电影的比例比当下要多，如果这样的比较不好得出有意义的结论的话，我想换一种说法——是不是更具文学性的影片会穿越时间，走得更远，占领的时间更长。你可能会反问，真是电影的文学性决定了它的经典性吗？我认为是这样。当商业片越来越与这个炫彩的时代相契合时，“剧场效果”这个词对电影来说，变得至关重要。曾有一段时期认为所谓的剧场效果就是“声光电”的科技组合，其实你看看更多的卖座影片，就会发现没那么简单。我们发现了如果两百个人在剧场同时大笑时，也是剧场效果（他一个人在家看时可能不会那么被感染）：精彩的表演和台词也是剧场效果；最终“剧场效果”一定会归到“文学性”上来，因为最终你会发现最大的剧场效果是人心，是那种心心相印，然而这却是那些失去“文学性”的电影无法达到的境界。

《奥斯卡经典文库》将改编成电影的原著，如此大量地集中展示给读者，同时请一些业内人士做有效的解读，这不仅是一个大工程，也是一件有意义的事。从文字到影像；从借助个人想象的阅读，到具体化的明确的立体呈现；从繁复的枝蔓的叙说，到“滴水映太阳”的以小见大；各种各样的改编方式，在进行一些细致的分析后，不仅会得到改编写作的收益，对剧本原创也是极有帮助的，是件好事。

——资深编剧　邹静之

主编的话：跟随文学人物走进各种各样的命运险境

能参与《奥斯卡经典文库》丛书的编辑工作，我感到特别的荣幸和高兴。说实话，这套丛书的编辑过程不仅给我，也给我们整个编辑团队带来了莫大的兴奋感。

兴奋之一：这是国内首次以大型丛书的形式出版经典电影的文学原著，这无疑是奉献给广大读者的一场阅读盛宴，我们相信无论何种口味的读者，都会从这套丛书里找到自己的最爱，甚至找到陪伴自己一生的精神伴侣。

兴奋之二：我们选择的书目全部是奥斯卡奖得奖或者提名的电影原著。奥斯卡本身就是全球最值得大众信赖的品牌之一，在奥斯卡异常严格的选拔标准下，这一批电影原著小说的艺术质量，还有部分原著是第一次出中文版本，我们之前也并未读过，但读过之后，深为震撼——世界一流的小说确实能带给人直击心灵而又妙不可言的独特感受。

兴奋之三：这套丛书让我们重新认识了文学原著和电影作品之间的互动关系。有的作品我们只看过小说，没有看过电影；而有的作品我们只看过电影，没有看过小说（后一种情况更多一些）。于是在编辑的过程中，我们重新补课，将同一故事的两种艺术形式尽量都补看完整。补完课才发现，文学与电影之间的关系真是太有趣了——电影或者因为时长所限、或者因为视听特性的发扬、或者因为求新求变，通常都要对原来的文学作品做出取舍和改动，电影编剧和导演如何取舍如何改动，背后其实都隐藏着电影创作者的深入思考。而很多文学名著又被不同的电影创作者多次改编，这些不同的电影版本所体现出来的电影创作者的不同趣味、不同表达以及独特个性，每每让我们生发出一种“又发现了一片新大陆”的感觉。我们作为读者和观众，往往会为哪一个电影版本改得更好而争论得面红耳赤——而对于那些两种艺术形式都没看过的朋友来说，我个人的建议，最好先读小说，充分展开自己的想象世界之后，再去看电影，收获绝对不一样。

兴奋之四：比起编剧和导演对文学作品的改编，演员、明星们对文学人物的演绎无疑更能引起大家的好奇和关注，在看完小说之后，带着悠闲而挑剔的眼光，再去评论、比较电影里的明星的表现，甚至去评论、比较不同版本的明星的表现，这给我们带来了数不清的快乐时光。

因为部分原著小说和电影也是我们第一次接触，以上所呈现的，都是我们在编辑过程中非常真实的感受。我们也非常期望我们的工作能带给广大读者同样的兴奋和快乐。《奥斯卡经典文库》为您精心挑选的这些非常优秀的原著小说，完全值得您腾出一点业余时间，全身心投入其中，跟随着那些精彩的文学人物走进各种各样的命运险境，去迎接那些意想不到的感动和震撼。

——北影老师　何亮

目　录

Goodbye, Mr. chips

万世师表

导读：克己复礼，万世师表

《万世师表》是英国畅销书作家詹姆斯·希尔顿的代表作之一，书中虚构了一所名为布鲁克菲尔德的英国公立寄宿学校，作者用散文般行云流水的笔触描绘了拉丁文老师奇普思先生受人爱戴的一生：从青年时的笨拙木讷，到中年丧妻之痛的沉郁低徊，再到老年时的慈祥和蔼，虽然默默无闻却桃李满天下。小说节奏舒缓，语言清淡优雅，哀而不伤，人物形象丰满，并从侧面展现了英国从 19 世纪至第一次世界大战结束期间所经历的一系列社会变迁，字里行间流露出被战争扰乱了宁静与秩序的英国民众对维多利亚女王时期安定繁荣生活的怀念，却也不乏对新生活的向往。

1939 年根据小说改编的电影获得第 12 届奥斯卡金像奖 7 项提名，并最终击败《乱世佳人》，赢得奥斯卡最佳男主角奖。到了 1969 年，小说再次被搬上大银幕，获得第 42 届奥斯卡 2 项提名。2002 年英国再次翻拍该小说，依旧深受观众喜爱。而著名的《死亡诗社》中的教师形象也是来源于《万世师表》。

除此之外，希尔顿的另一部长篇小说《消失的地平线》也同样脍炙人口，他在书中创造的“香格里拉”一词至今仍在世界范围内流行。同时他还是一位成功的电影编剧，1942 年凭借《忠勇之家》夺得第 15 届奥斯卡最佳编剧奖。

——译者马竞

第一章

人一旦上了年纪（当然，前提是没有生病），有的时候就容易困倦，时间的流逝就仿佛是山野上慵懒的牛，慢悠悠地踱步。奇普思（chips）现在就是这样的感觉，随着秋季学期一天天过去，白天变得越来越短，短到在点名前就暗得需要点上煤气灯。奇普思就像习惯遵循旧日信号的老船长，仍然跟着学校的作息时间生活。之所以这样，是因为他住在维克特太太（Mrs. Wickett）家，就在学校对面那条路上。自从他不再教书以后，已经在那儿住了十几年了。对他和房东太太而言，说是格林威治时间[1]倒不如说是布鲁克菲尔德时间。“维克特太太，”奇普思大声喊她，急促尖锐的嗓音仍然活力十足，“预备铃响前能不能给我来杯茶，拜托你啦？”

① 格林威治时间：指位于英国伦敦郊区的皇家格林威治天文台的标准时间。——译者注

人一旦上了年纪，就喜欢坐在炉火边，喝上一杯茶，听着学校的铃声渐次响起：晚饭铃，点名铃，预备铃，还有熄灯铃。奇普思总是在最后一声铃响后上好闹钟，然后把铁丝护网放在壁炉前，关上煤气，最后携着一本侦探小说上床。但他常常读不完一页就会入睡。睡眠对他来说更像是一股增强感知的神秘力量，而不是通向另一个世界的变幻莫测的入口。因为他的生活就如同梦境。

他年纪大了（当然没有生病）。的确，就像梅里维尔医生（Merivale）说的，他真的没什么不对劲儿的地方。“我亲爱的老伙计，你比我还健康呢。”梅里维尔说道，呷了一口雪利酒。他大概两周来看奇普思一次。“你已经过了会得那些可怕疾病的年纪了。你属于少数能寿终正寝的幸运儿之一。当然啦，前提还得建立在你不是长生不老的基础上。你可真是个让人难以捉摸，非同寻常的老爷子啊。”但当奇普思患了感冒，或是沼泽地整日东风呼啸的时候，梅里维尔有时会把维克特太太拉到一边的休息室里，低声嘱咐道：“好好照顾他，你也知道，他的胸腔……会对他的心脏造成压力。他倒真没有什么大问题——就是毕竟上了年纪了。不过，往往就是这些不痛不痒的小毛病最致命。”

年纪大了……是啊，的确如此。奇普思1848年出生，被带去万国博览会①时还是个蹒跚学步的孩子——没有几个人能活到现在拿这事儿吹嘘了。而且，他还记得韦瑟比（Wetherby）时期布鲁克菲尔德的样子。那时候可真热闹啊。

① 万国博览会：指1851年英国维多利亚时期举办的第一次真正意义上的世界性博览会。——译者注

当时韦瑟比已经是个老头了——1870 年——因为普法战争[①]他才记得这么清楚。奇普思申请来布鲁克菲尔德教书之前，已经在梅贝里教了一年，但是他不喜欢那儿，因为被那里的学生欺负得厉害。但他从一开始就喜欢上了布鲁克菲尔德。他记得初试那天，六月的阳光灿烂耀眼，空气中花香四溢，球场上传来噼里啪啦打板球的声音。那是布鲁克菲尔德与巴恩哈斯特（Barnhurst）的比赛，其中巴恩哈斯特一个胖乎乎的男孩还打出了一百分。真奇怪啊，像这样本该埋藏于记忆深处的事情却记得如此清晰。韦瑟比像是个父亲，总是谦恭有礼。不过那时候他应该已经病了，可怜的家伙，那年暑假就过世了，就在奇普思开始教第一学期之前。不过他俩到底还是见过面，也说过话。

奇普思常常坐在维克特太太家的壁炉边思索：我应该是这世界上唯一一个对老韦瑟比还有记忆的人了吧……是啊，一切都还历历在目。他脑海中时常浮现出这样的画面：在韦瑟比的书房里，一缕夏日的阳光透进来，空气中飘浮的尘埃也隐约可见。“你是个年轻人，奇普思先生，而布鲁克菲尔德是个老学校了。青春和阅历是互补的。将你的热情奉献给布鲁克菲尔德吧，布鲁克菲尔德也会回报你的。记得别让任何人跟你捣乱。我猜，在梅贝里那儿，维持课堂秩序并不是你的强项吧？”

“嗯，是的，可以这么说，先生。”

“没关系。你还这么年轻，这很大程度上都得依靠经验。

---

① 普法战争：这是一次发生在 1870 年至 1871 年，普鲁士与法国之间的战争。该战争使普鲁士完成德意志统一，结束了法国在欧洲的霸权地位。——译者注

你在这儿还有机会。一上来就得态度坚定——这就是秘诀。”

也许这是真的。他还记得他第一次可怕的折磨就是上预备课。那是半个世纪前的一个九月的黄昏，大礼堂里是一群精力充沛的野蛮小子，随时准备把他当成合法的猎物进行攻击。他年轻，神情干净，穿高领衫，还留着大鬓角（那些年大家崇尚的奇怪流行），完全被这500多个不守规矩的捣蛋鬼掌握在手中。对他们来说，捉弄新老师是一门精湛的艺术，一项激动人心的运动，也是一个历久弥新的传统。这帮小坏蛋单独行动时一个个都还挺体面，但只要聚到一起就成了流氓团伙，冷酷无情，无法无天。他在讲台上站定后，大家突然安静了下来。他假装阴沉着脸，掩饰着自己内心的紧张。落地钟在他身后滴滴答答地走着，空气中弥漫着墨水和清漆若有若无的清香，最后一道鲜红的夕阳透过彩色玻璃窗斜射在窗棱上。突然有人重重砸了下桌板。他飞快地反应过来，大家都被他吓了一跳。他必须表明他是说一不二的。“你，第五排那个——红头发的，你叫什么名字？”

“克莱（Colley），先生。”

“很好，克莱。罚抄一百遍。”

从此以后就再也没有哪个学生敢惹麻烦了。第一回合他赢了。

多年以后，克莱成了伦敦市参议员和从男爵，还有很多其他成就。他把他的儿子（同样一头红发）也送到了布鲁克菲尔德上学，奇普思对男孩说：“克莱，25年前我刚到这儿来的时候，你父亲是第一个被我惩罚的男孩。他当时该罚，你现在也一样。”说完，他们都笑了起来。星期天，理查德爵士在儿子寄来的家信里读到这个故事，也乐不可支。

接着，在那之后又过了几年，然后又过了许多年，这个笑话变得越发有趣起来。因为又一个克莱入学了——第一个克莱的儿子的儿子。奇普思又说了，还不时穿插他习惯性的“嗯”：“克莱，说到继承传统——嗯——你是——嗯——一个极好的范例。我还记得你爷爷——嗯——他从来都没弄懂过独立夺格[①]，真够笨的。还有你父亲，一样——嗯——我可忘不了他——他就坐靠墙的靠墙的那张桌子，也好不到哪去。不过我相信，亲爱的克莱——你一定是你们家最笨的那个！”全班爆发出一阵大笑。

真是个有趣的笑话，就是有点儿老套了——而且不知为什么，有点儿伤感。奇普思坐在炉火边，听着秋风摇撼窗棱，发出咔嗒咔嗒的声音，欢乐和伤感常常一阵阵交替从心头掠过，不久泪水滑过了脸颊。所以，当维克特太太进来给他送茶的时候，她都弄不清楚他是在哭还是在笑。其实奇普思自己也不太明白。

---

① 独立夺格：一种拉丁语语法，又称宾格独立结构。——译者注

第二章

布鲁克菲尔德就坐落在马路对面一排整齐的老榆树后面，围墙上覆盖着秋日泛黄的爬山虎。一组 18 世纪的建筑围成一个四边形，远处是数英亩的操场，紧挨着它的是小村庄和开阔的沼泽地。布鲁克菲尔德，就像韦瑟比说的，是一所老校，创建于伊丽莎白时代①，最初是文法学校②。如果运气好的话，也许有机会成为像哈罗公学③那样的名校。可惜它没有

---

① 伊丽莎白时代：指英国女王伊丽莎白一世在位时期，1559～1603 年。她的统治时期是英国趋向强盛的重要时期之一，所以在英国历史上被称为“伊丽莎白时代”。——译者注

② 文法学校：中世纪英国模仿意大利古文学校而建立的一种学校类型，主要从事古典文学的研习。——译者注

③ 哈罗公学：英国历史悠久的著名公学之一，位于英格兰大伦敦哈罗区。1572 年由当地一位农民创建，目的是为当地的男童提供接受教育的机会，但经过几百年的发展与演变，成为英国最负盛名的私立学校之一。——译者注

撞上好运。学校经历过大起大落，一度几乎不复存在，一度又名声大噪。在乔治一世①执政期间，学校处于辉煌时期，重建了主建筑群，还进行了一些大的改动。

接下来，从拿破仑战争②结束之后，到维多利亚时代③中期，学校再次衰落，学生数量和学校声望都有所下降。1840年，韦瑟比开始任职校长，学校稍有起色，但再也没能回升到它最辉煌时期的地位。然而，它依旧是第二梯队学校中的名校，几个有声望的家族支持着它，也培养出了一些在当时举足轻重的人物——法官、议会成员、殖民地官员，几个贵族和主教。不过大部分学生最后都成了商人、工厂主、专业人士，还有相当一部分成了乡绅和教区牧师。它就是这类的学校，每每提及，势利的人宁可承认自己听说过它，也不愿意显露出不知道。

如果布鲁克菲尔德不是这类学校，大概也就不会聘用奇普思了。奇普思这个人，不管是社交方面还是学术成就上，虽然都不赖，但并没有到出类拔萃的程度，就跟布鲁克菲尔德本身一样。

最初，他也是花了一段时间才认识到这一点。他并不是自吹自擂或者异想天开，就跟其他大部分年轻人一样，在20

---

① 乔治一世：1660年～1727年在位，全称为乔治一世·路易，汉诺威选帝侯、英国国王。他开创了英国君主不出席内阁会议的先例，改由国王指定一名亲信大臣主持，成为英国首相制度的开端。——译者注

② 拿破仑战争：指拿破仑称帝统治法国期间（1804年～1815年）爆发的各场战事。——译者注

③ 维多利亚时代：维多利亚女王统治时期，通常被定义为1837年～1901年。她的统治时期被认为是英国工业革命和大英帝国的巅峰时期。——译者注

岁出头的时候他充满抱负，他梦想着最终成为校长，不然至少也得是一所真正一流名校里的资深教师。只是在一次又一次不停地尝试和失败之后，他渐渐意识到自身的局限和能力的不足，比如说他的学位，没有出众之处；管理秩序的能力，虽然还不错，也一直有所提高，却不是在所有情况下都令人放心。他也没有什么个人手段，更没有任何能提携他的家族关系。

大概在 1880 年，也就是他在布鲁克菲尔德工作了十几年以后，他开始意识到自己不太可能转去别的地方寻求更好的发展；同时，在这个地方安定下来的想法也开始在他脑海里生根发芽。40 岁，他扎根下来，生活稳定，非常幸福。50 岁时，他成了教职员工中最有资历的长者。到了 60 岁，在新来的年轻校长眼中，他就是布鲁克菲尔德——“老布鲁克菲尔德人”晚宴上的贵宾；上诉法院处理所有涉及布鲁克菲尔德历史与传统的案件时，也总是请教他。

1913 年，65 岁，他退休了。带着一张支票，一张写字桌，和一个钟，他在马路对面的维克特太太家住了下来。体面的事业，结局也很圆满。在喧闹的期末晚宴上，大家为老奇普思欢呼了三声。确实是三声欢呼没错，但接下来又有故事发生，一个意想不到的尾声，一场献给观众的谢幕演出。

第三章

维克特太太租给他的房间不大，却阳光充沛，相当舒适。房子本身并不好看，又装修得装模作样，不过这些都不重要，它很方便——这才是最重要的。如果天气温和，他喜欢在午后时分漫步穿过操场，看学生们打球。有时候孩子们会朝他触帽致意，他也会微笑着和他们说几句话。他会特意去认识那些新来的孩子，在他们第一学期的时候请他们喝茶。他总是向村上的瑞德威蛋糕房订一个撒满粉红色糖霜的胡桃蛋糕，如果正好是冬季学期，还会多加一盘松脆的热煎饼——在壁炉前摞起一小堆，淋满黄油，所以最底下那块总是躺在一小汪浅浅的黄油里。他的小客人们发现看他泡茶最有意思——他小心翼翼地将不同罐子里的茶叶一勺一勺地混合起来。他会问那些新来的孩子住在哪里，看看他们是否有家人也在布鲁克菲尔德上过学。他总是悉心观察，从不让孩子们的盘子空着。然后很准时地，到了五点，也就是茶话会进行了一个小时后，他会瞥一眼钟，说："好了——嗯——今天真的很高兴和你们一起这样聊天，但是很遗憾你们该回去了……"之后他会微笑着在门廊和他们握手道别，剩下的时间留给他们互相比赛着跑过马路，回到学校。他们总是边跑边讨论："奇普思，真是个不错的老爷子，总会给你来杯好茶，但无论如何，你一定会知道他为什么希望你回去……"

对于新来的孩子，奇普思也会发表自己的评论——跟维克特太太说，当她进来收拾茶话会残局的时候。"刚才真是——嗯——有趣啊，维克特太太。小布莱克森（Branksome）跟我说——嗯——他叔叔是科林伍德（Collingwood）市长——就是在我们这儿上过学的科林伍德。我记得有这么回事儿。天哪，我对他印象可深了。我教训过他一次，嗯——谁让他爬到体育馆房顶上，就为了把球从排水沟里掏出来。万一——嗯——摔断了脖子怎么办，真是个傻小子。你还记得他吗，维克特太太？他上学的时候你也还在学校工作的吧？"

在存够钱之前，维克特太太曾经在学校洗衣房管事儿。

"是啊，我记得他呢，先生。小家伙脸皮厚着呢。不过我们倒没有吵过架。他就是一副嬉皮笑脸的样子。没什么坏心眼儿。这种孩子从来不坏的。他不是还拿过勋章吗，先生？"

"是啊，是金十字英勇勋章[①]。"

"你还有什么别的吩咐吗，先生？"

"现在没有什么需要的了——嗯——也快到做晚祷的时间

① 金十字英勇勋章：英国的一种军功勋章，颁赠给战时立功或表现优异的军官。1886年由维多利亚女王设立，获得者在名字后面加上"DSO"。勋章为白色的金十字，中心部件为红色，雕有王冠和桂叶花环。——译者注

了。他是在埃及过世的，我记得……那——嗯——做晚祷的时候你再帮我把晚饭端来吧。”

“好的，先生。”

在维克特太太家的生活平静愉快。他没有什么可担忧的，退休金很充足，另外还能存下一点儿积蓄。他负担得起自己的生活和任何他想要的东西。他的房间装饰得很简洁，还带着几分学校校长的品位：几排书架，上面摆着几座体育奖杯；壁炉上放满了夹具卡片和学生签过名的照片；一块用旧了的土耳其地毯；大大的安乐椅；墙上挂着古希腊雅典卫城和古罗马广场的画儿。几乎所有的东西都是从学校旧公寓里直接搬来的。大部分书籍都是古典文学，因为古典文学是他以前教的主课，也穿插了一些历史和纯文学的书籍，最底层还摞了一堆简装本的侦探小说。奇普思很喜欢这些书。有时候他把维吉尔（Vergil）① 或是色诺芬（Xenophon）② 拿下来读一会儿，但很快就会换成托恩代克医生（Doctor Thorndyke）或是法兰奇探长（Inspector French）的故事。尽管他教了好多年古典文学，但却算不上一个很渊博的古典文学家。事实上，他认为拉丁语和古希腊语是早已消亡的语言，现在的英国绅士们还知道一些著名的引言，算是赋予了这些语言新的生命，甚至比从前更鲜活。他喜欢《泰晤士报》上那些短小的头版文章，因为里面会穿插一些他知道的引言。现在，已

---

① 维吉尔：奥古斯都时代的古罗马诗人，当代及后世广泛认为他是古罗马最伟大的诗人、世界文学史上最伟大的文学家之一。其作品有《牧歌集》、《农事诗》、《埃涅阿斯纪》。其中《埃涅阿斯纪》被认为是代表罗马帝国最高文学成就的巨著。——译者注

② 色诺芬：古希腊最伟大的作家之一，军事家，文学史家。他以记录当时的希腊历史、苏格拉底语录而著称。——译者注

经没有几个人看得懂这些东西了，他作为少数仍然懂得这些东西的人之一，感觉自己像一个神秘又非常重要的共济会①成员。他觉得这是接受古典文学教育的主要益处之一。

这就是他在维克特太太家的生活，一个安静享受阅读、交谈、回忆的老人。他一头银发，有一点儿秃顶。相对于他的岁数来说，他仍然很活跃：喝茶，见客，忙着修改下一版布鲁克菲尔德校友录；偶尔写写信，他的字迹修长纤细，很容易辨认；还三不五时地与新老师或是新学生喝茶。那年秋天来了两个新老师，当他们喝完茶离开的时候，其中一个说："真是个有意思的人，这老爷子，是不是？泡茶那么讲究——典型的单身汉啊，一定是的。"

这话出人意料地错了。因为奇普思根本不是单身汉。他结过婚，很久很久以前——太久了，现在的布鲁克菲尔德已经没有人还记得他的妻子。

① 共济会：共济会是一种准宗教组织，最早出现于18世纪的英国，基本宗旨为倡导博爱和慈善，追求个人美德与完善社会。但其反对者认为共济会主要是富人和权贵的阴谋组织。现代的共济会除了内部表明各级别的暗语及手势仍旧保密之外，其余活动基本全部公开。——译者注

第四章

温暖的炉火和轻柔的茶香，唤起了奇普思对过往千丝万缕的回忆。1896 年的春天，那年他 48 岁——这个年纪的人生活起居已经养成了自己的一套习惯。他刚刚被任命为舍监，这份工作再加上他原来要教的古典文学课，他现阶段的生活既忙碌又安心。暑假期间，他跟同事罗登（Rowden）去湖区度假。他们一起远足、爬山，度过了一个星期，直到罗登因为家里有事而提前离开。奇普思独自一人待在沃斯代尔海德（Wasdale Head），住在一间农家小屋里。

有一天，他去大山墙[①]爬山，中途发现一个女孩在一处看起来非常危险的山岩上朝他激动地挥手。奇普思以为她遇到了困难，急忙朝她赶过去，结果自己却滑倒，还扭伤了脚

① 大山墙：位于英国湖区腹地，海拔 900 米，是湖区第五高峰。它的山体宽阔，形如一面墙，因此得名。——译者注

踝。而那个女孩根本没有遇到危险，只是和远在山下的朋友打招呼。她是个登山好手，甚至比奇普思这个自认为是登山高手的人更厉害。所以到最后他发现自己不仅没能救人，反而需要别人来救他。不过这两种角色他都没什么兴趣。他声称他并不怎么喜欢跟女孩子们相处，跟她们在一起他总是不自在；而现在社会上到处都在谈论这些“可怕的生物”——90 年代的“新女性”，他觉得真是可怕。他属于安静、传统类型的人，从布鲁克菲尔德这个象牙塔的角度去看，他觉得外面的世界充满了令人讨厌的革新。有个叫萧伯纳[①]（Bernard Shaw）的家伙，到处宣传最奇怪、最应受谴责的观念；还有一个叫易卜生[②]（Ibsen）的，尽写些让人不舒服的戏剧；还有疯狂流行的新风潮，竟然允许女人可以跟男人一样骑自行车。奇普思一点儿都不赞同这些现代新思想新自由。他有个模糊的概念，如果他能准确表达出来的话，就是好女人应该柔弱羞怯，精致优雅；而好男人呢，应该具有骑士精神，对待她们礼貌又疏离。所以他根本没有想到会在大山墙遇到女孩，但是又刚好碰到一个，看起来还急需男士帮助；可最后恰恰相反，是女孩帮了他。还有比这更可怕的事情吗？也幸亏她救了他。奇普思几乎无法走路，她和她的朋友费尽周

---

① 萧伯纳：直译为乔治·伯纳德·萧（1856～1950），爱尔兰剧作家，诺贝尔文学奖获得者。他主张艺术应当反映迫切的社会问题。其思想深受德国哲学家叔本华和尼采的影响，主张用渐进的方法改变资本主义制度，反对暴力革命。萧伯纳的文学始于小说创作，戏剧成就突出。——译者注

② 易卜生（1826～1906）：挪威剧作家，被认为是现代现实主义戏剧的创始人。易卜生的作品显示了当时维多利亚式家庭价值观和礼仪表面下的实际情况，因此在当时被认为是不道德和可憎的。代表作《玩偶之家》。——译者注

折才帮他从险峻的小路上下去，回到沃斯代尔海德。

她的名字叫凯瑟琳·布里奇斯（Katherine Bridges），25岁——年纪小得可以当奇普思的女儿了。她有一双忽闪忽闪的湛蓝色眼睛，双颊生着雀斑，小麦色的头发光滑柔顺。她也住在一间农舍里，和一位女性朋友一起度假。她觉得自己必须为奇普思的伤负责，所以总是沿着湖边，一路骑自行车过来看望这个正在休息的、安静严肃的中年男子。

这就是她对他的第一印象。而奇普思呢，因为发现她会骑自行车，又敢于独自一人去农舍起居室拜访一位男士，不禁茫然地想：这个世界接下来会变成什么样儿？他的扭伤让他很依赖她的照顾，不过很快他就意识到他其实是多么需要这样一份照顾。她是个刚失业的家庭教师，只有很少的积蓄。她喜欢易卜生，读过他的作品，认为大学应该接收女性，她甚至觉得女性应该拥有选举权。政治上她是个激进分子，倾向于像萧伯纳和威廉·莫里斯（William Morris）[①] 这类人的观点。那些在沃斯代尔海德的夏日午后，她把自己所有的想法和观点都一股脑儿地灌输给奇普思。而奇普思因为不善言辞，起初也懒得反驳。后来她的朋友走了，可她却留了下来。你能拿这个小姑娘怎么办呢，奇普思不禁想。所以那阵子他常常拄着拐杖，一瘸一拐地走在通往教堂的小路上。那里有块靠墙的石板，坐着很舒服。他就坐在那儿，任凭阳光洒在脸上，望着远处绿色和棕色相间、一派庄严的大山墙，听着身边姑娘的妙语嫣然——而且，奇普思不得不承认这一

---

① 威廉·莫里斯（1834～1896）：英国艺术与工艺美术运动的领导人之一。世界知名家具、壁纸花样和布料花纹的设计师兼画家。同时也是一位小说家和诗人，英国社会主义运动的最早发起者之一。——译者注

点——这是一个非常漂亮的姑娘。

他以前从没遇见过像她这样的女孩。他一直以为自己讨厌这种现代女性，讨厌“新女性”之类的风潮。但是现在她出现了，竟然让他情不自禁地期待能看一眼她沿着湖边小路骑自行车的身影。而她也一样，从未遇见过像他这样的人。她一直以为那类会阅读《泰晤士报》、反对新生事物的中年男子一定无聊至极，可眼前这个人，远比同龄男孩更能吸引她的兴趣和注意力。一开始她喜欢他，是因为他显得那么难以捉摸，却又性情温和，举止文雅，而且他的观点还不可思议地停留在70年代和80年代，甚至更早。可是，却又因此显得尤为坦诚。还因为他有一双棕色的眼睛，微笑的时候特别迷人。当她得知他在学校的外号叫“奇普思”的时候，她说：“当然了，要是我也会喊你‘奇普思’的。”

不到一周他们就深深爱上了彼此。在奇普思脚伤尚未痊愈、走路还得靠拐杖时，他们就已经决定了订婚。秋季学期开始前一周，他们就在伦敦结了婚。

第五章

奇普思在维克特太太家常常回忆起过去的日子，就好像做梦一样。他会习惯性地低头查看自己的脚，不记得到底是哪一只帮了他的大忙。太多重要的事件发生的起因都是些琐细的小事儿，就像他扭伤脚这件事，细节他已经想不起来了。但他好像又看见了大山墙壮美的山峰（在那之后他再也没去过湖区），又看见了碎石山脚下沃斯特湖（Wastwater）深深的鼠灰色；他好像又闻见了大雨过后清新的空气，又行走在穿过斯代海德（Sty Head）蜿蜒的小道上。这些记忆如此清晰——那令人眩晕的幸福，那些湖边漫步的夜晚，她清凉的嗓音和活泼的笑声。她一直是一个非常愉快的人。

他们俩都曾那么急切，计划着在一起的将来。但奇普思对待这件事非常严肃，几乎有些严苛。当然，一切都会顺利的，她会适应布鲁克菲尔德的。很多其他老师也都结了婚。而且她喜欢孩子，她跟他说过，一定会喜欢生活在他们中间。

“哦，奇普思，我真高兴你是现在的样子。我还担心你是律师，或是股票经纪人，或是牙医，或是什么在曼城做棉花生意的人。当我第一次遇见你的时候，我真的暗自想过这些。但学校老师是如此与众不同，如此重要的工作，你不觉得吗?他们会影响那些孩子的成长，而他们长大以后可能会影响世界……”

奇普思说他从没那样想过，或者说，至少，不会经常那么想。他尽力而为，那是每个人在任何一种工作中都会有的态度。

“是的，那是当然，奇普思。我真的很爱你总能把事情讲得这么举重若轻。”

有一天早晨，他又翻开一页宝石般清澈珍贵的记忆。因为某个说不上来的原因，他被一种强烈的妄自菲薄的念头折磨着，否定自己，也否定自己做过的事情。他告诉她，他只有普普通通的学位，有时控制不了课堂纪律，大概永远不会得到提升，完全没有资格娶一位年轻有抱负的女孩。可是，她只是以笑作答。

她父母双亡，所以是从伊灵[1]的姨妈家出嫁的。婚礼前夜，当奇普思离开她姨妈家要返回旅馆的时候，她故作严肃地说：“这是个很重要的时刻，你知道吗，这可是我们俩最后一次说再见了。我觉得自己像刚开始上你教的课的学生。不是害怕，是肃然起敬——只是这一次，我心中完全充满了敬意。我应该称呼你‘先生’——还是‘奇普思先生’听起来比较对?我觉得还是‘奇普思先生’吧。那么，再见了——再见，奇普思先生……”

---

① 伊灵：指英格兰伦敦伊灵区的中心地区。——译者注

淡绿色的煤气灯倒映在潮湿的人行道上，闪闪烁烁；报童大声嚷嚷着一些关于南非的新闻；贝克街上住着夏洛克·福尔摩斯。

“再见，奇普思先生……”

第六章

接下来的一段时间非常幸福，奇普思回忆起来，几乎不敢相信它真的发生过，也不敢相信世界上真的存在那样美满的生活。他的婚姻很成功。布鲁克菲尔德就如当初的奇普思，很快就被凯瑟琳完全征服。她在老师和学生中都很受欢迎，即使有一些老师的夫人起初会因为她的年轻可爱而心生嫉妒，但是时间久了也无法抵挡她的魅力。

但她改变的最多的还是奇普思。结婚前，奇普思是个枯燥、中庸的人，虽然总的来说布鲁克菲尔德的人都认为他还不错，但他并不是广受欢迎或一呼百应的那类人。奇普思在布鲁克菲尔德超过25年的时间里，足以建立起为人正直、工作勤勉的形象，但也让所有人认为他不会再有任何惊喜了。事实上，奇普思已经开始逐渐陷入枯燥乏味的教学模式，这是教师职业生涯中最终也是最糟糕的陷阱。年复一年教授相同的课程内容形成了一种得心应手却千篇一律的状态，而生活中的其他方面也不知不觉地被相应调整成按部就班的机械状态。他工作努力，谨言慎行，一成不变地完成公务，履行义务，值得所有人信赖。他什么都做到了，唯独缺乏激情。

然后，这个光彩夺目、少女般的妻子出现了，谁也没想到，至少奇普思自己完全没预料到。她让他彻底成为一个全新的人，或者说，她唤醒了奇普思生活中由来已久的、被压抑与不为人所知的部分。他的双眼闪烁着活力，他的头脑尽管不是才华横溢，也足够机智灵活，想法也变得越来越大胆创新。他一直拥有的幽默感经过这些年的历练也成长为底蕴成熟的厚积薄发。他开始对自己感到更确定，管理课堂也变得得心应手，不再那么死板僵化。他越来越受欢迎。当他第一次来布鲁克菲尔德的时候，愿望是受学生喜爱、尊敬、服从——至少是服从他。服从他是办到了，尊敬也有，但只有喜爱之情是现在才开始的。学生们突然迸发出对他的喜爱，一种男孩对成年男子的崇敬之情，他善良但不软弱，善于理解他们又不加以干涉，对他们的情绪感同身受。他开始说些小笑话，学生们喜欢的那种——嵌进学习内容的顺口溜、双关语，笑过之后令人记忆深刻。有一个笑话从来没失败过，不过这只是他众多成功笑话中的一个例子。只要他的古罗马历史课讲到卡努勒亚法[①]的问题，讲到法律允许贵族与平民通婚时，奇普思就会说："所以，你们看，如果平民小姐希望贵族先生娶她，而贵族先生说他不能，平民小姐大概会这么回答他：'哦，不，你可以的，你这个骗子！'"教室里就会哄堂大笑。

---

① 卡努勒亚法：指公元前 445 年罗马通过的一项法令。——译者注

凯瑟琳拓宽了他的视野，让他的观念变得包容，也让他看到了布鲁克菲尔德屋顶与塔楼之外的世界。他看到他的国家如布鲁克菲尔德一样深邃宽容，但布鲁克菲尔德只是汇聚成大海的众多小溪流之一。凯瑟琳比他更聪明，但他并不会被她的观点所混淆，即使当他们观点不一致的时候，他也依然立场坚定。比如，尽管凯瑟琳有许多激进的社会主义言论，但奇普思仍然坚持做政治上的保守派。不过，虽然他并不接受，但奇普思还是会对不同的观点加以吸收。凯瑟琳年轻人的理想主义与他的成熟稳重相结合，形成了一种非常温和睿智的思想。

有时候她能够完全说服他。比如有一回，布鲁克菲尔德在东伦敦举办一场救济会，很多学生和家长都慷慨解囊，但双方几乎没什么交流。是凯瑟琳建议救济会出一支球队，去与布鲁克菲尔德校队进行一场十一人足球赛。这想法如此具有革命性的意义，如果不是凯瑟琳而是别人建议的，大概刚一提出就会被无情地拒绝。介绍一群贫民区的男孩给生活宁静无忧的富家子弟，这事儿从一开始就不对劲儿，就如同许多其他敏感问题一样，永远不要触及。所有负责救济活动的人都反对，如果要问学校的意见，估计也是不赞成。大家都认定东伦敦的这些孩子都是小流氓，要不然就是天生让周围人感觉不舒服。不管怎么样，肯定会“出事”，到时候连累大家都狼狈不开心。但凯瑟琳很坚持。

“奇普思，”她说，“他们错了，你知道的，而我是对的。我向前看到的是未来，而他们和你都在往回看，是过去。英国不能总是被分为贵族官员和‘其他阶层’。这些波普拉区的孩子——不管是对英国——还是对布鲁克菲尔德来说，都一样重要。你一定要请他们来，奇普思。只写一张几先令的支票却拒人于千里之外，这种行为不能使你的良心得到安慰。而且，他们也以布鲁克菲尔德为傲就和你一样。也许几年以后，那些男孩也会到这儿来，至少他们中有一些人会的。为什么不呢？为什么从来没有？奇普思，亲爱的，记住现在是1897年，不是1867年你还在剑桥的年代了。你的观念还停留在那个年代，虽然它们也是好的观点，大部分都是。但少数，仅仅是少数，奇普思需要丢弃了……”

出乎她的意料之外，奇普思让步了，还忽然成了这项提议的积极拥护者。这转变来得太突然，以至于校方还没意识到什么就发现自己已经同意了一场危险的试验活动。终于，一个周六的下午，波普拉区的孩子们来到布鲁克菲尔德，与学校足球二队进行了比赛，最终以5∶7的分数落败，但虽败犹荣。赛后，大家还一起在大礼堂喝了下午茶。接下来他们又见了校长，参观了整个学校。晚上奇普思送他们去火车站，看着他们离开。一切都进展得很顺利，一点儿小差池也没有，大家彼此之间也都留下了很好的印象。

给这些孩子们留下深刻印象的还有一位迷人的女士，她待人亲切，善于交谈。多年以后，正值战争时期，有一次，一名驻扎在布鲁克菲尔德附近军营里的普通士兵前来拜访奇普思，说他曾经是第一批来学校参观的孩子中的一个。奇普思跟他一起喝茶聊天，直到最后挥手告别的时候，这个人才说：“您太太还好吗，先生？我还清楚地记着她呢。”

“是吗？”奇普思热切地回答道，“你还记得她？”

“当然。我想任何人都会对她印象深刻的。”

奇普思答道：“他们大概都不记得了，你也知道，至少，这儿已经没人记得她了。学生们来来去去，永远都是新面孔，谁也记不得太久以前发生的事情。就连老师们也不会永远待在这儿。自从去年老 Gribble 退休以后，他以前是学校的管家，这儿就再没有人记得我妻子的样子了。她过世了，你知道吗，就在你们来学校参观以后不到一年的时间。1898 年。”

“听到这个消息我很难过，先生。不管怎么样，我有两三个好朋友也记得她，记得特别清楚，虽然我们就只见过她那一次。真的，我们都记得她呢。”

“我很高兴……那天真是盛大的一天啊——比赛也相当精彩。”

“那简直是我人生中最棒的一天。真希望时间能回到那个时候——不再继续向前，我真的希望那样。明天我就要去法国打仗了。”

一个月左右之后，奇普思听说他在帕森达勒战役①中牺牲了。

① 帕森达勒战役：1917 年第一次世界大战西线战场上一场持久的阵地战。——译者注

第七章

这些往事是他生命中温暖且永不褪色的一幕，在无尽的回忆中闪烁着柔光。

黄昏，当学校点名的钟声响起，住在维克特太太家的奇普思就会陷入往事中——凯瑟琳匆匆忙忙行走在石廊上；在他身边看着他批改的作文中的错误笑个不停；在学校音乐会的莫扎特三重奏中拉大提琴，雪白的胳膊滑过闪着棕色柔光的琴身。她是个很好的乐手，也是位出色的音乐家。她为12月份的团体比赛穿了毛皮大衣，戴了暖手筒；她参加了演讲日授奖仪式结束后的花园宴会。每件小事她都温柔地提出自己的建议，都是很好的建议——他不一定每次都采纳，但一直被潜移默化地影响着。

“奇普思，亲爱的，我要是你的话就饶过他们这一次。毕竟不是什么严重的事。”

“我知道。我也想饶了他们，但我怕如果我这么做的话，他们下次还会犯。”

“试着跟他们谈谈，开诚布公，再给他们一次机会。”

“好吧。再让我想想。”

偶尔也会有其他事情，比较严重的问题。

“你知道的，奇普思，把这么多男孩儿关在一起是不近人情的安排，你想想。你不觉得如果这儿有什么事是不应该发生的，全怪这些孩子有点儿太不公平了吗？好像被关在这儿全是他们的错似的。”

“我倒没有从这个角度想过，凯西，但我得为大家着想，我们必须对这类事情严格要求。不然一匹害群之马就把大家都带坏了。”

“但他也是受别人影响在先的啊。毕竟，事情有可能就是这样发生的，是不是？”

“也许吧。但我们也没办法。不管怎么说，我相信布鲁克菲尔德已经比其他很多学校都要做得好了。我们也更有理由去维护它。”

“但是这孩子，奇普思……你打算开除他吗？”

“如果我告诉校长的话，他大概会开除他。”

“那你准备告诉校长吗？”

“恐怕我必须这么做。”

“你就不能再考虑一下吗……再跟这孩子谈谈，看看到底是怎么搞的……毕竟除了这事儿他不是一直都挺好的？”

“哦，这孩子还行。”

“那，奇普思，亲爱的，你不觉得这事儿应该有别的处理方法吗……”

像这样的事情还有很多。大概十次中有一次，他会坚持自己的决定，不被凯瑟琳说服。但多半的情况是他事后会后悔当时没有听她的话。多年以后，每当他和学生之间出现了问题，他总会想起这些往事，心也变得柔软起来。犯错的学生站在那儿，等待着自己的处罚决定。如果他仔细观察的话，就会从那双棕色眼睛闪烁着的光彩中看出一切都会没事的。但他猜不到的是，此时的奇普思正沉浸在对往事的回忆中，那些在他出生前就发生的事。他也猜不到奇普思此时心里正在想：小坏蛋，要我想出任何放过你的理由，那我还不如死了算了。但我打赌她一定会这么做的！

但她并不总是请求他宽大处理这些孩子。也有极少数的时候，她严肃要求奇普思惩罚他本打算原谅的孩子。“我不喜欢他这种类型的孩子，奇普思。他也太狂妄自大了。如果他蓄意找麻烦，那就让他尝点儿苦头。”

那些许许多多的小事件，那些所有被深埋的陈年旧事——都是曾经亟待解决的问题，曾经引起激烈讨论的尖锐观点，趣闻逸事之所以有意思只是因为有人记住了它们。如果最后一丝记忆也从人类的脑海中消失，那剩下的情感还有什么意义吗？而如果真是如此的话，那又该有多少拥挤的记忆在湮灭前紧紧抓着他，仿佛他是它们最后的栖身之所。他一定要在这些记忆永远沉睡之前好好对待它们，好好珍视它们。比如阿切尔（Archer）辞职的那件事——古怪极了。还有关于那只老鼠的事——老奥格尔维（Ogilvie）带合唱团训练的时候，邓斯特（Dunster）把一只老鼠扔进风琴台里。如今奥格尔维已经过世，而邓斯特在日德兰半岛溺水身亡，其他耳闻目睹过这件事的人大概也都忘却了。这么多年以来像这样的小趣闻还有很多，也都逐渐不为人所知了。他好像突然间看见了从伊丽莎白时代至今，成千上万的学生，一代又一代的老师，在布鲁克菲尔德漫长的历史中连一点儿影子也没有留下。谁还知道为什么老的五年级教室被称为“深坑”？起初肯定是有原因的，但早已经遗失了，就好像蒂托·李维[①]的书一样。谁又知道克伦威尔征战内斯比[②]的时候，布鲁克菲尔德发生了什么事儿？布鲁克菲尔德是如何应对 1745 年大恐慌[③]的？拿破仑战败滑铁卢的时候，学校有没有放假一天？还有很多诸如此类的问题。奇普思能回忆起来的最早时间是 1870 年，那天他与韦瑟比进行了第一次，也是最后一次的谈话：“看起来我们总有一天要和普鲁士人好好算算账啊，是不是？”

每当奇普思想起这些事情的时候，他总觉得自己应该把它们写成一本书。在维克特太太家的日子里，他有时候甚至已经开始在练习本上记录一些散漫的随笔。但很快他就遇到了困难——主要是写的过程太累了，他身心俱疲。而且不知为什么，这些回忆一写下来就失去了原有的味道。比如说拉什顿和那袋土豆的故事——写在纸上看起来那么单调乏味，可是当时不知道有多好笑！光是想起来就觉得有趣极了。也许你不记得拉什顿了……不过谁还记得啊？都过去这么多年

---

① 蒂托·李维（前 59～17）：古罗马著名历史学家，他写过多部哲学和诗歌著作，但最著名的是《罗马史》（原名为 Aburbe condita libri，意为“从罗马建城开始”）。——译者注

② 克伦威尔征战内斯比：英国内战期间，在 1645 年 6 月纳斯比战役中，克伦威尔领导国会军队战胜了英国国王查理一世的军队，取得决定性胜利。——译者注

③ 1745 年大恐慌：在英格兰银行诞生后的 100 年中，英国大约发生了 9 次严重金融危机。1745 年，詹姆斯二世的孙子发动叛乱，引起民众恐慌，大量涌入英格兰银行进行兑付，把银行券兑换为贵金属。为应对挤兑压力，英格兰银行采取了拖延战术，用零钱进行支付。——译者注

了……真是很久以前了啊……维克特太太，你还记得有个叫拉什顿的家伙吗？我敢说应该是在你来工作之前了……他后来为英国政府工作，到缅甸去了……或者是婆罗洲[①]？……特别有意思的家伙，拉什顿……过了一会儿，他又在炉火边进入了梦乡，梦见那些时光，那些陈年往事，那些只有他自己才能领略到的隐秘的乐趣。快乐与悲伤，喜剧与悲剧，所有的情感都在他脑海中混杂交织，总有一天，不管多难，他一定要把这些事整理出来，写成一本书……

---

① 缅甸（Burma）与婆罗洲（Borneo）在英语中发音相近，不容易区分。——译者注

第八章

他永远不会忘记 1898 年的春天。他步行穿过布鲁克菲尔德的村庄，好像正身处某种可怕的噩梦，他的一半身心都挣扎着要逃到另一个世界里，那里依然阳光灿烂，所有的事情都截然不同。小福克纳（Faulkner）在校外的小路上遇到了他。

“请问，先生，今天下午我可以请个假吗？我家里人要来。”

“呃？什么？哦，好的，好的……”

“我可以不去做礼拜吗，先生？”

“可以……可以……”

“那我可以去车站接他们吗？”

他几乎要脱口而出：“我才不管你去见谁。我的妻子死了，我的孩子也死了。我真恨不得自己也死了。”

但实际上他点了点头，然后跌跌撞撞地离开了。他不想跟任何人说话，也不想接受任何人的吊唁。他试图习惯现在的状况，如果他能够做到的话，他想在其他人善意的慰问之前先接受这个事实。点名之后他像往常一样去上四年级学生的课，他让大家背诵语法，自己坐在桌前带着悲戚的神情陷入冰冷、持续不断的哀伤情绪中。突然，一个学生打断了他："打扰了，先生，桌上有很多给您的信。"

真的有很多信，都被他压在胳膊底下了，全是寄给他的。他一封一封打开它们，但每个信封里除了一张空白的纸以外什么也没有。他心不在焉地想这还挺奇怪的，可嘴上什么也没说。他心里被强烈的悲痛之情塞满，根本无暇顾及这些鸡毛蒜皮的小事。一直到几天之后，他才意识到，那是一个愚人节玩笑。那天是愚人节。

他们就是在那一天去世的，母亲和刚出生的婴儿。1898年，4月1日。

第九章

奇普思把他在校舍宽敞的公寓换成了自己原来的单身房间。一开始，他本来想放弃舍监的职务，但校长说服他不要这么做。不久以后，他很高兴当时听了校长的建议。这工作让他一直有事可做，让他感觉心里不那么空荡荡的，也不那么容易胡思乱想。他变了，所有人都注意到了。就像当初婚姻神奇地改变了他一样，凯瑟琳和孩子的离去也让他仿佛变了一个人。在他好不容易从最初精神恍惚的悲痛欲绝中缓过来之后，他突然成了学生们会毫不犹豫归类为“老”的那类人。他并没有变得羸弱，在板球场上他仍然可以打出 50 分。他也没有对工作失去兴趣和敏锐。他只是变得沧桑了。其实他的头发已经灰白了好几年，只是人们好像此时才第一次发现似的。他 50 岁了。有一次，在打完几局激烈的手球之后，即使他手球[1]打得极好，比得上小他年纪一半的人，他还是不小心听见一个男孩说："对他这个年纪的老家伙来说打得还真不赖。"

奇普思 80 多岁的时候，每次回想起这件小事都乐不可支。"50 岁就老头了，呃？嗯——当时就是那个内勒（Naylor）说的，他现在自己都快 50 岁了吧！我倒想看看他是不是还认为 50 岁就是老头了？上次我听说他现在做律师这一行了，律师都活得长，看看哈尔斯贝里（Halsbury），82 岁还是大法官呢，99 岁才去世的。多好的榜样！50 岁就算太老，怎么能那么说呢，那样的小伙儿 50 岁还年轻着呢……我自己……那时候也还是愣头青……"

从某种意义上说这倒是真的。随着新世纪的到来，奇普思愈发成熟稳重，多年积习不改的怪癖与常说常新的笑话都和谐得自成一体。他不再遇到那些无关痛痒的课堂纪律问题了，也不再对自己的工作成果与自我价值缺乏自信了。他发现自己对布鲁克菲尔德的自豪，反过来又给了他理由对自己和自己所处的位置充满自豪感。这份工作给予他无上的自由，让他可以尽情地做自己。他的资历与经验也为他赢得了史无前例、独一无二的特权。他甚至还可以拿自己温和的小怪癖向学校老师和教区牧师发难了。他还穿着他的旧长袍，直到它破得几乎散了架。每当他站在大礼堂台阶边上的长木凳上开始点名时，就会散发出一股神秘又桀骜不驯的气质，充满了仪式感。他拿着学生名单，长长的一页纸，卷着边儿，夹

① 手球运动或手球比赛的简称。标准的手球比赛由两队各派 7 名队员参与，包括 6 名球员和 1 名守门员，互相在长方形的球场上对抗进攻。比赛的目的是尽量将手球射入对方的球门内。——译者注

在板子上。他每走过一名学生身边，那个孩子就要报上自己的名字，奇普思确认以后，再在名单上面打个钩。奇普思那确认的一瞥是全校孩子最容易也最喜欢模仿的动作，钢框眼镜儿顺着鼻梁滑下来，眉毛挑上去，一边高一边低，眼神儿半信半疑。如果是有风的日子，奇普思的破旧长袍、苍苍白发，以及手里的学生名单都会被吹得乱七八糟，在风中颤颤巍巍地搅成一团，那模样特别具有喜剧效果。于是点名这件事就成了午后运动和返回教室上课之间令人愉快的小插曲了。

名单中的一些名字在之后的岁月里会毫不费力地跳进奇普思的脑海中，好像一段合唱中被反复吟唱的几小节：安斯沃斯（Ainsworth），安特伍德（Attwood），埃文摩尔（Avonmore），巴布柯克（Babcock），巴格斯（Baggs），巴纳德（Barnard），巴森斯维特（Bassenthwaite），巴特斯比（Battersby），贝克尔斯（Beccles），巴特福德-马歇尔（Bedford-Marshall），本特利（Bentley），贝斯特（Best）……

另一小节：

……昂斯莱（Unsley），维尔斯（Vailes），沃德姆（Wadham），维格斯塔夫（Wagstaff），沃林顿（Wallington），沃塔斯两兄弟（Waters），沃特林（Watling），韦弗尼（Waveney），韦博（Webb）……

还有一串名字的组成是他常常用来给四年级拉丁语学生举例的，完美的六音步[①]诗体：

……兰卡斯特（Lancaster），兰登（Latton），勒玛尔

---

① 英诗中重读与非重读音节的特殊性组合叫作音步。分析英诗的格律就是将它划分成音步，并区分出是何种音步以及计算音步的数量。——译者注

(Lemare)，林顿-博斯沃思（Lytton-Bosworth)，麦克高尼尔(MacGonigall)，曼斯菲尔德（Mansfield）……

他常想，如今这些孩子都去哪儿了呢？那些他曾紧紧拽在手中的线，现在都散落到多远的地方了啊？有一些已经杳无音信，剩下的呢，剩下的都编织成了怎样未知的形状？他已经迷失在无常的世事之中，然而只要时间一直在流逝，那些合唱的音节终将不再具有任何意义。

就如只有迷雾散去，才会看见山外有山。奇普思发现布鲁克菲尔德之外的世界充满了变数与冲突，但他没有意识到的是，他是在用他所怀念的凯瑟琳的眼光在看这个世界。奇普思并没有完全吸收凯瑟琳的思想，也没有她那么聪颖过人，但凯瑟琳留给他的是一种处变不惊的宁静与平和，正与他内心的情感相一致。比如说，他并不像一般沙文主义者那样仇视布尔人[①]，就是个典型的例子。倒也不能说他是亲布尔派——这个问题对他来说太激进了，传统如他，不喜欢亲布尔派的那类人。不过，他的确想过几次，布尔人奋力斗争，和英国史书中的某些英雄倒有奇妙的相似之处。比如觉醒者赫里沃德[②]，或者卡拉克塔库斯[③]。他曾经试图拿这想法来挑战他的五年级学生，但他们只把它当成他的众多小玩笑之一。

不管奇普思对布尔人的观点有多么惊世骇俗，他对劳埃

① 指居住于南非境内荷兰、法国与德国白人移民后裔所形成的混合民族。语源为荷兰语 Boer，意为农民。——译者注

② 赫里沃德是十一世纪盎格鲁－撒克逊人的民族英雄，曾坚决反抗征服者威廉，主张建立撒克逊人自己的国家，他是诺曼人和英格兰人许多传奇中的英雄。活动于今亨廷顿和北安普敦地区。——译者注

③ 西卢尔人的国王，不列颠所有部族推举为首领，反抗入侵的罗马军队，最后因被人出卖而失败。——译者注

德·乔治先生[1]（Mr. Lloyd George）和他著名的财政预算案[2]看法却十分正统，不过他也不怎么留心就是了。很多年以后，当劳埃德·乔治先生作为贵宾出席布鲁克菲尔德演讲日的时候，奇普思当面对他说："劳埃德·乔治先生，我年纪大了，差不多老得在我眼里你永远都是个年轻人，不过我得坦白说，在我看来，你好像进步了不少啊。"校长跟他们站在一起，吓得说不出话来。但劳埃德·乔治先生只是开怀大笑了一阵，在接下来整个仪式进行的过程中，他跟奇普思交谈的时间比其他任何人都长。之后人们都说："这真像奇普思会干的事儿啊。他总是能安然无恙。我估计到了那个年纪，你跟任何人说任何话都没事儿……"

---

① 英国自由党领袖。1916 年至 1922 年期间出任首相。——译者注

② 1909 年劳埃德·乔治向国会提出的一项财政预算案，用巨额军费发展海军，同时用低金额的费用作为失业、疾病及残废保险金。为解决经费来源，他提出增收财产附加税，增加遗产税、酒贩执照税，并开征烟酒税，后又提出征收土地税。——译者注

第十章

1900 年，接替韦瑟比担任校长的老梅尔德伦（Meldrum），已经工作了 30 年了。他被一次突发的急性肺炎夺去了生命。在尚未委派下任校长之前，奇普思暂时代为履行布鲁克菲尔德校长的职责，但校董事会让这个任命转为正式的概率非常渺茫。他们之后委派的校长很年轻，只有 37 岁，出身名门，顶着耀眼的名校光环；他有一种不怒自威的气势，仿佛只要稍稍抬一下眉毛，就能让整个大礼堂立刻安静下来。奇普思安之若素，对这一切并没有感到多么失望。他是不会和这样的人竞争的，他之前没有，将来也不会，他很清楚自己的个性。他性情温和，总体而言并不是个争强好胜的人。

奇普思 1913 年退休之前的那些岁月充满了令人难以忘怀的画面。

五月的一个清晨，学校的钟声不期然地响了起来，召集大家去大礼堂集合。新校长罗尔斯顿，生性傲慢又自我意识过剩，目光冷峻，一脸严苛地打量着大家。“今天早晨国王陛下爱德华七世[①]去世了，我们听到这个消息都极其悲痛……今天下午停课，但四点半将在教堂举行祷告。”

夏季的一个清晨，布鲁克菲尔德附近的铁路线上，铁路工人正在罢工，只好派士兵们驾驶火车，工人们不断朝火车扔石头。布鲁克菲尔德的学生们正沿着铁路线巡逻，觉得这一切很好玩。奇普思负责看管这队学生，他站在远一点的地方，正在农舍前跟一个人说话。小克里克莱登（Cricklade）走过来说：“请问，先生，如果我们遇见罢工的人，应该怎么办呢？”

“你想见见他们吗？”

“我——我也不知道，先生。”

天哪，这孩子——他谈起这些工人的样子好像他们是从动物园里跑出来的奇怪动物！“如果你想见的话这儿来见见琼斯先生（Mr. Jones）吧，他就是罢工的人之一。他的工作是负责车站的信号灯的。你可是把自己的生命托付在他手中很多次了啊。”

过后这故事传遍学校：奇普思，跟罢工的人说话了。竟然跟罢工的人说话。好像还聊得挺友好，很尽兴的样子。

奇普思很多次回想起这件事，都会告诉自己，凯瑟琳（Kathie）会赞同的，而且一定会很开心。

因为自始至终，不管发生什么，无论政治发展的道路如何蜿蜒崎岖，他都对英格兰充满信心，对英国人民充满信心，也对布鲁克菲尔德充满信心，因为她就是这样的一个地方：她的终极价值就在于能否不失尊严，分寸得当地融入英国所

---

① 爱德华七世：1841 年至 1910 年在位。——译者注

处的时代。他对国家的预见每一年都更清晰——英国轻松的日子快要结束了，整个国家都行驶在危险的边缘，任何像头发丝儿那么细小的错误都有可能酿成大祸。他记得女王即位六十周年庆典的时候，布鲁克菲尔德放了一整天的假，于是他带着凯瑟琳去伦敦观看游行。这位传奇般的女王年事已高，她坐在自己的马车里，看起来好像一个快要破碎的木头娃娃。这一幕令人印象极其深刻，仿佛象征着所有事情都好似女王本身一样日薄西山，行将就木。这仅仅是一个世纪的终结，抑或是一整个时代的告别？

接下来就到了爱德华七世统治下疯狂的十年，那情景就像一盏电灯在完全熄灭前反而越来越亮、越来越白，却转瞬即逝。

罢工游行和停工封锁，衣香鬓影的香槟晚宴和失业游行的长队，贩卖中国劳工，关税改革①，英国皇家海军无畏号的建造，马可尼无线电报公司②，爱尔兰自治③，克里平医生（Doctor Crippen）杀妻案④，争取选举权的女权运动，恰塔

---

① 1903年5月15日，英国殖民大臣约瑟夫·张伯伦在伯明翰发表了呼吁英国放弃自由贸易、实行关税保护政策的演讲，从而在英国引发了一场影响深远的关税改革运动。——译者注

② 伽利尔摩·马可尼，意大利无线电工程师，企业家，实用无线电报通信的创始人。1897年，他在伦敦成立了“马可尼无线电报公司”。1909年与布劳恩一起获得诺贝尔物理学奖。被世人称为“无线电之父”。——译者注

③ 19世纪末，英国为取得爱尔兰资产阶级民族主义者的支持，扑灭爱尔兰民族解放运动，提出了爱尔兰自治法案。——译者注

④ 1910年，住在伦敦的美国医生霍利·克里平被判毒杀妻子科拉·克里平，并将其尸体肢解，最后被处以绞刑。在当时引起民众公愤。——译者注

尔加防御线①……

一个风雨交加的四月的傍晚，四年级学生在上维吉尔的赏析课。大家都心不在焉，脑子里想着报纸上令人激动的消息。特别是小格雷森，粗心大意，心事重重。他是个安静，容易紧张的男孩。

“格雷森，课间休息后留一下。”

然后——

“格雷森，我并不想显得太过严厉，你总的来说学习不错，但今天你看起来连努力试一下都不肯。出了什么事吗?”

“没，没有，先生。”

“好吧，那这件事我们就不再提了，但我会期待你下次的表现。”

隔天早上学校就传开了：格雷森的父亲在泰坦尼克号上，到现在为止都还杳无音信，下落不明。

小格雷森因此没有来上课，整整一天全校的情绪也都集中在他的焦虑上。最后终于传来了消息：小格雷森的父亲在获救者名单中。

奇普思跟这男孩握了握手。“好了，嗯，我真高兴，格雷森。这真是个好消息。你一定也很开心吧。”

“是，是的，先生。”

他是个安静，容易紧张的男孩。但其实后来奇普思要去慰问的却不是他，而是他的父亲，老格雷森（Grayson Senior）。一切都仿佛是命中注定。

① 在土耳其恰塔尔加形成的一道穿越半岛的防御线。——译者注

第十一章

没过多久，他和罗尔斯顿（Ralston）大吵了一架。巧的是，奇普思本来就不喜欢他。其实罗尔斯顿为人干练，做事果断，胸怀大志，但不知怎么地，就是不讨人喜欢。虽然大家公认，他的确让布鲁克菲尔德的地位有所提升，甚至因为有太多人争抢着入学，学校有史以来第一次动用到长长的候补名单。罗尔斯顿就像一条碰不得的高压电线，一台大功率发电机，你得随时提防着点儿。

奇普思倒从不为提防着他操心，他压根儿也没怎么关注罗尔斯顿。不过他一直以来都心甘情愿为校长工作，忠心耿耿。或者，更确切地说，是为布鲁克菲尔德工作。他知道罗尔斯顿也不喜欢他，但那似乎并不重要。他觉得自己的年纪和资历足以保护自己，不会跟那些不受校长欢迎的老师一样遭受相同的命运。

一转眼到了 1908 年，那年奇普思刚满 60 岁，罗尔斯顿的最后通牒来了，他彬彬有礼地问道："奇普思先生，你有没有考虑过退休这件事?"

奇普思站在那间书籍环绕的办公室里，盯着罗尔斯顿，被他的问题吓了一跳，心想罗尔斯顿怎么会问出这种问题。终于，他回答道："没有——嗯——我并没有——嗯——这个问题，我并没有，考虑过太多——嗯——到目前为止。"

"那好吧，奇普思先生，我建议您考虑一下。当然了，学校董事会到时候也会答应给您提供充裕的养老金。"

突然间，奇普思怒不可遏，涨红了脸。"但是——嗯——我并不想退休。我不——嗯——我需要考虑。"

"不管怎么样，我建议您考虑考虑。"

"但是我不明白为什么我应该考虑这个问题!"

"如果你这么想的话，事情可就不好办了。"

"不好办？怎么不好办?"

接着，他们吵了起来，罗尔斯顿越来越冷酷生硬，奇普思越来越激动，浑身发热，最后罗尔斯顿冷冰冰地说："既然您强迫我使用直白的语言，奇普思先生，那我就直说了。在过去的一段时间里，你没有尽心尽力做好你的工作。你的教学方法既呆板又老套，整个人也不修边幅。你故意忽略我的指示，要是换成年轻老师，我就当成违抗上级命令来处理了。没用的，奇普思先生，别挣扎了。况且你能待到现在是因为我比较宽容，毕竟我忍耐你很久了。"

"但是——"奇普思陷入迷茫之中，接着他又开始针对校长刚刚那番慷慨激昂的控诉抠起字眼儿来。"你竟然说我不修边幅?"

"没错，你自己看看你穿的长袍。我无意中才知道，你这件长袍给全校师生提供了源源不断的笑料。"

其实奇普思也知道，但在他看来完全无所谓。

他接着说："你刚才还说——嗯——什么——违抗上级命令?"

"不，我不是那个意思。我是说如果换成年轻老师，我就当成违抗上级命令处理了。按照你的情况，大概也就是为人懒散，加上顽固不化。比如说，那个拉丁语发音的问题，几年前我就跟你说过了，我希望新式发音能在全校推广开。其他老师都听了我的建议，你偏要坚持自己的老一套，结果搞得学生们都无所适从，一点儿效率也没有。"

这下奇普思终于找到他可以反攻的问题了。"哦，你说这个啊!"他回答道，一脸不屑。"好吧，我——嗯——我承认我不认可新的发音规则。从来都不认可。嗯——在我看来，完全没有道理。在学校的时候教孩子们说'Kickero'等他们毕业以后就说'Cicero'——如果他们以后还用得到的话。而且还有'vicissim'——老天保佑——你教的发音听起来像在让他们说'我们接吻'!"他一时忍不住竟咯咯笑了起来，忘了自己还身处罗尔斯顿的办公室，并不在自己那个温馨的小屋里。

"你看，你又来了，奇普思先生——这才仅仅是我不满的一个例子而已。你觉得你有理，我觉得我有据，而且，既然你拒绝妥协，那就没什么别的选择了。我旨在将布鲁克菲尔德彻底改造为与时俱进的新式学校。虽然我自己是学理科的，但我从来没有反对过教授古典文学——前提是要教得好，教得到位。总不能因为他们是消亡的语言，就拿老掉牙的教学理论来教啊。我很通情达理的，奇普思先生，你的拉丁语和希腊语课程设置跟我十年前刚上任时完全一样吧?"

奇普思满脸骄傲，一字一句地回答道："就此而言，正是如此——嗯——而且，在你的前任——梅尔德伦先生（Mr. Meldrum）的时候，就是这样了。那可是38年前了。我们从这里开始的，梅尔德伦先生和我在1870年。还有，嗯——梅尔德伦先生的前任，韦瑟比先生他是第一个认可我的教学大纲的校长。‘你去教四年级的Cicero，’他跟我说。他也说的Cicero，不是什么‘Kickero’！”

“这真是太有意思了，奇普思先生，只不过再一次证明了我的观点——你完全活在过去，不顾当前和未来的发展。时代在变化，不管你有没有意识到。现在的家长们都开始提要求了，他们要他们交的三年学费物有所值，而不是什么消亡语言的残篇断章，都根本没人用了。另外，你的学生也没有学到他们该掌握的东西。去年没一个孩子通过初级证书考试。”

突然间，千言万语涌上奇普思的心头，他却不知从何说起。他在心里默默自问自答起来。这些考试和证书之类的东西，它们真的重要吗？讲求效用和与时俱进，这些也很重要吗？罗尔斯顿想把布鲁克菲尔德办成一座工厂——建立在金钱和个性泯灭基础上的工厂，专门产出唯利是图的价值观。基于家庭与广阔土地的古老、绅士精神的传统价值观正在改变，这毫无疑问是大势所趋，可罗尔斯顿非但没有帮助学生们开阔视野，淡化阶级观念，培养他们真诚、包容的民主精神，反而潜移默化地向他们灌输狭隘而单一的金钱至上主义。布鲁克菲尔德以前从未收过这么多富人家的孩子。如今学校的演讲日花园派对仿佛成了皇家爱斯克特赛马会[①]。罗尔斯顿在伦敦俱乐部里结识这些有钱有势的家伙，说服他们相信

① 英国皇家爱斯克特赛马会是世界上最豪华、最奢侈的赛马会。1711年，英国安妮女王创立了这项赛事。——译者注

布鲁克菲尔德蒸蒸日上，独一无二。而且，因为他们无法用钱买通伊顿公学[①]或是哈罗公学这样的名校，于是便贪婪地吞下罗尔斯顿的鱼饵。虽然这些人里不乏为人正直之士，但有些人真是不堪，特别是有些资本家、开公司的，还有制药厂老板。其中有个人给孩子一周五镑的零花钱。庸俗……肤浅……真是个匆匆成熟又迅速腐朽的狂热时代……奇普思曾经给自己惹过麻烦。有个叫艾萨克斯坦（Isaacstein）的男孩，奇普思拿他的名字和祖先开了几个玩笑。结果这个男孩写信回家说了这件事，他的父亲老艾萨克斯坦就写了一封怒气冲天的信给罗尔斯顿。极端敏感，缺乏幽默感，没有分寸——这就是那些人的问题，新时代的人……缺少分寸感。说到底，还是掌握分寸最重要，这才是布鲁克菲尔德应该教授的东西——不仅仅是拉丁语、希腊语或者化学、机械什么的。况且，你也无法指望可以通过考卷测试或者授予证书来判断一个人是否有分寸。

所有这一切带着不满与愤懑之情在他心中不断闪过，但他再也没有多说一个字。他只是紧了紧他那破旧的长袍，嘟囔了几句“嗯——嗯”，一边来回踱了几步。他实在不想再吵了。他走到门口，转过身，说：“我反正没有，辞职的打算，你随便，你想怎么办就怎么办吧！”

25 年以后，冷静下来再回想这一幕，奇普思心里对罗尔斯顿略有歉意。尤其是当这件事发生的时候，罗尔斯顿完全没有意识到他面对的是一股什么样的力量。其实就连奇普思

---

① 英国著名公学之一，1440 年，亨利六世创立了伊顿公学，最早是为 70 名贫穷学生提供免费教育，作为进入剑桥大学国王学院的预备学校，到了 17 世纪学校逐渐成为一所名校。——译者注

自己也没有想到。布鲁克菲尔德传统的力量如此强大坚韧，随时准备捍卫自己的尊严，同时也愿为其尊严的捍卫者挺身而出。那天早上，正好有个小男孩等着见罗尔斯顿，因此罗尔斯顿和奇普思的谈话从头到尾都被这个小男孩听在耳朵里。他自然被吓了一跳，还告诉了自己的朋友。在令人惊叹的短时间内，一些孩子又告诉了自己的父母。很快，这件事就全传开了：罗尔斯顿对奇普思出言不逊，还要求他辞职。这件事在学校掀起轩然大波，大家都同情奇普思，几乎要引发一场派系之争。奇普思做梦都没有想到这样的事会发生在自己身上。他也惊讶地发现罗尔斯顿彻头彻尾不受欢迎，大家都怕他，敬而远之，但从来没有人喜欢过他。现在出了奇普思这件事，大家对他的不喜欢又上升到了新的程度，不仅战胜了害怕之情，连原有的一点儿尊敬也消失殆尽了。有传言说如果罗尔斯顿成功赶走了奇普思，学校就要组织公开抗议。很多老师，特别是年轻的那些，虽然也觉得奇普思老派得无可救药，但仍然支持他，因为他们实在讨厌罗尔斯顿把他们当奴隶一样压榨，而且他们认为老奇普思是老兵里的一个勇士，一直在浴血奋战。有一天，校董事会主席约翰·里弗斯爵士（Sir John Rivers）来布鲁克菲尔德访问，他故意忽略罗尔斯顿，直接去找奇普思。“里弗斯是个不错的小伙子，”奇普思会说，这大概是他第十次给维克特太太讲这个故事了。“不是——嗯——班里特别聪明的男孩。我记得他从来——嗯——学不会动词。现在——嗯——我在报纸上看到——他已经被封为——嗯——从男爵了。真让人刮目相看啊——嗯——刮目相看。”

1908年的那个早上，约翰爵士挽着奇普思的胳膊在废弃的板球场上散步，他对奇普思说：“奇普思，老爷子，我听说您和罗尔斯顿闹了点儿不愉快。我真的为您感到很抱歉。不过，我想让您知道，整个董事会都站在您这边。我们都非常不喜欢罗尔斯顿这个人。他人很聪明，也挺能干，但要我说是有点儿太能干了。据说在股票交易市场上耍了耍，就把学校的基金翻了一倍。也不知道他是不是真干了这事儿，不过像他那种人是需要留神注意的。所以如果他再向您施压，要您辞职，礼貌地告诉他见鬼去吧。董事会都不希望您辞职。您要是不在了，布鲁克菲尔德就不像样了，大家都知道。我们都清楚得很。您要是喜欢，您可以在学校待到 100 岁——我们都真心希望这样。”

就是这样——不管是当时还是过后，他想起这一幕的时候都会泪流满面，感慨万千。

第十二章

奇普思还是继续留在布鲁克菲尔德工作，只不过尽量远离罗尔斯顿。1911 年，罗尔斯顿离开了，去“追求更好的自己”，因为有人请他去一所更有名的公立学校担任校长。罗尔斯顿的接班人叫查特里斯（Chatteris），奇普思很欣赏他。他比罗尔斯顿更年轻——才 34 岁。他应该很聪明，不管怎么说，至少很现代（剑桥自然科学荣誉学位可不是白拿的）；而且他待人友善，富有同情心。等他了解到奇普思对布鲁克菲尔德的意义之后，他聪明又很有礼貌地默认了这个情况。

1913 年，奇普思得了支气管炎，几乎错过了整个冬季学期。这件事让他决定那年夏天就辞职，当时他正好 65 岁。毕竟，现在时机成熟了，年龄也正好。其实罗尔斯顿那些不留情面的话对他也有所影响。他感到如果自己工作不称职的话，再继续硬撑下去对别人是不公平的。另外，他也不会完全从学校割离开。他会租下马路对面维克特太太家的一间房，她人很好，以前曾在学校洗衣房工作。他可以随时去学校走走，从某种意义上说，他仍然是学校的一部分。

在那年7月的最后一个期末晚宴上，奇普思收到告别演讲的邀请，做了一次精彩的演说。不是特别长，却包含了好多有趣的笑话。而且因为总是要停下来等大家笑声过去，演讲的时间大概比原计划涨了一倍。演讲里引用了几句拉丁名言，还提到了学校董事会会长。奇普思说，会长在谈及他（奇普思）对布鲁克菲尔德的贡献时有浮夸之嫌。“但，这是因为他出自一个爱夸张的家庭。我还记得有一次为此，不得不惩罚他的父亲。（笑声一片）拉丁语翻译我只给了他1分，嗯——可他呢，竟然说有7分！”大家哄堂大笑，还夹杂着一阵阵喧闹的喝彩声。每个人都在想，这是典型的、只有奇普思才说得出来的话啊。

随后他提到他已经在布鲁克菲尔德工作42年了，度过了一段非常美好的时光。“它就是我的全部人生。”奇普思简单概括道。“O mihi praeteritos referat si Jupiter annos①……我应该不用翻译这句了吧……”笑声更大了。“我记得布鲁克菲尔德发生过许多变化。我记得第一辆自行车。我记得学校还没有煤气和电灯的时代，曾经我们有专职人员负责这方面的事务，内政处的人都叫他灯童——他别的都不用干，只负责清洁全校的灯台、剪灯芯、点灯。我记得有一年冬季学期的霜冻持续了整整七周时间——比赛都取消了，整个学校都在学习如何在沼泽地上滑冰。那大概是一八八几年的事情吧。我记得有一次学校三分之二的人都得了风疹，大礼堂都成了

① 意思是若朱庇特能把我带入往昔岁月。——译者注

医院病房。我记得庆祝驻马弗京军队获救[①]那晚，学校燃起的巨大篝火。结果篝火太靠近大帐篷，把大帐篷都点着了，我们不得不找消防队来扑灭它。可那晚消防队员们也在举行他们自己的庆祝活动，大部分人都小醉微醺，都不是最佳状态啊。（笑声）我记得布鲁尔太太（Mrs. Brool），她的照片现在还挂在学校糖果店里呢。要不是她澳大利亚的舅舅留给她一大笔钱，她现在应该还在这儿吧。事实上，我记得太多东西了，常常觉得我应该写本书。那我应该给它起个什么名字呢？'教鞭与戒尺的回忆'嗯？（欢呼声和笑声此起彼伏。这句话说得好，大家都在想——这是奇普思语录最精彩的几句之一。）好了，好了，也许某天我会动笔写的。但我更愿意亲口讲给你们听。我记得……我记得……但最重要的是，我记得你们所有人的脸。我从来没有忘记过这些脸庞。在我的记忆中有成千上万张脸庞——我的学生们的脸庞。如果你们以后会来看我，我希望你们都能来，我会试图记住那些你们年长以后的脸庞，但也有可能我没办法再记住了。过些年，某天你们也许会在某处遇见我，我却认不出你们来，到时候你们就会跟自己说'这家伙竟然不记得我了。'（笑声）我会记得你们的——记得你们现在的样子。这才是全部的意义所在。在我的记忆里你们永远都不会长大一丁点儿。永远不。比如有时候有人跟我说起我们尊敬的董事会主席，我心里就想：'啊，是啊，那个头发老爱往上翘、成天都挺乐呵的小家伙，完全不懂拉丁动名词和拉丁动形词有什么区别。'（哄堂大笑）好了，好了，我不能再往下说了，不说了。我肯定会想念你

---

① 1900年南非战争期间，英国驻马弗京军队获救，举国欢庆。——译者注

们的，所以你们也时不时地想想我吧。Haec olim meminisse juvabit[①]……这句也不需要我翻译了吧。”笑声更大了，还夹杂着经久不息的欢呼声与喝彩声。

1913 年 8 月，奇普思去威斯巴登[②]疗养，住在布鲁克菲尔德一位叫斯特弗尔的德国老师家里，他们一直是很好的朋友。斯特弗尔比他小 30 岁，但两人却十分投缘。9 月，学期开始，奇普思回来了，继续住在维克特太太家。度假回来以后他觉得身体好多了，比以前硬朗不少，几乎希望自己还没有退休。不过，他仍然给自己找了不少事儿来做。他要请所有新入学的孩子喝茶，布鲁克菲尔德操场上所有重要的比赛也一场不落下。某个学期他还和校长一起吃了晚餐，还有一次是和老师们一起。他接下了新“布鲁克菲尔德人”校友录准备和编辑的工作。他还接受了“老校友”俱乐部主席的职务，应邀去伦敦参加了晚宴。偶尔他还要给布鲁克菲尔德末期校刊撰稿，文章里满满的笑话和拉丁文引言。每天早晨他都会把《泰晤士报》仔细地通读一遍，而且他还开始阅读侦探小说了——其实从福尔摩斯流行开始他就很喜欢这类书了。没错，他还挺忙碌的，也乐在其中。一年以后，就是 1914 年，他再一次出席了期末晚宴。席间有很多关于战争的话题——阿尔斯特内战[③]，奥地利和塞尔维亚领土纷争[④]。斯特弗

① 意为“也许有一天，这段经历会值得怀念”。——译者注

② 德国中部黑森州州府，欧洲最老的疗养地之一，有 26 个温泉和 1 个冷泉。——译者注

③ 北爱尔兰内部的族群纷争。——译者注

④ 20 世纪初逐渐强大起来的塞尔维亚，与波斯尼亚、黑塞哥维等地的南斯拉夫人强烈要求摆脱奥匈帝国的统治，建立统一的南斯拉夫共和国。——译者注

尔第二天就要回德国了，他还跟奇普思说，他觉得巴尔干半岛[①]问题是不会有什么结果的。

---

① 巴尔干半岛是一个地缘政治和文化上的名词，用以描述欧洲的东南隅位于亚得里亚海和黑海之间的陆地，详细范围依照定义不同有许多种说法。巴尔干地区自古以来就存在诸多矛盾，既有宗教矛盾，也有领土争端。由于半岛的地缘政治重要性，由此而来的列强干涉致使这一地区的矛盾频繁被放大为战争，因此又有欧洲火药库之称。第一次世界大战的触发点之一“萨拉热窝事件”亦是发生在巴尔干半岛上。——译者注

第十三章

战争开始了。

最初的震惊过后，紧接着是战争初期的乐观主义。马恩河战役[①]，俄国摧枯拉朽式的攻击，基钦纳[②]。

“你觉得战争会延续很久吗，先生?”

奇普思被问的时候正在观看那一季板球比赛的预赛首场，他给出了相当乐观的答案。他跟当时成千上万的民众一样，错得离谱。但跟成千上万的民众不一样的是，他从未隐藏自己判断失误的这个事实。“我们结束这场战争的时间应该是在

① 又名马恩河奇迹，是第一次世界大战西部战线的一次战役。这场战役发生在 1914 年 9 月 5 日至 12 日。在这场战役中，英法联军合力打败了德意志帝国军。第一次马恩河战役是一战的一个关键时刻。1918 年 7 月中，马恩河爆发第二次马恩河战役。——译者注

② 霍雷肖·赫伯特·基钦纳，1850 年—1916 年，英国历史上最具影响力的名将之 一。以残酷无情、傲慢自负和镇压苏丹起义、结束布尔战争和一战前组建 300 万大军而闻名。——译者注

圣诞节的时候吧。德国人已经被打败了。不过你问这干吗？难道你想想去参军吗，福瑞斯特（Forrester）?”

这本来是一句玩笑话，因为福瑞斯特是布鲁克菲尔德有史以来个头最小的新生，算上他裹满泥巴的足球鞋也只有4英尺高。（但当你知道后来发生的事情，就一点儿也不觉得好笑了。他死于1918年，在法国北部的堪布里中弹身亡。）只能说世事难料。第一个“老布鲁克菲尔德人”在战事中牺牲的噩耗犹如晴天霹雳——他死于9月。

得知消息后，奇普思想：一百年前，从这所学校毕业的男孩们正在抵抗法国人。从一个奇怪的角度来看，一代人的牺牲本应抵消另一代遭逢相同际遇的命运。但事实并非如此。他试图跟校监布雷兹（Blades）交流自己的想法，但他只是笑了笑。布雷兹只有18岁，却已经在为去军校而受训。毕竟，那些旧纸堆里的历史对现在发生的一切没有任何实际意义，不过是老奇普思许许多多古怪念头中的一个，仅此而已。

1915年，军队在西线①陷入僵局。接着又爆发了达达尼尔海峡战役②，加里波利战役③。驻扎在布鲁克菲尔德附近的军营越来越多，士兵们在学校操场上运动和训练。布鲁克菲

---

① 西方占线，指的是1914年第一次世界大战爆发后，德国入侵比利时与卢森堡后所开辟的战区。——译者注

② 第一次世界大战期间，英法联军于1915年2月—1916年1月在土耳其达达尼尔海峡地区实施的进攻战役。又称加里波利半岛战役。——译者注

③ 第一次世界大战中规模最大的一次会战，时间发生在1916年7月1日—11月18日间，英、法两国为突破德军防御并将其击退到法德边境，在位于法国北方的索姆河区域实施作战。双方伤亡共130万人，是一战中最惨烈的阵地战，这次战役也是第一次把坦克投入实战中。——译者注

尔德的军官训练营迅速发展，大部分年轻老师不是离职就是去参军。每周日晚，在小教堂做完晚祷之后，查特里斯就会宣读在战争中牺牲的校友名单，并简单追忆他们的生平。这一幕感人至深，但奇普思坐在看台下黑色的长条凳上想：这些人对查特里斯来说只是一个个没什么记忆的名字，他不像我，我看到的，是他们的音容笑貌……

1916 年……索姆河战役爆发。一个周日夜晚就有 23 个名字被宣读出来。

在灾难的 7 月快结束的时候，查特里斯某天下午去维克特太太家看望奇普思，与他聊天。他工作负担很重，又思虑过度，看起来快要撑不住了。“我跟你实话实说，奇普思，我在这儿过得很艰难。我 39 岁了，你知道的，也没有结婚，很多人似乎都认为他们清楚我应该去做什么。但同时，很不凑巧地我有糖尿病，我连水平最低的军医都蒙混不过去。可我也不觉得我非得把医生证明贴在大门上才能向大家证明些什么啊。”

奇普思对整个情况一无所知，这一切都让他震惊不已。他很喜欢查特里斯，觉得他是个好人。

查特里斯继续说道：“你知道现在的状况是什么样的吗？罗尔斯顿把这地方装满了年轻人，都是很不错的年轻人，毫无疑问——但现在他们大部分都已经参军，代课老师又整个糟糕透顶，没一个靠得住的。上周有一天晚上上预备课，他们把墨水往人脖子里灌，这帮蠢货这样就歇斯底里，不知道该怎么办了。我自己有一堆课要教，还要帮这群没用的笨蛋上预备课，每天都工作到深更半夜。我都已经成这样了，大家仍然对我冷言冷语，拿我当战时逃避责任的懦夫。我再也受不了了。如果下个学期情况再没有好转，我想我要崩溃了。”

“我对你感同身受。”奇普思说道。

“我知道你会理解我的感受的。那接下来我就要说我今天来拜访你的目的了。简单地说，这其实是个不情之请——如果你觉得合适，又愿意的话——回学校工作一阵子怎么样？你看起来精神状态很好，身体也不错，而且，你掌握所有的秘诀，会把事情做得很好。也不是说有很多繁重的工作需要你做，你不需要很费心，就是一些琐碎的工作，你可以选你喜欢的来做。其实我最需要你的地方并不是要你干工作——虽然，说真的，没人比你干得更出色，我最需要你帮助的是别的方面，只要你出现在布鲁克菲尔德，就已经是帮我了。再也没有人比你更受欢迎了，现在也依然是这样，你可以帮忙掌控全局，如果这儿真出了什么事儿的话。可能真的会有出什么事……”

奇普思激动得快要喘不过气来，他满心欢喜地答道：“好，我会回去……”

第十四章

他还住在维克特太太家，没错，他还住在那儿。但每天早上十点半，他都会穿上外套，围好围巾，走去马路对面的学校。他感觉自己状态很好，实际要做的工作也不繁重，只教几个班的拉丁语和古罗马历史。课程内容都一样，连发音也没变。他又可以讲那个关于卡努勒亚法的笑话了——现在有全新的一代孩子完全没听过。而且当大家都对他的笑话乐不可支的时候，他打心眼儿里满足。他自我感觉有点儿像歌剧院里最受欢迎的大牌演员，最后一次公开亮相后功成身退，如今又重返舞台，依旧不退流行。

大家都说他能那么快地记住每个学生的名字和长相，真是太神奇了。但他们不知道的是，住在街对面的他跟这所学校、这里的学生有多么紧密的联系，多么深厚的感情。

他每个方面都很成功。所有人都知道而且也感觉得到，并且在有些事情上他能发挥出意想不到的作用。奇普思有生以来第一次感到自己不可或缺——而且是被他最热爱、最珍视的人和事需要着。世界上再没有比这更崇高的感觉了，而他也终于体会到了这种感觉。

他也会讲新的笑话——关于军官训练营的，关于粮食配给制的，还有关于所有窗户必须安装防空百叶窗的。学校星期一菜单上出现了一道神秘的炸丸子，奇普思叫它“abhorrendum”① 意思就是“讨人厌的肉丸”。这也流传开了，听过奇普思的新笑话了吗？

1917 年冬天，查特里斯病倒了，所以奇普思又成了布鲁克菲尔德的代理校长。这已经是他人生中的第二次了。4 月，查特里斯去世了，董事会问奇普思是否愿意“完成任期”，他说除非他们不会将他的任命转为正式，他才留下来。至此，奇普思算是达成了自己所有的心愿，他本能地感到自己正在衰弱，很多方面都开始力不从心。他对里弗斯说：“你看，我已经不是年轻人了，我不希望人们——嗯——对我抱有太大的期望。我就像那些到处可见的新提拔的上校和少校——都是战时临危受命。充其量——我也就是个老兵。”

1917 年，1918 年，世道艰难，奇普思都熬过来了。他每天早上坐在校长办公室里，处理问题，面对各种投诉和请求。多年的丰富经验在他身上转化为一种温和的、善解人意的自信。保持分寸感，是他考虑的最主要的问题。这个世界已经越来越不重视分寸，但他必须给那些还懂得分寸的人一个意气相投的家。

如今轮到他每周日在小教堂朗读遇难者名单了，人们有时候会看见或听说他是流着泪念完的。是啊，难道不让人伤

---

① 意为“令人嫌弃的”。——译者注

心吗？他毕竟是个老人了。大家议论着，都觉得他情有可原。可如果换作其他人的话，一定会被认为软弱而被瞧不起的。

一天，他收到一封朋友从瑞士寄来的信。经过层层审查[①]，信的内容已经被删去好多，但还是留下了一些信息。在接下来的那个星期日，当他念完逝者名单与生平之后，他停了停，然后说道：

“你们中少数几个是战前就在这儿的，一定还记得德语老师斯特弗尔吧。战争爆发后他就回德国探亲了。他在布鲁克菲尔德广受欢迎，也交了很多朋友。但我很遗憾地告诉大家，上周他过世了，在西线战场。”

他说完以后脸色苍白地坐下了，意识到他刚刚做了一件不同寻常的事。幸好，他做这件事之前没跟任何人商量过，所以不会牵扯到别人。过后，在小教堂外面，他听见有人议论：

“奇普思说西线战场，所以说他是为德国而战咯？”

“我想应该是吧。”

“那就太可笑了。还把他的名字跟其他牺牲的人放在一起念。他毕竟是敌人啊。”

“哦，算了，我觉得那不过就是奇普思那些奇怪想法中的一个吧。老爷子还是很念旧的。”

奇普思回到自己的房间，刚才听到的那番话并没有令他不快。是的，他还是很念旧的——他怀念在这个疯狂的世界里越来越少见的高贵与无私。他还想：布鲁克菲尔德也会拥有这些品质的，我会教给他们。但在我之后，恐怕后继无

---

① 第一次世界大战期间，为防止机密泄露，防止公众了解残酷战况，影响社会稳定，士兵往来信件都会受到审查。——译者注

人了。

曾经有人问他如何看待板球馆附近的刺刀训练，他用有一点儿喘不过气来的、懒洋洋的音调回答道：“在我看来这是一种俗不可耐的杀人手法。”后来这音调常被大家模仿，又夸张了许多。

后来这个故事广为流传，深受大家喜爱，奇普思是如何跟某个军队高官说刺刀训练俗不可耐的。真是典型的只有奇普思会干的事儿啊。而且大家发现有一个词儿特别适合形容他，刚开始流行的词儿：他来自“战前的英国”。

第十五章

有一次，奇普思正在给四年级的孩子上初级拉丁语课。月色皎洁，空袭警报却突然响彻夜空。炮弹的尖啸声紧随其后，屋外弹片、建筑物碎片四处横飞。奇普思觉得大家最好原地不动，就待在校舍最底层。校舍建得相当结实，布鲁克菲尔德所能提供的最佳防空洞就是这儿了，至于被炮弹直接击中的话，反正不管他们躲在哪儿，都很难幸存下来。

所以他接着上他的拉丁语课，只是不得不将声音稍提高一点，以抵抗混乱的枪声和防空弹凄厉的啸叫。学生们紧张不安，几乎没有人能集中注意力听讲。他温柔地说："罗伯森(Robertson)，可能在你看来——这个世界历史发展过程中特别的一刻——嗯——这个约 2000 多年前恺撒发动的高卢之战①——嗯——好像没什么重要的，而且——嗯——这个动词“tollo”，它的不规则变位估计你更不重视了。但是相信我亲爱的罗伯森，事实并不是这样的。”就在这时候，外面传来一阵巨大的爆炸声——爆炸点显然离他们非常近。“你们不能只靠它们制造的噪声来评判事物的重要性。哦，亲爱的孩子们，可不能这样。”学生们轻轻笑了起来。“这些事情已经存在了千年之久——它们的影响力不会轻易消亡——显然不会因为一些臭名昭著的商人——在实验室里瞎捣鼓出的、不好用的发明——而失去意义。”教室里又一阵紧张不安的吃吃窃笑。因为那位苍白瘦削、身体不太好的自然科学课老师巴福思（Buffles）外号就叫“臭名昭著的商人”。又一阵爆炸声——依然离他们非常近。“让我们回到课本上。如果命中注定我们很快就要被迫中断上课，那就让我们被发现的时候是在做我们该做的事情。有谁自愿来翻译一下这几句话？”

聪明莽撞、吓不倒的小胖子梅耐德（Maynard）说：“先生，我来。”

“很好。翻到第40页，从最下面那行开始。”

爆炸声仍然震耳欲聋，整栋楼摇晃得仿佛就快要从地基上被掀翻一样。梅耐德往前翻，找到那一页，开始大声念：

“——Genus hoc erat pugnae——这一场战斗——quo se Germani exercuerant——竟让德国人自顾不暇。哦，先生，这真好玩——真太好笑了，先生——是你最好笑的笑话之一——”

大家又开始笑，奇普思又说：“好了，你们现在知道了

① 西元前罗马共和国对高卢的众多部族所发动的一系列侵略战争，也是恺撒为增强自己的实力与威信所发动的远征。——译者注

吧，这些消亡的语言，有时候也是可以重获新生的——嗯？是不是，嗯？”

后来他们才知道，那天有五枚炸弹落在布鲁克菲尔德及其附近，最近的那枚就在学校操场外。9 个人死于这场轰炸。

奇普思这个故事在学校里流传很久，又几经渲染。“这个亲爱的老爷子镇定自若。甚至还找了几个古老的典故来阐释当时发生的事。好像是关于恺撒评价德国人如何打仗的。你怎么也想不到跟恺撒相关的东西里还有这样的内容啊，是不是？而且当时奇普思笑得那个样子啊……你知道吗，他发自内心的大笑……笑得眼泪都出来了，满脸都是……从没见过他笑成那样……”

他成了一个传奇。

他依旧穿着那又旧又破的长袍，腿脚刚刚开始不灵便，眼睛依然在钢框眼镜后闪烁着温和睿智的光芒，他特有的幽默感依然古典优雅。布鲁克菲尔德的他一点儿也没有改变。

1918 年 11 月 11 日。

早上，大战结束的消息传来，学校允许放假一天，厨房央求尽量在战时定量配给的范围里给大家提供一餐有庆祝气息的饭菜。有太多值得庆祝和歌唱的事情，学生们在餐厅里开心得互扔面包。当奇普思在一片喧闹声中走进来的时候，大家忽然安静了下来，紧接着却是一阵高过一阵的欢呼声。大家都目不转睛、热烈地注视着他，眼中闪烁着光芒，把他当作胜利的象征。他朝台上走过去，看起来似乎想说点儿什么，大家都安静下来等着他，但过了一会儿，他又摇摇头，笑了笑，走开了。

那天潮湿、大雾，从四方广场走到餐厅的途中他就着了凉。第二天便转成了支气管炎，奇普思只好一直卧床休息，直到圣诞节以后才好转。但其实，早在 11 月 11 日那晚，他去过餐厅之后，就已经向董事会提交了辞呈。

假期结束后，学校重新调整开学，但他已经住回到维克特太太家。在他的要求下，学校没有再为他举行欢送仪式或演讲，除了与他的继任者握手，把官方信纸上“代理校长”的“代理”划去以外，再没有别的繁文缛节。他的“任期”就此结束。

第十六章

如今，15 年过去了，他终于能够在一种彻底的、来之不易的平静中回忆过去。当然，他没有生病——只不过有时觉得有点儿累，那几个月的冬季会有点喘不上气来。他不想去国外——他试过一次，去了里维埃拉①，结果当时那里寒流肆虐。从此之后，他就总是说："我宁可——嗯——在自己国家——感冒。"每当刮东风的时候，他就得留神照顾自己；秋冬两季没有什么大碍，又有温暖的炉火，心爱的书籍，而且还可以盼着夏天的到来。夏天理所当然是他最喜欢的季节，除了适合他的、舒服的天气，还会有他教过的学生不断来访。每个周末，他的一些学生就会开车来布鲁克菲尔德，再去他

---

① 意大利语 Riviera，原本指意大利利古里亚的海岸。世界上有多个地方称为"Riviera"，最著名的两个"Riviera"是意属里维耶拉和法属里维耶拉。——译者注

家拜访他。有时候一次来太多人，还会把他累着。不过他不是真的介意，因为他总可以过后再休息或者打个盹儿。他真心喜欢他们来访——这是世界上他最喜欢，并且会一直喜欢下去的事情。“那个，格雷格森（Gregson），我可记得你，做什么事儿都慢，呃，是不是？估计你老得也慢，跟我似的，嗯？”然后，等学生们离开了，他又一个人的时候，维克特太太进来收拾茶具和点心，他就会说：“维克特太太，小格雷格森刚才来了，你记得他吧，记得吗？高个儿，戴眼镜，爱迟到。现在工作啦，在国际联盟①，在那儿的话，他拖拖拉拉，也不会很明显了吧？”

有时候，当学校点名的钟声响起，他就会踱到窗边，向街对面望去，视线穿过学校的栅栏，落在远处正排成一长队慢慢经过点名席的学生们身上。世事流转，新旧更迭，现在是新时代，新名字……但是老学生的名字我仍然记得……杰弗森，杰尼斯，乔里恩，尤普，金斯利三兄弟，金斯顿……你们现在都在哪里，你们都去哪儿了？……维克特太太，上预备课之前请给我来杯茶好吗，麻烦你了？

战后十年过得飞快，伴随而来的是一系列改变与不适。经历了这一切的奇普思每当把目光转向国外都深感失望。鲁

① 简称国联，是《凡尔赛条约》签订后组成的国际组织，宗旨是减少武器数量、平息国际纠纷及维持民众的生活水平。二战结束以后，国际联盟的角色被联合国取代。——译者注

尔危机①，恰纳卡莱危机②，科孚岛事件③。整个世界动荡不安。然而，在他的周围，在布鲁克菲尔德，甚至再扩大一点说，在英格兰，仍然有一种魅力让他为之心醉。那是一种历经沧桑却永不衰败的魅力。他越关注外面的世界，就越觉得是一团乱麻，英格兰牺牲得够多了，甚至，也许牺牲得太多了。他对布鲁克菲尔德很满意。它根深蒂固，历经时间冲刷，历史巨变，从战争中幸存下来，再没有什么能撼动得了它了。更奇妙的是，从更深层意义上说，它本身几乎从未改变。学生们更有礼貌了，恃强凌弱的现象也不复存在，但说脏话和考试作弊的现象变少了。老师和学生之间的友情越来越真诚——一方是不再那么傲慢、爱摆架子，另一方也少了虚情假意、刻意奉承。有一位新来的老师，刚从牛津大学毕业的，甚至允许六年级学生直接喊他教名。奇普思不赞成这个，实际上，他有点儿震惊了。他跟别人说起这事来："他干脆——嗯——在期末报告上直接签——嗯——'你亲爱的'好了，是不是——嗯？"

---

① 德国赔款问题是凡尔赛和约中悬而未决的最复杂的问题之一。1922 年 7 月，德国政府以通货膨胀、财政危机为由，请求延期支付赔款。1923 年 1 月 11 日，法国联合比利时，以德国不履行赔款义务为借口，出动 10 万军队占领德国的鲁尔工业区，酿成"鲁尔危机"。——译者注

② 指 1922 年 9 月，土耳其军队为保卫达达尼尔海峡中立区，对驻扎在附近的英法两军发动的威胁性攻击行动。——译者注

③ 指 1923 年墨索里尼统治下的意大利和希腊之间发生的一起外交事件。一名意大利将军在希腊被杀，意国即炮轰并占领希腊所属科孚岛。国际联盟插手，希腊以赔款取回属地。——译者注

1926年总罢工①期间，布鲁克菲尔德的学生们用货车囤积了好多粮食。这次罢工结束以后，奇普思觉得情绪久久不能平复。自从大战结束以来，他还没有过这样的感觉。有一些事情发生了，而这些事情的终极意义尚未显露。但有一点明白无误：英国再次燃起了生命的火焰。那一年学校又恢复了演讲日，当时有个美国的访客反复强调这次罢工给国家带来了多么大的损失，奇普思回答他："是啊，但是——嗯——广告嘛，总是需要花钱的。"

"广告？"

"是啊，难道——嗯——不是广告吗，还是一个很不错的广告吧？整整一个礼拜——嗯——没有一人伤亡，并且一枪未发！你们国家大概——嗯——就算打劫一间酒吧——嗯——也要死伤无数的吧！"

大家都笑了……笑得很开心……之后不管他走到哪儿，不管他说什么，总是伴随着笑声。从此他就有了很会说笑话的名声，而大家又总是很期待听他说笑话。会议中无论何时他站起来准备发言，甚至只是隔着桌子说话，大家都会等着，就连表情都准备好了。他们都沉浸在要被逗乐的情绪里听他说，而奇普思也毫不费力地把大家都逗得很开心，甚至有时候他还没讲到好笑的地方大家就先笑了。"奇普思老爷子真逗"，之后他们都这么说，"真神奇，他总是能发现事情有趣的那一面……"

1929年以后，奇普思就没再离开过布鲁克菲尔德——就

---

① 指英国工人阶级为支援煤矿工人反击资产阶级的进攻，于1926年举行的历史上第一次总罢工。先后有近600万以上的工人参加这次罢工。——译者注

连伦敦的“老校友”晚宴他也没有去。他怕着凉，晚一点睡觉也开始让他觉得太疲倦。不过他还是会在天气好的时候去学校逛逛，还是保持着在家热情招待学生的习惯。他身体各方面都运作良好，也没有任何个人的忧虑。他的收入够用之外还略有盈余，还有一小笔资金用来投资风险较小的证券，股市崩溃的时候也没有损失多少。很多钱他都捐献了——有来向他诉苦的人，有各式各样的学校基金，还有布鲁克菲尔德救济会。1930 年，他立下自己的遗嘱。除了留给救济会和维克特太太一部分之外，剩下的就在学校设立了一项开放奖学金。

1931 年……1932 年……

“你觉得胡佛[①]怎么样，先生?”

“你觉得我们应该恢复金本位制[②]吗?”

“你觉得事情总体来说怎么样，先生? 有没有好转的迹象?”

“这种情况什么时候才有转机，奇普思，老爷子? 你肯定知道，你经历过那么多事情。”

他们都喜欢问他问题，好像他是某种先知和百科全书的结合体——而且，不只这样，他们还喜欢他总是添油加醋把答案变成玩笑话说出来。他会说：

“嗯，亨德森（Henderson），当我还——嗯——非常年

---

① 约翰·埃德加·胡佛（1895～1972）：美国联邦调查局改制之后的第一任局长，任职长达 37 年，直到 1972 年逝世为止。胡佛生前在美国民众中声望很高，但死后有关他的争议却越来越激烈。——译者注

② 以黄金为本位币的货币制度。世界经济在 1931 年 9 月进入了最困难的时期，由于法国与荷兰挤兑英镑现象激增，英国无奈之下脱离金本位制。——译者注

轻的时候，曾经有个人——嗯——承诺人们，4便士可以换到9便士。我不知道有没有人——嗯——真的换到过，但——嗯——我们现在的统治者似乎——嗯——找到解决方法了——嗯——可以用9便士换到4便士。”

大家都笑成一片。

有时候他在学校里散步，低年级的学生会厚着脸皮跑过来问他问题，乐趣就是可以第一个宣传奇普思的“最新笑话”。

“请问，先生，五年计划①是什么啊?”

“先生，你觉得德国人还想再打一仗吗?”

“您去过那家新的电影院吗，先生?我跟家里人那天去过了。对布鲁克菲尔德这个小地方来说真豪华。他们有一台沃利策②。”

“什么，沃利策到底是什么?”

“是点唱机，先生——电影院的点唱机。”

“哦天哪……我在广告牌上见过这名字，但我一直以为那是一种香肠。”

大家又笑开了……嗨，各位，快来听奇普思的新笑话，这个特别好笑。那天我正跟老爷子聊新电影院呢，说……

---

① 1928年至1932年的五年间，苏联为摆脱落后的农业国面貌而实行的大规模有计划的全面社会主义建设。——译者注

② 创立于17世纪的一家音乐器材公司。20世纪30年代开发出独具一格的自动点唱机，非常受欢迎。“沃利策”的发音具有德国特色，而德国特产各式香肠，所以奇普思顾名思义，编了一个笑话。——译者注

第十七章

1933年11月的一个下午，他坐在维克特太太家的前厅里。天气阴冷，雾气蒙蒙，他不敢冒险出门。从休战日[①]那天起他就觉得不舒服，他想他大概做礼拜的时候染上了一点儿轻微的感冒。梅里维尔那天早上刚好来过，进行他每两周的例行谈话。“一切都还好吧？精神怎么样？这样就对了——这种天气在家待着最好——最近外面患流感的不少。你这种生活我也想过过啊，一两天都成。”

他的生活……这是怎样的一种生活啊！那天下午他坐在壁炉前，过往的前尘旧事在他眼前一幕幕闪过。他做过的事情，他见过的事情：十九世纪六十年代的剑桥，八月清晨的大山墙，不同时代和季节里的布鲁克菲尔德。相对地，还有

① 为纪念1918年签订的《第一次世界大战停战协议》，每年的11月11日都为休战纪念日。——译者注

那些他没有经历过的事情，现在也来不及再做了。比如，他从没坐过飞机，也从来没参加过访谈节目。跟学校里最年轻的新生比起来，他可以说是既历经沧桑又未经世事。这就是年轻人与年长者之间的悖论，是时代发展的必然结果。

维克特太太出门了，她去邻村看亲戚了。不过她怕自己走了以后有人来访，已经把茶具都预备好了，面包，黄油，另外增添的茶杯，都整齐地摆在桌子上。可是这种天气，似乎不太会有客人造访。外面雾气沉重，每小时都变得更厚，他大概得自己一个人待着了。

然而并没有。大概四点差一刻的时候，门铃响了起来。奇普思自己去应门（这事儿本来不该他干），发现门外站着一个戴布鲁克菲尔德校帽的小男孩，看起来紧张不安，怯生生的。“请问，先生”，他开口说，“奇普思先生住在这里吗？”

“嗯——你先进来吧！”奇普思回答道。进门以后过了一会儿，奇普思才说：“我就是你要找的人。你有什么事情需要我帮忙吗？”

“他们说你找我，先生。”

奇普思笑了。捉弄人的老套路了，经典恶作剧，他小时候也没少和别人开这种玩笑，现在他也遇到了，也不好发牢骚。而且他想将计就计，自己再用另一个恶作剧反过来去整那些孩子，想想就开心；也好让他们看看，他现在还是很跟得上时代的，甚至更有趣了。所以他眨了眨眼，说：“没错，孩子。我想找你跟我一起喝茶。你坐在靠壁炉那边好吗？我好像以前没见过你啊。怎么搞得？”

“我刚从疗养院出来，先生，学期一开始我就出麻疹，一直待在那儿。”

“啊，原来是这么回事。”

奇普思开始像往常一样进行他泡茶的仪式，从不同的瓶瓶罐罐里舀出茶叶混合起来。还好，橱柜里还剩半个粉红色糖霜的胡桃蛋糕。他了解到男孩的名字叫林富德（Linford），住在什罗普郡①，是家里第一个来布鲁克菲尔德念书的孩子。

“你知道吗——嗯——林富德——等你习惯下来以后——你会喜欢布鲁克菲尔德的。这儿其实不是个可怕的地方——不像你想象的。你现在有点儿害怕吧——嗯，是不是？我曾经也怕过，亲爱的孩子。一开始的时候。但是——嗯——那是很久以前了。准确地说——嗯——六十三年前了。当我——嗯——第一次走进大厅的时候——嗯——我看见那么多的学生——我跟你说——我吓坏了。真的——嗯——我这辈子还从来没那么害怕过。连那时候打仗——嗯——德国人来轰炸我们，我都没吓成那样。不过——嗯——那并没有持续很长时间——我指的是那种害怕的感觉。我很快就——嗯——习惯了。”

“那学期也有很多其他新的学生吗，先生？”林富德害羞地问。

“嗯？不是——天哪——我当时已经不是学生了——我是一个——二十二岁的年轻人了！下次你看见一个年轻人——可能是新来的老师——第一次在大厅里上预备课——嗯——你想想——那是什么感觉！”

“但是如果你那时二十二岁，先生——”

“是啊。怎么？”

“那你现在——一定很老了，先生。”

---

① 英国英格兰西米德兰兹的单一管理区，西接威尔士的边界。——译者注

奇普思心里无声地笑了好一阵儿。这个玩笑开得挺好。

“是啊——嗯——我肯定——嗯——不算年轻人了。”

他自己又默默地乐了好长时间。

后来他又讲了好多其他的事情，什罗普郡啊，学校和学生生活啊，当天报纸上的新闻啊，等等。“林富德，你长大以后要面对——嗯——一个非常复杂，很多磨难的世界。也许等你成长得可以面对它们的时候——嗯——世界会变得比较好一些。不管怎么说——嗯——希望如此吧……好了……”他瞥了一眼钟，也到了他遵循老规矩，结束茶话会的时间了。“很遗憾——嗯——你该返校了……”

他站在前门挥了挥手。

“再见，我的孩子。”

男孩子尖细的嗓音回答：“再见，奇普思先生……”

奇普思又坐回壁炉边，脑海中的甬道里还回响着那几个字。“再见，奇普思先生……”这也是个老玩笑了，让新入学的孩子认为奇普思是他的真名，这玩笑几乎已经成了传统。他倒不介意。“再见，奇普思先生……”他记得结婚前一天晚上，凯瑟琳也说了同样的话，温柔地嘲笑他那些日子里的古板严肃。他想到：如今可没人说我严肃了吧，肯定不会有了……

突然间，泪水开始从他的脸颊上滑下来——上了年纪的人就是容易感伤啊。可能有点儿傻气，但他无法抑制自己。他感到非常疲倦，与林富德那样的一番谈话让他筋疲力尽。不过他很高兴能见到这孩子。是个好孩子。以后肯定错不了。

学校点名的钟声穿透重重浓雾传过来，闷闷的，听起来隐隐约约。奇普思看看窗外，天色渐暗，黄昏将至，该点灯了。但就在他准备起身的时候，他发现自己动不了了。他觉得累极了，算了，点不点灯也无所谓。他又靠回椅子里。不年轻了啊——呃，好吧——这话一点儿不假。跟林富德这孩子在一起真有意思。这下我可算好好捉弄了那些送这孩子过来的小坏蛋了。再见，奇普思先生……虽然听起来有点儿怪，不过他也没说错就是了……

第十八章

他慢慢醒了过来，发现自己躺在床上。其实在别人看来他好像只是睡了一会儿。梅里维尔也在，弯腰朝他微笑："啊呀，你这个老家伙——感觉怎么样？刚才可真把我们吓得不轻啊！"

奇普思低声喃喃着，长歇了一口气，微弱的声音连他自己也吓了一跳："怎么——嗯——什么——发生了什么？"

"你只是昏倒了而已。维克特太太进来发现你倒在地上幸好被她发现。不过你现在没事了。慢慢来。如果你想睡的话可以再睡一会儿。"

他很高兴有人提出这样的建议。这主意真好。他现在虚弱得无法拼凑起前前后后的细节——他们是如何把他弄上楼的，维克特太太会说些什么，等等。但是接下来，他突然在床的另一边看见维克特太太。她也在微笑。他思索着：老天，她怎么在楼上？然后，在梅里维尔身后的阴影里，他发现新校长卡特怀特（Cartwright）（奇普思认为他是“新”校长，即使他从1919年就开始在布鲁克菲尔德工作了）也在，还有老巴福思（Buffles），一般大家都叫他“罗迪（Roddy）”。这可真有意思，大家以这种方式聚到一起。他默默想着：不管怎样，我已经懒得再对任何事情好奇了。我要睡一会儿了。

但那不是睡眠，也不是完全清醒，是一种处于睡眠与清醒之间的状态，充满了各种各样的梦境，脸庞，还有声音。那些昔日的场景和旋律的碎片：凯瑟琳（Kathie）曾经演奏过的莫扎特三重奏——背景里充满欢声笑语和礼炮声——还有，除这一切之外最为响亮的，布鲁克菲尔德的钟声，布鲁克菲尔德的钟声。“所以你看，如果平民小姐希望贵族先生娶她……当然可以，你明明就可以，你这个骗子……”笑话……讨人厌的肉……笑话……是你吗，马克斯（Max）？好了，进来吧。德国有什么消息？……O mihi praeteritos[①]……罗尔斯顿说我懒散又不称职——但少了我他们又应付不过来……O nobile heres ago fortibus es in aro[②]……谁能翻译一下这句话，有谁会吗？……这是个笑话……

有一次，他听见大家在屋子里谈论他。

卡特怀特悄悄跟梅里维尔说：“可怜的老伙计——这辈子肯定生活得很孤独，一直一个人。”

梅里维尔回答他：“倒也没有一直一个人。他结过婚的，你知道吧。”

“哦，真的吗？我从没听说过这事。”

---

① 与第十二章相同，译文为：若朱庇特能把我带往昔的岁月。——译者注

② 此句为按拉丁语发音拼写出的英文，是奇普思的一个笑话。——译者注

“他妻子过世了。大概已经过去——哦，差不多三十年了。可能都不止。”

“可怜啊。可惜他也没有孩子。”

听到这儿的时候，躺在床上的奇普思竭力张大他的眼睛，试图吸引大家的注意。大声说话对他来说太吃力了，但他尽力嘟囔出声。过了一会儿，大家听到了动静，环顾四周，都朝他走近，聚在他身边。

他挣扎着，缓慢地，吐出几个字：“刚才你们在说我——什么？”

老巴福思笑着说：“没说什么，老伙计——没说什么——我们不过是在琢磨这美容觉你打算睡到什么时候。”

“可是——嗯——我听到你们说——说起我——”

“绝对没什么要紧事，亲爱的老伙计——真的，我向你保证……”

“我好像听见你们说——你们中谁说的——说很遗憾——嗯——遗憾我从来没——没有孩子……呃？……但是我有啊，你知道的……我有……”

其他人都微笑着不答话，停了一小会儿之后，奇普思开始体力不支，他轻轻笑了一下，浑身都发颤了。

“我有的——嗯——我有孩子”，他又加了一句，声音里带着颤巍巍的快乐。“几千个孩子……好几千个……都做过我学生的。”

接着，他耳边响起了一阵曲终大合唱，他从没听过如此雄壮华丽又美妙动人的乐声，如此抚慰人心……裴缇费，珀莱特，波森，波茨，普曼，佩维斯，皮姆-威尔森，拉德瑞特，拉普森，瑞德，瑞普，瑞迪家的大儿子……到我这儿来，所有人，我最后跟你们说句话，再讲个笑话……哈伯，哈斯莱特，哈特菲尔德，哈瑟利……我最后一个笑话……你们听见没有？你们觉得好笑吗？……伯恩，波士顿，波维，布拉德福德，布拉德雷，布拉姆霍尔-安德森……不管你们在哪儿，无论发生了什么，现在过来陪陪我吧……在这最后一刻……我的孩子们……

很快，奇普思就睡着了。

他看起来是那么平静安详，大家都没有再和他说晚安，免得打扰他。然而到了早上，学校早餐铃响的时候，消息就传到布鲁克菲尔德。“布鲁克菲尔德永远不会忘记他的可敬可爱。”卡特怀特在对全校的演讲中说道。这其实很荒谬，因为所有的事情最终都会被忘记。但至少，林富德会记得他，并把他的故事传颂下去：“奇普思过世的前一晚，我跟他说了晚安……”

Miracle on 34th Street

梦幻街 34 号

导读：童话和现实的相会

《梦幻街 34 号》这部小说，在 1947 年被改编成同名电影，并获得奥斯卡最佳故事奖。它讲述了一个笃信自己是圣诞老人的神秘老人和一对理性至上怀疑一切的母女的故事。自电影放映以来至今，一直被认作是最经典的圣诞故事之一，被各大电视电影制片厂以及百老汇竞相改编成各种版本，版版都风靡一时。

不论从人物塑造的极端化还是情节发展的戏剧性来说，这都算是个奇幻色彩浓厚的故事。但又因为字里行间满满的生活细节，人物对白间时时流露的真情实感，这部作品既给人提供了逃离现实，去到另一个极其单纯的童话世界的机会，同时又显得那么平易近人，充满了令人不容质疑的真实感。如此融童话和现实于一体，这部作品实现了让两个平行世界于某一点上完成了相会。这大概是为什么它至今仍被认作圣诞经典故事的原因吧。

这个故事对我而言的意义，在于它所推崇的“相信的力量”。圣诞老人究竟存不存在，这不关乎信仰，更不关乎世界观，人生观。这是一个关于“相信”的问题，这其实是一个并不需要答案的问题。

我非常享受整个翻译的过程。它充满画面感的语言让我在翻译的时候像是看着整部电影在眼前不急不慢地放了一遍。它娓娓道来的叙事的方式又像是亲身坐在作者身边听他讲着故事。

——译者柏杨

1

就算你寻遍全国所有老人的住所，你也找不到一个地方会比这里更像圣诞老人的家。他简直就是传说中的那个老绅士的活生生的化身——粉扑扑的脸颊，雪白的长胡须，圆滚的肚皮，再加上他的名字也和圣诞老人一模一样，叫作克里斯-克林格（Kris Kringle）。他给自己取的这个化名是巧合还是刻意，连他那帮在枫木养老院（Maplewood Home）的朋友们也无法作答。而对于他的真实年龄，也没有人知道。他那又长又白的胡须让他看起来年过古稀，但是看他走路的样子，或是他大笑的样子，你又会觉得他最多半百出头。他的眼神灵活而充满笑意，和他总是戴着微笑的脸格外般配。克里斯不仅仅是外表上像极了圣诞老人，他本人也坚信自己就是那个人人喜爱的老家伙。

皮尔斯（Dr. Pierce）是枫木养老院的医生，他认为克里斯的这种幻觉是天真无害的。这主要是由于克里斯在其他所有事情上的善良、精明获得了皮尔斯医生的好感，令他全心全意地成了克里斯的支持者。他也经常去克里斯的小房间探望他。各式各样的玩具，完工的、未完工的模型，以及众多的说明手册总是散乱在他房间的各个角落。这就是克里斯的大部分生活——抽抽烟，摆弄摆弄玩具。

一个 11 月的早晨，皮尔斯医生来看他，克里斯几乎没有注意到他。他全神贯注目不转睛地在读报纸上的一则广告。那是一家代购服务商在广告他们将提前帮人们购置所需的圣诞节礼物，并能够使他们的客户享受九折的优惠。“你只要告诉我们你的名字和所有你想要赠送礼物的人的年龄，”克里斯读出声来，“我们将把您从烦心劳神的圣诞购物季中解救出来。”克里斯愤怒地把报纸扔在了地上。

“医生你看看，圣诞节就堕落成了这样？”他问，“彻头彻尾的商业主义！难道这个世界上一点儿残留的真的圣诞精神都没有了吗？”皮尔斯医生默默地摇了摇头。圣诞节的确商业化了。它成了一个“巨型产业”，而它背后的精神也早已丢失在各大商店门前汹涌的人潮中了。

而克里斯并没有准备好接受这个事实，尽管外面的世界已然如此。“不，医生，”他说，“在这些忙碌奔走的人们心底深处，他们一定还是相信着圣诞老人，相信着圣诞精神的。”他忽然对医生狡黠一笑，并问他想要什么圣诞礼物。

“好吧，我来告诉你我想要什么，”克里斯回答道，一半像是说给自己听，“一台 X 光投影仪。我们这儿需要这东西已经好多年了。”

“你会得到它的。”克里斯说。

医生微笑道：“如果我真的得到了 X 光投影仪，你就肯定是圣诞老人没错了。”

“好好等着吧，医生，会有那么一天的。”

克里斯捡起一个玩具，边愉快地吸两口烟，边开始摆弄起来。但是皮尔斯医生有些担心。他看着克里斯，轻轻蹙起眉。显然他想要对克里斯说些什么，而又挣扎着不知道该怎么开口。最终他还是强迫自己直接说了出来：“克里斯，你得离开枫木养老院。”“为什么？”克里斯一脸震惊。

皮尔斯医生结结巴巴地解释着，原来，他已经和养老院的董事会斗争多年，希望让克里斯留下，然而他们最终还是否决了他，并做出了这个最终决定。皮尔斯再做任何努力也都无济于事了。

克里斯仍表示不能理解。

“克里斯，因为枫木镇的法律规定只允许我们收留身体和心理都处于健康状态的老人。”

“所以你是说我哪里不健康吗？”克里斯问，“你说过，我的身子骨比你的百分之九十的病人都要健朗。精神上，呵呵，你给我的那些旗子测试。你看，我还记得最近那一次呢。”克里斯自顾自开始演练那个简单精神测试的过程，做起了加法减法和找同义词、反义词。他知道所有的答案，这毫无疑问。不论他究竟年龄多少，克林格先生都算得上是思维敏捷机智，而且极其灵活的。

“我知道，”医生低声说，“但是，问题在克里斯－克林格身上。你知道的——我们之前也讨论过这个问题。”

“你是说因为我是圣诞老人？”

皮尔斯医生缓慢地点头。

“可是这难道是错吗？”克里斯质问道，“这只是恰好是真相而已。”

“不是那么简单，”皮尔斯回答，“不幸的是，董事会成员并不相信圣诞老人的存在，克里斯。所以，严格上来说，你就，呃，不应该存在。”

“所以，就因为董事会不相信圣诞老人，我就是疯子是吗?”

皮尔斯医生无奈地承认：“大概的确可以这么说。”

克里斯沉默了，似乎试图理清自己的思维。“那么，下一步是什么?”克里斯问道。

皮尔斯医生告诉他枫木镇已经为他安排好了转去霍普山疗养院（Mount Hope Sanatorium）的手续。

“那个精神病院?”克里斯怒吼道，“不可能!”

“那你想怎么办?”皮尔斯问他，“除非你有足够的钱做别的打算……”

克里斯拿起摊在桌上的支票簿，上面显示他的资产共有34.86美元。

“克里斯，你年纪大了，”皮尔斯医生劝道，“想要再找份能养活自己的工作不容易了。你可不想流落街头吧。而且要是你还是坚持说你是圣诞老人，你最终还是得被送去霍普山。要我说，你何苦折腾自己，还不如直接由他们去了。”

但是克里斯的固执让他不肯接受皮尔斯的劝说。他知道自己的心智是健康的，而如果真的去了疗养院，那么就等于说是承认自己精神失常。无奈之下，皮尔斯医生只好让步。克里斯有权利选择自己的出路。只要他离开枫木镇，就没人会叨扰他了。但是他担心的是，凭他所有的那点儿钱他要怎么养活自己，他要搬去哪里。

“中央动物园（Central Park）的管理员是我朋友，我先到他那里住一段日子。”克里斯回答说。

皮尔斯还在劝说，希望他能冷静下来再重新考虑。“你再好好想想，我们过几天再谈。”他边说边向门口走去。

克里斯默默地点点头，但他脸上的表情却是无比坚定的。当医生的身影消失在门口的瞬间，他就从衣柜里拉出一个巨大的行李箱，手脚麻利地开始打包。

2

早晨的中央动物园像是一片被废弃的荒地。一个管理员模样的人在一面围墙打扫着，他预期今天会是忙碌的一天。当那个有着长而白胡须的老人走近的时候，他举起手里的铲子热情地向他挥舞着问好。

“克里斯，最近可好？”他大声说。

“我很好，吉姆（Jim）！简直不能更好了，”克里斯也热情地回应道，“咱们的小伙计们还好吗？”

“一个个都好得很呢，日渐长膘，”吉姆微笑着告诉他，“都是因为你！”

克里斯笑哈哈地吹了声口哨。附近的木棚里探出一只驯鹿的头，有点儿害羞的样子，接着又探出一只。克里斯又吹了声哨，并拿出一把胡萝卜。短短几分钟之后，半打驯鹿已经围着他津津有味地吃了起来。

吉姆默不作声地站在一边微笑着观赏，心想克里斯的确有一股不可思议的魔力，能让动物们和他如此亲密！吉姆和这些小动物们尽管相处了这么多年，但还是没法如此靠近它们。只要克里斯一出现，连最胆小的那只也敢直接从他的手心里觅食。吉姆对此一如既往地叹服。

“吉姆，我得找个地方住。我能在你那里待一段时间吗？”克里斯问道。

“发生什么事了？不过，当然了，克里斯，你想待多久都行。我这有不少空房间呢。”吉姆向他保证道。

对这个回答非常满意，克里斯兴高采烈地又上路了，大摇大摆地，那是他特有的充满活力的步态。他脑子里并没有清晰的终点站，他只是喜欢走在这凉风习习的微寒空气里。他心想，如果这地上能有一层薄薄的积雪，那简直是最完美的一天了。当他快走到动物园的最西边时，他突然停住了脚步，把头偏向一边，好像听见了什么。他敏锐的耳朵捕捉到了一个令他兴奋的声音，尽管非常微弱，但他绝对没有听错。那是从远处传来的乐队演奏《铃儿响叮当》的声音。似乎是从动物园外面传来的，克里斯转身走向最近的出口。

随着克里斯的脚步，动物园西边的那条街道上色彩斑斓的一幕徐徐展开。原来是因为即将开始的梅西游行（Macy Parade），才有了这一番无法描摹的兴奋气息。这每年由R. H. 梅西百货公司（Macy Department Store）赞助的游行，是每个孩子梦寐以求的最棒的圣诞游行。一阵强风吹来，许多充气动物和人物向各个方向舒展飘舞起来：有戴着高帽子的朝圣者（A Pilgrim Father），有巨人捕手杰克（Jack the Giant Killer），有憨态可掬的熊猫（Panda），还有一个巨大的冰激凌，光是它的蛋筒就有两三层楼那么高。那些拿着导绳，穿着戏服的演员们像极了小人国的居民。有的打着瞌睡，有的佯装生气，有的看起来迷迷糊糊，这些小矮人们和其他著名的卡通人物一起在他们的充气气垫上蹦蹦跳跳，爬上爬下。紧接着，一队着装整齐华丽的乐队高调亮相。

整个游行的负责人是一个面容姣好，穿着得体的年轻女士。她在热闹中从容地核对她手上的清单。克里斯听到人们叫她“沃克女士（Mrs. Walker）”。她的助手是戴着眼镜、秃顶的、看起来有些急躁的谢尔哈默先生（Mr. Shellhammer）。

让克里斯最为激动的是游行队伍的最后面，那个由八只木制的却栩栩如生的驯鹿牵引着的，驾着雪橇的圣诞老人。他大幅地挥舞着手里的皮鞭，却显得有些东倒西歪。克里斯驻足凝视了许久，他礼貌地举步上前对那个圣诞老人说："如果您允许的话，先生。"同时拿过他手里的皮鞭。他的手腕轻巧地翻转，那根长长的皮鞭听话地摆动起来，其尾端精确地掠过最远的那只驯鹿的耳边，发出清脆的"噼啪"声。

"你看，关键在于你的手腕。"克里斯解释道。但是梅西百货的圣诞老人却露出不屑的表情，他从鼻子里发出的一声冷哼让克里斯知道了他之所以东倒西歪的原因。那个圣诞老人从他的摊子下拿出那瓶并不是藏得很好的酒瓶，越发频繁地啜饮起来。

克里斯一脸的震惊。居然让一个醉汉来扮演数千孩子梦寐以求的圣诞老人，他感到无比愤怒。他走向沃克女士，试图发起抗议。但是沃克女士却突然出现在他旁边，并示意游行队伍加速行进。克里斯还没来得及发表他的抗议宣言，整个队伍就踉跄着把他甩在了后面，而那个醉醺醺的圣诞老人则差点儿从气垫上摔下来。

凭沃克女士的敏锐度，她很快明白了整个局势。作为所有演职人员的负责人，她当即解雇了那个一身酒气的圣诞老人。

"要是梅西先生（Mr. Macy）看到了他的话……"谢尔哈默先生惊恐地说。

"要是金贝儿先生（Mr. Gimbel）看到了他的话……"沃克女士的声音里透着更多的惊恐。

整个游行即将正式开始，而他们却没有了圣诞老人。谢尔哈默先生和沃克女士茫然地扫视人群，两人的目光同时定格在克里斯身上。他们俩同时大步向他走去。

“请问您愿意扮演圣诞老人吗?”沃克女士焦急地问。

“您有任何相关的经验吗?”谢尔哈默先生的追问像触到了克里斯的笑穴似的，他忽地哧哧笑起来，整个身体都跟着颤动。

“有的有的，”克里斯回答说，“一点点。”

“那您一定要帮我们！求您了！”

“尊敬的女士，”克里斯清了清嗓子，颇有原则地回应，“可惜的是，我并没有做一个冒牌圣诞老人代替品的习惯。”

无论沃克女士如何百般恳求，克里斯却似乎已下定决心，连大笔现金报酬也无法打动他。

“我们不能再等了，”谢尔哈默先生说，“看来这次得是个没有圣诞老人的圣诞游行了。”

克里斯一眼望过去，前面满满是孩子们兴奋而期待的眼神，他意识到自己无论如何也不能让孩子们失望。

“好吧，”他边把自己的帽子和手杖递给谢尔哈默，边说，“把服装给我吧，游行就要开始了！”

于是，克里斯就这么站在了浩浩荡荡游行队伍的最前端，带领着整支队伍，边向街边数千张天真无瑕的孩子的脸庞微笑着招手致意，边挥舞着手里的皮鞭，享受着他生命里最快乐的时刻。

3

在沃克女士的努力下，游行终于开始顺利地进行了。筋疲力尽且冻得瑟瑟发抖的桃瑞丝-沃克（Doris Walker）则回到了她在中央动物园西侧的公寓。游行队伍正从旁边经过，她扒开人群，看也没看一眼游行就径自走进了楼里。她一点儿也不在意自己是不是又看了一次游行，她只想好好地泡一个热水澡。

她打开门，刚走进她那并不宽敞却显得非常现代的公寓，就呼唤道："苏珊，苏珊！"可是没有得到任何回应。她的女佣克莱奥（Cleo）从厨房探出头，告诉她苏珊去她"叔叔"弗雷德（Fred）家看游行了。桃瑞丝走到客厅的窗边向外张望，她所能看到的只有草地对面的第一排住宅的后窗。她"砰砰"地大声敲着自己的窗户，不一会儿，弗雷德就出现在了对面窗户的另一端。他们互相挥手问好，桃瑞丝大声说她马上过去。

弗雷德"叔叔"其实和苏珊没有任何血缘关系。弗雷德-盖利（Fred Gayley）很年轻，而且风度翩翩，是城里声望最大的律师事务所的一名律师。因为是邻居，他和苏珊成了好朋友，自然的，他也就和桃瑞丝形成了随意而友好的朋友关系。尽管弗雷德所希望的远远不止如此。但是从桃瑞丝的上一段并不成功的婚姻和她小心翼翼避之不谈的态度，弗雷德也明白，自己的期望大概是要以苦涩的觉悟结局的。因为不论从哪个角度看，她都似乎下定决心不再和任何人有过度深交。虽然对于弗雷德，她显得极为友善，但是她从没有把内心真正的桃瑞丝展示出来，哪怕只是短暂的片刻。

弗雷德的公寓面向中央动物园西侧，在他的窗户边，他和六岁的苏珊正欣赏着楼下精彩纷呈的游行。乐队演奏的音乐和孩子们的欢呼充斥在空气中。但是，和往常一样，比起他的小伙伴苏珊，弗雷德倒显得更加兴奋。当其中一个巨型充气娃娃经过窗户的时候，弗雷德激动地叫道：

"快看！那是巨人捕手杰克！那个大块头，那个巨人！"

"没错，"小苏珊平静地说，"不过巨人是不存在的。"

“也许现在是没有，苏珊，但是在很久以前……”

苏珊依然颇为肯定地摇了摇头。

“有些人确实会长得特别高，但那些人都是不正常的。妈妈告诉过我。”

弗雷德注视着苏珊，像是想研究明白她的小脑袋里都装了些什么。她淡淡地看着窗外的游行，弗雷德突然替她觉得有些难过。没错，她非常聪明，相对于她的年龄，甚至有些过于聪明了，但是，她缺少她的年龄该有的快乐。对于苏珊来说，那种最天真纯洁的快乐像是完全陌生的东西一样。

“也许你妈妈是对的，”弗雷德温柔地说，“但我还是相信巨人是存在的！”

桃瑞丝加入了弗雷德和苏珊，她把醉汉圣诞老人引起的一系列麻烦一股脑说了出来。弗雷德试图制止她，用了各种手势做了各种鬼脸也都没有效果。最后只好以去煮咖啡为借口，把桃瑞丝拉进厨房，求她不要把这些打破孩子梦想的事实告诉苏珊。

但是桃瑞丝对于如何培养自己的女儿有着非常确切的想法。她相信完全的真相和现实。至于那些传说、童话或者说幻想，她自然毫不打算让苏珊去相信，当然，包括圣诞老人在内。

“为什么不呢?”弗雷德问，“让她相信这些美好的东西有什么坏处吗?”

“让她在认为生活是一场童话的幻觉里长大而看不到现实吗?”桃瑞丝反问道，“后果就是，在她痴痴地等着她的白马王子的时候，却发现实际上……”

“桃瑞丝，”弗雷德声音轻柔地打断她，“你经历了一次很艰难的分手，你深爱过那个人，你毫无保留地信任他，但是有一天你突然醒过来发现自己一直以来都错得那么离谱。没有人会否认你所经受的痛苦。但是，并不是所有男人都那样。如果你肯让苏珊明白这一点，她会开心很多。”

桃瑞丝转过脸不看他。弗雷德的话准确地戳中了她心底最软弱的地方。

“对不起，”弗雷德说，“但是你知道我说的是对的。”他靠近桃瑞丝，“我希望你能给我一个机会，我会证明，我就是那种——你曾经所期望的可以给你幸福的男人。”

“我已经烧伤过我的手指一次了，我不想再玩火了。”桃瑞丝低声说。

她转过身走回客厅，留下弗雷德在原地，绝望地耸肩。

4

第二天一早，一身职业装的沃克女士走进她在梅西百货的办公室，却发现克里斯已经坐在里面耐心地等候她多时了。桃瑞丝是人力资源部的主管，而谢尔哈默先生则是玩具销售部门的总负责人。他建议桃瑞丝永久性雇佣克里斯，作为他们的圣诞老人代言人，因为克里斯在游行和之后的诸多庆典上的表现出色。他无疑是他们公司所能找到的最像圣诞老人的人了。谢尔哈默先生对他的这个提议激情高涨，他充分相信，有了克里斯，整个玩具部门的销售额将得到不可估量的提升。

克里斯告诉桃瑞丝，他很乐意接受这份工作。桃瑞丝欣然同意，她暗自庆幸今年将少了一大头疼的事，因为寻找合适的圣诞老人扮演者一直是个恼人的难题。而克里斯对于薪水和其他细节似乎也毫不在意。桃瑞丝把克里斯交给了她的助理亚当斯小姐（Miss Adams）。亚当斯带着克里斯来到她的办公室，让他填写他的工作卡。克里斯用清晰又潇洒的草书写下了如下信息：

姓名：克里斯——克林格

地址：长岛（Long Island）大颈（Great Neck），枫木镇养老院

年龄：和我的舌头一样年轻，比我的牙齿老一点

他把工作卡递还给亚当斯。她机械地扫了一眼便转身走向沃克女士的办公室。“谢谢您，克林格先生。谢尔哈默先生正在等您。”

谢尔哈默先生把克里斯带到更衣室，让他换上了圣诞老人的服装。他递给克里斯一份玩具部门的存货清单，并告诉他其中的哪几件是需要今年加紧推销的。克里斯点点头，并表现出他非常了解梅西百货的玩具产品的样子。谢尔哈默先生向他反复强调，万一有孩子向他询问不在清单上的玩具，他应该做的是向他们推荐他们公司所要着重推广的产品。克里斯面无表情地点头。看着谢尔哈默离开的身影，他把手里的清单撕得粉碎。

登上圣诞老人的高台，孩子们排成长长的队等着见克里斯。克里斯非常进入角色，他爱极了自己工作的每分每秒，前来的孩子们也都爱极了这个圣诞老人。连一同前来的家长们都议论纷纷说他和圣诞老人是多么相似。似乎一切都很完美。谢尔哈默从自己的办公室里欣喜地看着这一切。

“你想要什么圣诞礼物呢？”又一个小男孩爬上了克里斯的膝盖，他问道。

“我想要一辆消防车，”小家伙回答说，“那种和真的一样的，能真的喷水的。我保证我不会把水喷在家里，我一定只在后院玩。”

男孩的母亲在他背后急忙打手势给克里斯，让他不要答应，但是克里斯假装什么也没有看见。

“好的，没问题，小家伙，”克里斯说，“我相信你是个好孩子——你会得到你的礼物的。”

小男孩兴高采烈地爬了下去。他妈妈显得非常恼火，但是为了不让孩子听到，她压低了声音：

“你为什么要答应他？这儿根本买不到他说的那种消防车！”

“但是你可以在别的地方买到，”克里斯回答，“在第 26 街西 246 号的顶点玩具公司（Acme Toy Company）。他们只卖 8.55 美元，价格也非常实惠。”

这位女士震惊地看着他，她不敢相信自己的耳朵。难道梅西百货的圣诞老人在向她推荐其他的玩具商店？克里斯点头肯定，并表示他不觉得这有什么奇怪，或者说难以相信的。毕竟，圣诞节最重要的事是让孩子高兴，那么无论是在梅西还是顶点买到他想要的玩具，又有什么关系吗？

就这样，孩子们一个接一个地爬上克里斯的膝盖。他唯一关心的就是孩子们的心愿——他要确保每个孩子都能在圣诞节梦想成真。如果他们想要的玩具过于昂贵，或者不在梅西百货出售，他就会推荐他们的家长去其他的地方，或是给约翰（Johnny）买到便宜一些的火车，或是给朱迪（Judy）买到她最喜爱的那个布娃娃。家长们对克里斯感到既惊讶又欣慰。

但不幸的是，谢尔哈默先生听到了克林格建议一个小男孩的母亲去金贝儿百货商店（Gimbel's）买他想要的溜冰鞋。金贝儿百货！那么多百货公司，他偏偏推荐了金贝儿！谢尔哈默既震惊又恼怒。好不容易冷静下来后，他毫不犹豫地走向沃克女士的办公室。他下决心一定要立刻解雇克里斯。这简直是不能想象的！如果梅西先生听到了任何风声——天知道会发生什么！

但是，就在他穿过商场的时候，那么多充满感激的母亲让他停下了脚步。她们纷纷感谢他提供了如此慷慨的帮助。不仅仅是纯商业的，梅西百货的圣诞老人是真正帮助家长们实现孩子们的心愿！这是多么美好的事情啊。这是真正的圣诞精神。她们不会忘记梅西百货的帮助，她们会成为梅西百货的忠实客户。谢尔哈默先生犹豫了。他停在自己的办公室门口，那里有那么多写满感激的纸条和信。谢尔哈默跌坐在办公桌前，他开始思考他的第一反应也许是错的。

“这个办法简直太棒了！”他的秘书递来又一打感谢信，兴奋地说。

“你这么认为，那些母亲们也这样认为，”谢尔哈默不无忧伤地说，“但是，谁知道梅西先生会不会也这样认为呢？”

他抬头呆呆地注视着天花板，乞求能找到答案，可是答案并不在那里。

5

那天下午，弗雷德和苏珊有个小约会。因为仍对她的过分早熟心有余悸，弗雷德特地为这次约会精心设计了一个计划：他要带苏珊去看梅西百货的新圣诞老人。等那位老爷爷探听出她的圣诞愿望，他就可以悄悄把礼物准备好放在圣诞树下。也许如此，苏珊会开始相信圣诞老人的存在，也许，她能多多少少找回一些作为孩子该有的童真。

弗雷德设法提前和克里斯取得了联系，并获得他答应予以帮助的承诺。但是，当苏珊终于排到了队伍的最前面，克里斯把她抱上膝盖时，她却拒绝说出任何愿望。只要不是过于昂贵，不论她想要的是什么，她妈妈都会买给她的。她对克里斯说，她知道他不过是她妈妈雇来的扮演圣诞老人的人而已。

“你比大部分扮演圣诞老人的人要好一些，”苏珊说，“不管怎么样，你的胡子看起来像是真的一样。”

克林格先生回答说胡子是真的，就如他也是真的圣诞老人一样。但是，他还是拿这个孩子毫无办法。不安和忧虑爬上他的心头。这样的情况正是他最害怕的——这个世界什么都不再相信。

说来也巧，当这一切正在发生的时候，桃瑞丝正好从她的办公室出来，快步走向电梯。她不经意地瞥了一眼圣诞老人的高台方向，立即停下了脚步：她的女儿正坐在圣诞老人的膝盖上。弗雷德看着她向这边走来，显得有些紧张局促。桃瑞丝毫不含糊、迅速地把女儿从克里斯那里接了过来，将她安置在自己办公室门外的椅子上。她让弗雷德进来。

苏珊的位置是观察克里斯那边动静的有利位置。她看着克里斯把一个金发马尾辫的小女孩抱上膝盖。小女孩的养母向克里斯解释说这个孩子是刚从荷兰的一间孤儿院接来的。她几乎说不出一个发音正确的英语单词，但她扑闪着大眼睛用荷兰语叫着克里斯，认为他应该会说荷兰语。当小女孩自信满满地和克里斯说着荷兰语，她的养母则显得格外焦急。她向小女孩解释这里的圣诞老人说英语，但克里斯抬手制止了她。当小女孩说完了她的圣诞愿望之后，克里斯用流利的荷兰语回应了她。那一瞬间，荷兰小女孩的眼睛一亮。苏珊看着这一幕的发生，心里一动。她痴痴地站起来，而克里斯和小女孩欢快地合唱起了荷兰语的圣诞歌。这个圣诞老人难道是真的吗？苏珊被一团困惑围住了。

在桃瑞丝的办公室里，她一如既往地毫不转弯抹角。她直白地告诉弗雷德，她很感谢他对于她女儿的关照，但是苏珊是她的责任——如何培养她长大是只有她才能做的决定。不管弗雷德赞不赞同，她都希望他能够尊重她的选择和做法。弗雷德默默听着，并承诺只要桃瑞丝同意他继续和苏珊做朋友，那么今后不会再发生今天这样的事了。万分懊悔地，弗雷德对苏珊和桃瑞丝道了声晚安就离开了。

当苏珊单独和桃瑞丝在一起的时候，她竟问起了关于克林格的问题。桃瑞丝仔细地向她解释说，克林格先生只是公司的雇员，和门卫以及电梯管理员都是一样的。

"嗯，我知道，"苏珊说，"但是他和那个小女孩说荷兰语的时候，妈妈——"

"苏珊，我会说法语，"桃瑞丝耐心地说，"但那不代表我就是圣女贞德（Joan of Arc）呀。"

但是苏珊似乎并没有被说服。那一团疑惑的阴云仍然笼罩在她的心头。这个克林格先生的眼神里有比星星还明亮的东西。

为了消除女儿的任何疑惑，桃瑞丝立即把克里斯召唤了来。克里斯脚步轻快地出现在苏珊面前，微笑着对她眨了眨眼。

"你是我们梅西百货公司的雇员，对吧？"桃瑞丝问道。克里斯微微惊讶地点点头。"所以你当然不可能是圣诞老人，因为他根本不存在。"

"沃克女士，对不起，这我可得反驳你了，"克里斯回应道，"圣诞老人当然是存在的，我不就是证明嘛！"

苏珊瞪大了眼睛。桃瑞丝显得有些恼怒。

“不不不，你没明白我的意思，”桃瑞丝说，“我希望你能在我的孩子面前百分之百的诚实。”

“我这不就是百分之百的诚实吗！”克里斯说。

桃瑞丝换了一种说法。

“那你说你叫什么名字？”她问他。

“克里斯——克林格。”

桃瑞丝难以置信地从她桌上一沓档案中抽出他的工作卡，她僵住了。

“请问您还有什么想知道的吗？”克里斯问她。

这下沃克女士觉得有点儿周身发毛了。“没，没有了，谢谢你！”她一边把苏珊哄进房间一边慌慌张张地说。这个男人是真的认为他自己就是圣诞老人！这个她发现的“宝石”可能是个危险人物！他看起来那么善良天真，谁知道他会做出什么离谱的事！而且，他还和那么多孩子在一起待了一整天！没发生什么可怕的事简直算是奇迹了。幸好她发现得及时。

桃瑞丝不动声色而下定决心地让克里斯立即提交辞呈。她不希望惹任何麻烦。她答应付给他两个星期的薪水。然而这个老人却显得对此毫不在意。他唯一的反应是对桃瑞丝和苏珊的担忧。就好像，其实是桃瑞丝的精神状态才真正令人堪忧。

克林格先生走出门的时候电话响了，是梅西先生要求桃瑞丝立刻去见他。桃瑞丝胆怯而小心翼翼地走进梅西先生的办公室。她担心难道是因为梅西发现了她雇了一个精神病扮演圣诞老人？当她看到谢尔哈默也在场的时候，她的心跳都漏了几拍。

然而，大出其所料的是，梅西先生竟向他们俩表达了祝贺。因为不少关于克林格先生的好评已经传到了他的耳朵里。

他接到了家长们洪水般的电话、信件，纷纷表示对于克林格的感激。这是整个公司所提供过的最真善美的服务了，简直是革命性的！梅西百货的圣诞老人向消费者推荐金贝儿百货！其结果注定是非比寻常的。他说他打算把这变成一项传统，推广到整个公司，“打造真正具备圣诞精神的公司”。凭借这一全新的背离商业主义的举措，梅西百货公司将获得最好的名声，并最终从中大获丰收。如此一来，他们自然必须要留住这个圣诞老人了。梅西先生喜形于色，他答应给桃瑞丝和谢尔哈默都立刻晋升一级。

出了梅西先生的办公室，桃瑞丝战战兢兢地告诉谢尔哈默她已经解雇了克里斯的事实，而且她敢肯定那个老头子精神有问题。谢尔哈默先生大惊失色并大声斥责她此举的鲁莽。他们必须立刻把克里斯找回来——在他离开公司之前！否则的话，他们就完了，一切都完了。

桃瑞丝建议说，他们可以找另一个圣诞老人来，只不过要叮嘱他让他贯彻这个新政策而已。谢尔哈默否决了她的提议，因为梅西先生已经带他的孙子来看过克林格了。他完全被克林格征服了。他们现在所能做的就是不顾一切地把克林格找回来！

经过一番焦急地搜寻，桃瑞丝在电梯里找到了克里斯。她告诉他说她重新考虑了他的情况，并决定让他继续在梅西工作。但让她失望的是，克里斯礼貌地拒绝了。“对不起，我不太欣赏您的态度，”他颇直白地说，“以及谢尔哈默也是一样。”桃瑞丝焦急地劝说克里斯留下，他所展现的善良和真诚已然引起了轰动，梅西百货离不开他的帮助云云。

“您必须留下，继续您的善举和善心。因为连梅西先生——”

然而，克里斯是非常固执的。沃克女士之前所展示出来的怀疑和不相信的态度早已让他下定了离开的决心。

但是当桃瑞丝崩溃地向他解释了事情的前因后果，并告诉他如果他执意离去，那么她的工作也保不住的情况时，克里斯的态度完全转变了。如果是这样的话，他说，那么他还是留下吧。他不能让沃克女士因为他丢了工作，至少不能在正值圣诞之时。“想一想那会对你的女儿造成多大的影响吧。”他说。

克里斯已然开始意识到，桃瑞丝和小苏珊其实不过是时代的牺牲品。对他来说，她们就像是一个挑战——一个圣诞老人必须接受的挑战。如果他能够让她们相信圣诞老人的存在——那么，这个时代就还有希望。如果他最终失败了，那么大概也就意味着他所坚持的一切都到了尽头。

“沃克女士，你知道吗，”他说，“在过去的五十年里，我越来越担心圣诞节。大家都只顾着互相竞争看谁的产品更加精致，更加划算，而圣诞节和我都在这一片混沌中被丢失掉了。”

“不，我觉得，”桃瑞丝说，“圣诞节依然是圣诞节。”

“不不不，”克林格摇头，“圣诞节从来就不应该只是一天，一个节日。它是一种思维方式，而这种思维方式正在被改变。所以，我很庆幸我现在在这里，也许我能做些什么。”

尽管和他的观念不符，桃瑞丝仍折服于克里斯如此温暖善良的内心。她也情不自禁地开始有些喜欢这个白胡子的老人了，哪怕他有那么点儿古怪。

6

第二天早晨，克里斯又回到了他的高台上——颇有种皆大欢喜的感觉。他面前排着从未有过的长队。克里斯的名声就这样越传越广。这位梅西百货的神奇老人的善良和真诚被人们口口相传。但是，桃瑞丝的脑子里始终盘旋着挥之不去的一点儿质疑和担忧。毕竟，是她录用了他，无论他多么颜面和善，她对他仍然知之甚少。他所抱有的这种幻想就决定了他绝不是看起来的那么人畜无害。如此看来，她最好还是多留一个心眼。她又一次拿出他的工作卡研究，地址那一栏写着：长岛大颈枫木镇养老院。出于好奇，桃瑞丝在电话本上找出了这家养老院的电话，鼓足勇气拨通了电话。

然而结果并不如人意。没错，一位姓克林格的先生曾住过这里，但后来离开了。任何关于克里斯身体和心理健康的问题都得由驻地医生皮尔斯来解答，但巧的是，他也不在。桃瑞丝留言请求皮尔斯医生给她回电之后挂了电话，她的担忧更甚了。不放弃最后一点儿希望，桃瑞丝给索伊先生（Mr. Sawyer）也打了电话。

阿尔伯特-索伊是梅西百货公司的职业心理咨询专家，这位浮夸的先生似乎知道所有问题的答案。也许桃瑞丝所疑惑的并不落入他的专业范畴，她问得有些犹豫。但是索伊先生果断地向她肯定，他就是解答她问题的最佳人选。为什么呢？因为他可是深入研究过变态心理学的！他表示他非常乐意见一见克里斯，来给桃瑞丝提供一些专业意见。

于是，克里斯被安排进了索伊先生的“检察室”。精神健康测试对于克里斯来说完全不是新鲜事了。他对各种题型早已了如指掌。果然索伊先生问的种种问题没有令他意外的。美国的第一任总统是谁？三乘以五等于几？克里斯尽可能耐心地回答了所有问题，但索伊先生高傲的态度实在令克里斯深感厌烦，再加上他那急躁厉声的发问方式，克里斯几乎忍无可忍。他的视力怎么样？听力呢？记忆力还正常吗？索伊先生仍在连珠炮似的发问。他在克里斯眼前举起三根手指，并问他："你看到几根手指？"

"三根，"克里斯回答，"我还看到你喜欢咬你的指甲，索伊先生。看来你是很容易紧张的人，是吧？你每晚睡眠可好？"

"这不关你的事，"索伊迅速打断了他，"三乘以五等于多少？"

"十五，"克里斯说，"你问过我这个问题了。你的紧张感往往源于你对自己的不自信。敢问您一个人在家的时候心情舒畅吗，索伊先生？"

这下显然触到了索伊的痛点。

"我没有别的问题了，克林格先生，"索伊冷冷地说，"你可以走了。"

"谢谢，"克里斯边起身离开边说，"放轻松，索伊先生。多出门呼吸呼吸新鲜空气，多锻炼锻炼身体，都是对你放松神经有好处的。"

桃瑞丝刚吃完午饭，发现皮尔斯医生在等着见她。她高兴极了，而且他随和、沉静的气质给她一种非常安心的感觉。他是来和她谈论关于克林格先生的问题的。皮尔斯说他在报纸上看到克里斯的照片，很欣慰他找到了非常适合他的工作。但是，他认为自己有义务要告诉桃瑞丝一些事，因为克里斯有些时候的确显得有些古怪。

"是的！"桃瑞丝说，"我们也发现了。"

"但是，他绝对是无害的，"皮尔斯医生向她保证，"成千上万的人都过着正常的生活，而同时难免有时会有一些轻度的幻想症。就像那个声称自己是俄国王子的家伙。尽管他的真实身份被证实了一遍又一遍他并不是王子，他依然坚称不改。现在看看他，他已经成了好莱坞受大家尊敬的餐馆老板了！”

皮尔斯医生和克里斯相交甚深，他向桃瑞丝保证她的所有顾虑都是莫须有的。“克林格先生不会伤害任何人，”他解释说，“他的幻想症也是朝着好的方向。他只是想帮助更多的人。”医生唯一担心的是克里斯的状况，他只想确保他一切都好。

“如果能有人稍微多关照他一些，那么就太好了。我的意思是，除去工作的时间。你知道的，他年事已高，他一个人在纽约大街上闲逛，怎么样都让人担心。”桃瑞丝松了口气，她向皮尔斯医生保证她会多多关照克里斯的。

索伊先生在谢尔哈默的陪同下走进沃克女士办公室的时候，愁眉紧锁。“那个老家伙百分之百有妄想症。”索伊告诉桃瑞丝。而桃瑞丝刚被皮尔斯说服，她知道克里斯的轻微妄想症是绝对无害的。但是索伊却不愿意被说服。他说仅通过一次检察，是无法得出确切的答案的。“像他这种情况，一旦他的妄想被拆穿，是很有可能激发暴力倾向的。”索伊信誓旦旦地表示他对这类病例做过大量研究。如果他们决定把克里斯留下，无论他之后做出何样的举动，他都将不承担任何责任。桃瑞丝说没问题，一切责任由她承担。她非常相信皮尔斯医生所说的一切。索伊起身准备离去，“沃克女士，别说我没有警告过你。如果有一天这个老头子真的产生了暴力倾向——不管发生什么——都是你的责任了！”

桃瑞丝和谢尔哈默都表示同意。就克林格先生的情况来看，他们并不担心。他们所要做的只是对他多加关照——某种程度上说，几乎等同于承接下对他的监护权。

“我觉得这实在是再好不过的解决方法了，”谢尔哈默说，“而且，没有比你更合适的人选了，沃克女士！”

“不，不不！”桃瑞丝连忙摇头，“我一个人带着我的女儿，我没法再照顾一个老人啊！”

“那，”谢尔哈默体谅地说，“我儿子在外上学，我家也确实有一间房间空着。”

“太好了！”桃瑞丝说。

“那我得先和我太太商量商量，可能得费一番口舌。这样吧，你今晚把克里斯带回家吃晚饭，我和我太太商量好了晚点联系你。”

于是，两人达成了共识。

7

尽管皮尔斯医已经说服了桃瑞丝，但她还是对邀请克里斯到她家里感到有点儿不安。她害怕这顿晚餐将会是一场艰难的考验。于是她打电话邀请了弗雷德一同参加，希望能有所安心。弗雷德迫不及待地接受了邀请，尤其是当他得知桃瑞丝邀请的贵客竟是克里斯时。他甚至自愿提供一份主菜，是他办公室的一个朋友给他的精品肉排。克莱奥更是对其进行了精心的烹饪，它看起来美味极了。但是克林格却一口也没有碰，他很抱歉地解释：

“并不是因为我是素食主义者，我爱吃牛排、猪排、羊排，你知道的，各种肉类。但是这鹿肉——我实在是不能！”

克里斯是个知识丰富的美食家，他在餐桌上滔滔不绝地讲述了各类菜肴以及它们的烹饪方法。显然，这都来源于他多年来对美食的热爱。这顿晚餐比桃瑞丝所想象得要好太多了。

餐毕，趁着弗雷德和桃瑞丝帮克莱奥洗碗的空隙，克里斯抓住机会和苏珊说了会儿话。整个晚餐他都在观察她，她一直那么安静，好像在自己的小世界里沉思。而苏珊其实也悄悄地观察着克林格先生。她对他充满了疑惑。当然，她知道她妈妈是对的，克林格先生不可能是真的圣诞老人，圣诞老人不过是一个愚蠢的传说罢了。可是，这位克林格先生却和她见过的任何人都不一样。他用荷兰语和那个小女孩对话的场景仍让她印象深刻，还有，当他跟她妈妈说他就是圣诞老人的时候，她竟一点儿也不觉得愚蠢和虚假了。她知道这不可能是真的，但她却暗暗地希望这是真的。

“你喜欢和你的朋友们玩什么游戏吗?”克林格问她。可是她并不怎么和小伙伴玩任何游戏，苏珊告诉他，他们玩的游戏都很傻。

“哦?什么样的游戏呢?”克林格问。

“比如今天，他们玩的是扮演动物，”苏珊不屑一顾地说，“所有人都假装自己是动物。他们问我想变成什么动物，可是我根本不想变成动物，所以我就没和他们玩。”

“你为什么不告诉他们你是一只狮子或者一只熊呢?”

“因为我不是狮子。我只是个小女孩。”苏珊淡淡地说。

“可是其他孩子也不是动物啊，但他们可以假装自己是。”

“所以我才说这个游戏非常傻。”

“我可不这么认为，”克里斯说，“其实这是个很有趣的游戏，一旦你会玩了以后。但是，当然了，你必须得充分利用你的想象力。苏珊，你知道什么是想象力吗?”

苏珊机灵地点点头，“想象力就是能看见原本不存在的东西。”

“嗯，不完全对，”克里斯微微一笑，“对我来说，想象力是另一个可以独自存在的世界。像是另一个国家一样。你听过英国或者法国吗?”

苏珊又点点头。

“那就是想象力了。当你到达了想象力的国度，你没有什么是做不到的。你想不想在夏天的时候玩雪球? 或者在第五大道开大巴? 或者，拥有一条自己的船，一路开到中国，开到澳大利亚?”

苏珊的脸上绽出一点儿笑意。也许这确实很傻很天真，但是在这些想法里徜徉似乎真的很有趣。

“你想不想在早晨的时候是自由女神像，然后下午就和天鹅们一起向南迁徙?”

苏珊涨红了脸拼命点头。

“那么你要做的非常简单，”克里斯说，“你只需要一点点的练习。想要试试吗?”

“嗯。”苏珊轻声回答。

“我猜也是，”克里斯高兴地说，“那让我们先从简单的开始吧。你想不想变成动物园里的一只猴子? 听起来很好玩，对不对?”

“嗯，我想!”苏珊说，“但是我不知道怎么样才能变成一只猴子，克林格先生。”

“你当然知道!”克林格先生肯定地说，“你只要弯一点腰——对，就是这样——然后把你的胳膊收回去一些。”

于是，关于想象力的第一课就这样开始了。起初苏珊还有些迟疑，但短短几分钟之后，她便掌握了诀窍。让克里斯非常欣慰的是，他找到了这么个灵活聪慧的小学徒。

而桃瑞丝在厨房里正大声祈祷谢尔哈默先生赶紧来电话，好把克林格先生接走。她对克林格给苏珊带来的影响并不高兴，哪怕只是一晚上。弗雷德却显得十分欣喜。在他看来，克里斯出现在这个过于早熟的六岁小女孩面前是最好的良药。

“你应该多请他来吃饭做客。”弗雷德向桃瑞丝建议。

“我不这么认为！”桃瑞丝坚定地说，“他确实是个心肠好又和善的老人，但是他越少和苏珊有交集，我才越放心。”

弗雷德无奈地耸耸肩，他拿起一个银盘子。

“这个应该放在哪里？”他问。

“客厅里。”桃瑞丝答，“柜子的第二层。”

弗雷德走近客厅的时候，克里斯和苏珊的课正进入高潮。一眨眼间，苏珊已经从一只猴子变成了一个童话中的仙女。她用手里的魔杖轻轻一点，她的最忠实的骑士克林格先生就瞬间隐身了。弗雷德又是惊异又是欣慰地看着这一幕。真是可惜了，他想，苏珊没法和克林格先生更多地相处，他简直是她那非比寻常务实的母亲的最好对比。如果有任何办法能让克林格先生和苏珊多在一起的话，就太好了。他突然想到了一个绝佳的主意。

“克林格先生，请问您住在哪里？”他问。

克里斯解释说他现在暂时住在他的朋友吉姆家。弗雷德隐约觉得他的言语间暗示着他需要尽快搬去别处的意思，于是他立刻抓住了这个机会。他说他的公寓里有一张空的床铺，如果克林格先生愿意的话，他非常乐意让他住在他家。克里斯毫不犹豫地答应了，如此就意味着他有更多的机会接触苏珊和她的妈妈，这简直是他梦寐以求的。

厨房那边，桃瑞丝正和谢尔哈默通着电话。他说他的妻子仍没有同意，但是他会继续努力实现他的承诺。桃瑞丝放下电话，沉默了一会儿后走进了客厅。

“我想征求一下您的意见，”她对克里斯说，“谢尔哈默先生想知道您是不是愿意和他住在一起！他家就在百货公司旁边，这样您上下班也会方便很多。”

但是克林格婉拒了桃瑞丝。他对她的提议表示感谢，但是他已经接受了盖伊先生的邀请。

“盖伊先生?”桃瑞丝一头雾水。她转过身看向弗雷德，他天真地对她笑着点点头。这样的话，弗雷德等于背叛了她！她冷冷地说了句“既然如此”，便转身回到厨房电话告知谢尔哈默事情的最新进展。

于是，克里斯简单地收拾了行李，当晚就搬进了弗雷德家。就在他准备关灯睡觉的时候，弗雷德悄悄地钻进了他旁边的另一张床。“您愿意住到这里是我莫大的荣幸，克林格先生，”弗雷德向他坦白道，“因为这样我终于可以搞明白很多我想知道的事了。圣诞老人睡觉的时候究竟是把胡子放在被子里面还是外面?”

“一直是放在外面的，”克里斯回答，“外面的冷空气让它长得更快!”

8

对桃瑞丝来说，克林格先生仍然是一个精神微微有点儿失常的老人。但是，在接下来的几天里她却发现，他的影响力越传越广，口碑越来越好，他给公司带来的影响简直令人瞠目结舌。梅西先生也果真把克里斯的行为方式作为公司的新政策推行了下去。整个商场的每一个雇员都热情诚恳地向消费者们推荐真正物美价廉的产品。而《纽约时报》（New York Times）也不吝篇幅地给予梅西百货公司各种报道和广告版面。梅西百货不仅赢得了更多的利润，它的新理念也相继传到了其他众多商店里。

离 34 号街仅一个路口的金贝儿百货里，金贝儿先生气愤地把印有梅西百货广告的报纸扔到一边，转脸面向他召集起来的雇员。

“你们中怎么没有一个人想到这个主意?”他大发雷霆，“现在梅西百货突然成了乐善好施精神的代名词，把公众利益放在第一位！这样对比下来，我们变成什么了？利欲熏心的商人！看来，我们也只好加入他们的游戏才能一较高下了！从今以后，如果我们不能满足消费者的需求，就把他们都送去梅西百货!”

于是，梅西百货的一个主意就这样渐成气候。越来越多的商店纷纷效仿。越来越多的报纸杂志对这一现象进行报道，发表评论。电台的娱乐明星也把它放进了创作素材之中。一夜之间，全美国都知道了克林格先生的名字，他作为这样一个美好想法的开创者，得到了不可估量的曝光率。

一天晚上和克里斯一起回家的路上，桃瑞丝坦白了连她也不得不叹服于克里斯创造的盛况。“我怎么也没有想到，”她告诉他，“当我在游行气垫旁看到你的时候，你会成为整个销售业的革命者。”

“我也没有想到。”克里斯承认说。

“但我非常庆幸那时候选择了你。”桃瑞丝笑盈盈地说。这是桃瑞丝第一次对他如此真挚的笑，这是一个好兆头，克里斯倍感激动。

而在其他方面，他似乎也创造了不小的进展，因为当周日克里斯照例出去散步的时候，他左手拄着拐杖，右手牵着苏珊。毫不意外的，他们来到了动物园。克里斯像往常一样喂驯鹿，它们欢畅地奔来，毫无戒备地从他的手心里吃着胡萝卜。苏珊满怀欣喜地看着，不仅仅是因为她看到了驯鹿。

和克林格先生在一起的每一天都是一场新的冒险。他脑子里似乎装着满世界的笑话、歌谣和故事。她妈妈也许不会认同，但是她很确定的是，她现在每天都过得非常开心。

他们肩并肩走着，克里斯有一次提起了苏珊的圣诞愿望。他不能相信苏珊这么大的孩子会真的没有圣诞愿望。她一定有特别想要的礼物，就像每个孩子一样。苏珊沉默了很久，才犹豫着告诉他，她的确有一个愿望——而且是个很大的愿望。如果他真的是圣诞老人，苏珊默默地想，也许他真的能让她梦想成真。于是，她告诉克里斯她的愿望是有一座房子——不是玩具，而是一座真正的大房子，能让她和她妈妈都住在里面的大房子。住在纽约狭小的公寓里对于苏珊这个年龄的孩子来说，的确是令人沮丧的事。她想要的房子是那种有很大的后院，可以种很多树，可以在那里荡秋千的。她可以自由地跑来跑去到处玩耍，而不用总是等着克莱奥或者其他什么人来带着她去中央公园。克里斯倒吸了一口冷气，“这可真是个很大的愿望呢，”他承认道，“但是我会尽我最大的努力的。”

苏珊笃定地说：“如果你真的是圣诞老人的话，你一定能帮我实现的！如果你不能的话，那就说明妈妈是对的，你不过是一个有着长长白胡须的老人而已。”

克里斯非常明白他所面临的挑战。苏珊是如此聪明的孩子，她精确地抓到了克里斯的痛点。她从她的小钱包里拿出一张已然很旧了的从杂志上撕下来的纸片递给克里斯。那是一幅草图，一个建筑师笔下的殖民地风格的房子草图。苏珊仔细地把房子的布局和结构讲给克里斯听。克里斯把纸片收进口袋的时候，他开始有些担心了。

“并不是每个孩子的愿望都会成真的，”克里斯对她说，

“但是这并不意味着圣诞老人就不存在。有些孩子的愿望是一些他们根本没法使用的东西。比如很多男孩子想要真正的火车头，这就没法实现。为什么呢？因为他们都没法把真正的火车头装进他们家的房子。再比如有的小女孩希望能得到弟弟或者妹妹，但是很多时候她们的父母已经无法照顾更多的孩子了。所以啊，”他继续说道，“如果每个孩子都能立刻得到他们想要的一切，那么他们的人生也就不那么有趣了，你说是不是？有时候，他们需要一直一直地许下同一个愿望，而等到这个愿望真的实现了的时候，他们才会真的珍惜它！所以换句话说，”克里斯做了个总结，“当一些愿望不能被实现的时候，其实原因是有很多的。”

苏珊心里明白他说的是对的。“但是这个愿望我已经许下很久了，”她告诉他，“如果我能实现的话，我一定会非常非常珍惜它的！”克里斯再也无话可说了，他明白，他别无选择了。

当天晚上，在弗雷德和他一起准备入睡的时候，他开始了他的计划。他知道只有一个办法能让苏珊的愿望成真。弗雷德-盖伊夫妇也许有可能住进这样一座房子，而如果只是沃克女士一个人的话，这几乎是永远不会成真的。因此，他小心翼翼地问弗雷德和桃瑞丝的关系。弗雷德毫不隐瞒地告诉他，他早就爱上了桃瑞丝，但是他不知道应该怎么做。他给克里斯讲了桃瑞丝的上一次失败的婚姻，以及她因此受到的影响和打击。如今，她的全部人生都围绕着她的女儿和她的事业，再没有了任何其他的社交活动。桃瑞丝似乎是下定了决心不要再有任何属于她自己的私人生活。

克里斯忧伤地点头，“桃瑞丝只是一个典型的例子，”他说，“这个世界上经受了相似苦难的人成千上万。”

“是啊。”弗雷德也认同。

“我们必须立刻做点什么!”克里斯突然决心满满地说。

“你说得对,”弗雷德说,“但是我希望我知道我到底该怎么做——”

克林格先生满脑子都是主意。他说服弗雷德,让他把桃瑞丝带去吃晚餐,来一次浪漫的约会。弗雷德早已试过多次,可惜桃瑞丝一直果决地拒绝了他。这次,克里斯向他保证她一定会答应的。

第二天早上,克里斯向桃瑞丝大肆夸赞了她的邻居——盖伊先生。桃瑞丝似乎也赞同他说的一切。于是,他假装不经意地提及适当的娱乐休闲对像桃瑞丝这样工作如此辛苦的人来说是很重要的。再一次的,桃瑞丝也表示了赞同。

因而,当弗雷德在商店快要打烊之前和他会面的时候,克里斯对他得意地笑笑。弗雷德一定是来邀请桃瑞丝和他共进晚餐的!结果弗雷德摇了摇头。沃克女士太忙了,她整个晚上都得工作,她的晚餐就是她办公桌上的咖啡和三明治。所以弗雷德只是顺路看一眼克里斯,准备和他一起回家。

“原来是这样,”克林格先生言语冷冷,“她说她工作太忙了,是吧?那么,如果我和她说的话……”

“没用的,”弗雷德告诉他,“我劝得嗓子都哑了也没有用。”

“好吧,”克里斯陷入了沉思,“那我们得换一种方法了。”在他的眼睛转向更衣室的时候,他似乎计上心头。

弗雷德等了好久也不见克里斯从更衣室出来,他前去寻他。结果这个老家伙已经不见了。门卫告诉他说他早就乘电梯离开了。

克里斯这是要干什么?弗雷德赶紧回到桃瑞丝的办公室

借用她的电话。克莱奥没有看见克里斯，他自己的公寓也没有人接听电话。桃瑞丝立即给枫木镇养老院也打了电话，显然克里斯也没有回去那里。

如此一来，桃瑞丝有点儿紧张了。克里斯如往常一般打卡下班已经是三个小时之前的事了。

但是如果克里斯遭遇了什么，他们想也不敢想。他们检查了所有的警察局，医院，都一无所获。索伊先生的警告不禁涌上脑海，桃瑞丝感觉心都被提到了嗓子眼。她甚至给贝尔维由（Bellevue）的精神病院也打了电话，已然没有克里斯的影子。

夜越来越深，他们的寻找还在继续。桃瑞丝越来越焦虑的原因并不只是梅西先生的嘱托和她的工作可能不保。弗雷德惊讶地发现，桃瑞丝其实是在担心克里斯的安危。她自己都没有意识到自己对克林格先生的喜爱和关心。

“你总是能让我感到惊讶。”弗雷德告诉她。

“为什么？”桃瑞丝问。

“就是，你现在很不像你，”他说，“谁能想到那个一切以工作为重的沃克女士会为了一个精神不太正常的陌生老人如此殚精竭虑。”

“克里斯不是精神不正常的陌生老人，弗雷德，”她说，“他是——他是——”桃瑞丝似乎找不到合适的词。

“我懂你的意思。”弗雷德说。但是他们的努力毫无作用，仍然没有找到克里斯。

终于，弗雷德把身心俱疲的桃瑞丝送回了家。回去的路上，他们在中央动物园稍作停留，但是吉姆也有好几天没有看到过克里斯了。那是他们最后的救命稻草。现在他们能做的只有等待和祈祷。而让桃瑞丝更加沮丧的是，寻找克里斯的过程中，她还丢失了她非常珍惜的传家宝胸针。商场、动物园、出租车都遍寻不见，桃瑞丝知道，她彻底把它弄丢了。

当弗雷德在桃瑞丝家门口准备离开的时候，她几乎忍不住眼眶里打着转的泪水。弗雷德心里一片柔软，但是他太了解桃瑞丝了，因而他忍住了什么也没有说。这个夜晚把他们俩拉得前所未有的近。他知道，如果一开口就很可能把一切都打回原形。所以，他轻声说了句晚安就转身准备离开。

而桃瑞丝却似乎不想让他离开。她想要感谢他为她做的一切。“我，我真不知道如果今晚你不在的话，我要怎么办。”她说。

弗雷德无声地笑笑。“你看，有个男人在身边偶尔也还是有用的，不是吗？”他说，“我很高兴我能为你分担哪怕一点点也好。”

“你不止分担了一点点，弗雷德，”她说，“我，我非常感激你。”

她眼眶里的泪水直打转，他看得清清楚楚。她向他靠近了一点儿，微微仰起头。有那么一瞬间，弗雷德甚至以为她是要吻他。但是她的表情忽然怔住了，她转而微微一笑。

“晚安。”弗雷德轻声说着，关上了门。

他回到自己漆黑的公寓的时候，嘴边仍噙着暖暖的笑意。如果不是克里斯的失踪，这本该是个多么美好的夜晚啊。起初他坚信这只是克里斯玩的把戏，但是随着入夜愈深，他也愈发紧张起来。如果真的有什么不幸发生在了克林格先生身上，那么整个世界都会不一样了。

当他打开他卧室的灯的时候，他吓了一大跳——因为克林格先生正安详地睡在他的床上。弗雷德赶紧把灯关了，但是克里斯却已经一个机灵坐了起来，兴致勃勃地问弗雷德发生了什么。

“发生了什么？我们都差点儿急疯了！”弗雷德告诉他，“你是想告诉我你其实一直都在这里？”

克里斯偷笑着点了点头。

“那你为什么不接电话？”弗雷德问他，“我和桃瑞丝为了找你，快把整个城市翻了一遍了。”

“哦？是吗？”克里斯眼神亮亮地说，“那你有没有好好享受你们俩在一起的时光？”

这，好吧——弗雷德必须承认，他的确和桃瑞丝有了质的发展。克里斯满意地笑。

“和我的计划分毫不差！我得选个时间再来一次！”

“坚决不行！”弗雷德急躁地否定。失踪不是闹着玩的，他必须得换个方法。

“你这样做是错误的，”弗雷德说，他尽可能想让自己看起来更生气一点。“想一想你让桃瑞丝多么担心。我得赶紧过去告诉他你的把戏，省得这可怜的姑娘一夜无眠！”

“好的，快去吧，”克里斯欢快地说，“这样你们就又多了一些在一起的时间了！”

桃瑞丝穿着带荷叶边的近乎透明的睡袍来开了门，她的头发散落在背后。弗雷德从来没有见过这样的她，她像是彻底变成了另外一个人，如此柔弱，和几分钟前那个严肃的沃克女士形成了如此鲜明的对比。因为弗雷德带来的消息让桃瑞丝紧绷的神经彻底放松了下来，以至于她忘记了自己是如此的打扮就让弗雷德进了门。但是她依然觉得难以理解。这个老人为什么要这么做？他到底去了哪里？弗雷德小心翼翼地一一解答。

“看来克林格先生扮演丘比特也和他扮演圣诞老人一样出

色，”弗雷德说，“他觉得我们俩应该多在一起待一待。”

“这样！”桃瑞丝说。但她似乎并没有像弗雷德所希望的那样对克林格的做法那么在意。

“所以他就玩了回失踪。我猜，这个老狐狸现在正从窗口偷看我们呢。”弗雷德总结了一句。

“既然这样的话，那你最好多留一会儿，至少喝杯咖啡再走吧。”桃瑞丝说，克里斯在他的卧室里是看得到这里的客厅的。弗雷德欣然接受了她的邀请。

接下来的半个小时，弗雷德享受着其中的每一分钟——因为桃瑞丝不仅坐在他的身边，他还用手臂把她揽在了怀里。每次她试图离开，弗雷德都提醒她说克里斯在监视他们，尽管事实上，大半的时间克里斯都不在。终于，弗雷德不能再用克里斯做借口了，因为那个老家伙显然已经沉沉睡去了。

正当他准备起身离开的时候，苏珊的房间里传来一阵惊恐的尖叫。这个可怜的孩子一定是做噩梦了。他冲进苏珊的房间把她搂在怀里。桃瑞丝跟过来，站在门口。弗雷德轻轻地安慰她，苏珊也慢慢从噩梦中醒过来。她看到弗雷德的瞬间，原本挂满泪痕的小脸上倏地展开一朵微笑。

“弗雷德叔叔，是你啊！”她放心地舒出一口气。她的确做了很可怕的噩梦——但是现在弗雷德叔叔在这里，那么一切都会没事的。桃瑞丝被眼前的一幕深深地感动了。

当弗雷德再次对桃瑞丝道晚安的时候，他自然地把她揽进怀里给了她深情的一吻。这一次，谁也没有提起克林格先生。

9

第二天下午，弗雷德大胆地走进了蒂凡尼珠宝公司

(Tiffany & Company）的大门。他告诉那个趾高气扬的服务员他想买一枚胸针。他努力地描述桃瑞丝丢掉的那枚胸针的样子，却似乎没有什么效果。服务员给他展示了其中非常精美的胸针，然而没有一个是弗雷德寻找的。等服务员终于明白了弗雷德需要的胸针的样子，他却只能遗憾地告诉他，那个式样暂时没有货了。

“你要不要试一试卡蒂亚（Cartier's)?”他建议说，“几个路口过去就有一间。那里有很多非常漂亮的宝贝。”

弗雷德惊异地盯着他。

“卡蒂亚的人推荐我来这里的。”他说。

“是这样，没错，”服务员说，“卡蒂亚最近给我们推荐了不少客户来。”

弗雷德走出蒂凡尼，却仍处在震惊中。他见过很多宣传克里斯发起的良心买卖的广告和新闻，但这回是他第一次亲身体会到。连蒂凡尼都开始推荐消费者去卡蒂亚了，那么真的是一切皆有可能了！

最后，弗雷德终于在梅西百货找到了他喜爱的胸针，在他兴高采烈的同时他发现整个商店的所有员工似乎都和他分享着喜悦。那个总是易怒的门卫对着他咧嘴笑；那个电梯操作员也噙着满脸的笑意；连走廊里挤作一团的顾客们也都显得心情愉快。随着弗雷德看到一个接一个证明克里斯魔力的证据，他的惊异一分分更盛。

沃克女士不在她的办公室，克里斯也不在他的高台上，但是玩具部门的一个角落聚集了熙熙攘攘的一大群人。弗雷德在人群中找到桃瑞丝，她正静静地看着眼前令人难以置信的一幕——在圣诞树前，梅西先生和金贝儿先生竟在握手！他们摆好姿势给各个摄影师拍照，而他们身后是克里斯喜笑颜开的面容。

“这,”桃瑞丝说,“简直是奇迹中的奇迹——我做梦也不敢想象的场景!”

“这都亏了克林格先生!”弗雷德说。

桃瑞丝默默地点头,并给了弗雷德一个微笑。在闪个不停的闪光灯之中,梅西和金贝儿边握着对方的手,边诚挚地微笑。

“现在该到我的店里再拍一张了。”金贝儿先生说。

梅西先生热切地表示赞同。桃瑞丝转向弗雷德说,“快掐我一下,我简直不能相信这是真的!”

桃瑞丝瞪大眼睛看着仪式进一步推进。现在,梅西先生正向克里斯颁发一张支票,是公司给他的额外奖赏:“这是为了感谢您给我们带来的美好精神,不仅是我们梅西百货,更是整座城市!”克林格先生欣然接过支票。梅西先生开玩笑地问他准备拿这些钱做些什么。

克里斯心里非常清楚要用来做什么。“我将用它来实现一个对我非常好的人的圣诞心愿,”他说,“他是一位医生,而我将送给他一台X光摄影仪!”

“那可是很大的一笔花销!”梅西先生回应说。

“让我来助你一臂之力吧,”金贝儿先生激动地说,“我们将打折出售给您!”

“那我们将亏本出售!”梅西先生说。

弗雷德从口袋里拿出一个小包裹,他转向桃瑞丝。

“我有个小礼物要送给你,”他把包裹递给桃瑞丝,“但我觉得还是免了这样正式的送礼仪式比较好。”

桃瑞丝看到那枚胸针,又感动又兴奋。她甚至同意让弗雷德立即帮她别在了身上。当他们一同走回办公室的时候,她轻轻地挽住了弗雷德。在梅西百货的玩具部门，她竟和他手挽手地走过！

对弗雷德来说，这是比梅西-金贝儿的奇迹更加了不起的奇迹。

“看起来，你也受到了克林格精神的感染了。”弗雷德说。

桃瑞丝抬头看着他笑了，“大概是的呢。”她回答说。

10

那天晚上，当三人一同回到桃瑞丝公寓的时候，他们看见苏珊正和其他三四个孩子一起玩耍。最惊讶的无疑是桃瑞丝，因为她知道苏珊在邻里间一直是颇有独行侠风范的，她在自己的房间里就足够自娱自乐了。她还经常嫌弃其他孩子玩的游戏都太愚蠢。但是现在，跪坐在地上，沉浸在游戏的幻想空间里，并显得乐在其中。当然，和其他孩子相比，她对于如何扮演女巫有点生疏，但是她很努力，而且明显的是，在克里斯对她的关于想象力的训练指导下，她的进步非常明显。当看着她在家具间蹦蹦跳跳试图吓走其他巫师的时候，桃瑞丝情不自禁地为苏珊感到高兴。也许职业的心理咨询师不会同意让一个六岁的孩子相信她是一个超自然的生物，但是在这个瞬间，桃瑞丝却让步了，因为她从来没见过苏珊像现在这样开心过。

晚餐的时候，桃瑞丝像是变了一个人一样。她情绪高涨，很放松，整个人都显得很温暖——和几周前那个严肃呆板的沃克女士形成了鲜明对比。克里斯觉得自己整个人都在云端一般欣慰。晚餐后他给苏珊读故事的时候，满脸笑意地告诉苏珊，她的圣诞愿望会实现的。

另一边厨房里，桃瑞丝和弗雷德照例帮助克莱奥收拾餐具。桃瑞丝向弗雷德表示抱歉，她今晚不能多陪他了，因为索伊先生要在他们各个部门主管的学习小组开始之前给他们训话。桃瑞丝是委员会的总管，她早已安排好索伊的演讲了。尽管她非常不愿离开，但是她不得不走。而因为演讲的内容，她觉得最好还是不要在克里斯面前提及。

她走了以后，弗雷德和克里斯一起哄苏珊入睡。当弗雷德去隔壁拿他的烟斗和烟草时，克里斯瞥见了桃瑞丝桌上的油印卡片。他拿起来审视：

人事部门学习小组

桃瑞丝-沃克，总负责人

将于 12 月 18 日周三晚 8：30 集会，地址为格林威治村邻家中心演播厅（the Neighborhood Center Auditorium）

演讲人：阿尔伯特-索伊　先生

主题：探索圣诞老人的传说

演讲结束后将开展自由讨论

克里斯读完卡片上的内容，浑身都感到一个震颤。

他拿起帽子和手杖便大步走了出去。

在邻家中心演播厅，引导员礼貌地拒绝了克里斯要求进去的要求。克里斯没有请柬，而桃瑞丝的那张卡片也被他忘在了她的公寓里。但是克林格先生非常笃定地想要听一听那个呆头呆脑的索伊到底会说些什么。他蹑手蹑脚地开始自己探索能够进入演播厅的方法。他在走廊上慢悠悠地晃荡，发现走廊似乎一直延伸到演播厅的另一端。他顺着走廊一路走去，果然看到了一扇没锁的门。他悄悄地打开门并向前走了几步。他听见桃瑞丝说：“……接下来就有请阿尔伯特-索伊先生。”一阵礼貌性地掌声之后，克里斯已经潜入到了后台。

索伊开始说他非常不适应这种场合，但他希望观众能够听进去一些他要说的。大概因为这个舞台租给了儿童剧院的圣诞演出，因而舞台上巨大的窗户和火炉都作为固定背景而不能被移除。索伊站在舞台中间的讲台前读他的演讲稿。

“圣诞老人作为一个象征性的符号，圣·尼古拉斯（St. Nicholas）①，或者说克里斯-克林格，”他开始了他的演讲，“他所代表着的是所有孩子渴望着的一种幻想。他是至高无上的施予者，最慷慨的父亲形象。而如果成熟的成年人依然追求这样的幻想，则往往是因为他们发育不完全和神经质的内心特点。他们沉迷于幼稚的幻想不能自拔恰恰反映了他们缺乏面对真正现实的能力。”

他话音刚落，就传来一阵没忍住的笑声。索伊有些不满地扫视了一圈。他不知道那声音其实来自他的身后，在后台，克里斯-克林格的形象恰好在那个巨大的窗户里。

但是桃瑞丝看到了克里斯，她慌张起来。她完全不知道他是怎么跑去了那里，或者他接下来会做什么。

仍因为那笑声而不愉快的索伊开始继续他的演讲。“人们常希望自己能扮演圣诞老人那样的角色，”他说，“而他们这么做是为了减轻自己内心的愧疚感。父亲们因为没能好好陪自己的孩子，于是给他们买各种各样的礼物；富豪们争相扮演圣诞老人，为了掩盖他们在不择手段赚取财富时的罪

---

① 圣诞老人原型，是土耳其历史上真实存在的一位主教。公元3世纪末，圣·尼古拉斯出生在地中海沿岸的潘特拉（Patara）。他虽出生在一个富裕人家，但从小心地善良，乐善好施，经常救助穷人。圣·尼古拉斯喜欢以匿名的方式赠送给当地穷人各种礼物。公元346年去世，被尊称为圣人，其生前事迹后来演变成今天圣诞老人的传说。——译者注

恶感。”

索伊仍在继续着，而背后的克里斯开始显得越发愤怒，他摇晃着他的拐杖以显示他的不满。桃瑞丝在台下焦急地给他打手势，使颜色，希望能让他安静下来，但是当索伊的话越来越充斥着谴责的味道，克里斯愤怒的念念有词也变得越来越大声，越来越清晰。

克里斯现在只想做一件事，那就从后台钻到前台去。他发现了背景幕布上的一个小出口。

那时，索伊正在用大段的言辞猛烈攻击圣诞老人这个名词。

“离真正的善意距离十万八千里，圣诞老人其实是再邪恶不过的传说，他所能造成的伤害将比鸦片更甚。”他断言道。

克林格对这最后的句子实在忍无可忍了。在桃瑞丝还没来得及反应过来时，他就已经一瞬间窜到了舞台前台。他的这个出场简直不能更戏剧化了。在对圣诞老人的侮骂声中，这个活脱脱的圣诞老人形象出现在了炉火边。

观众们显然都被克里斯的出场吓到了，尖叫和笑声夹杂而出。但是，对于克林格先生而言，他一点儿也没觉得有什么地方是好笑的。

索伊对于克里斯又惊又怒。

“好了，现在该我了……”克里斯开始发言。

“我才是今天的主讲人，克林格先生。”索伊不依不饶。

克林格这个姓氏又引来观众的一阵大笑，这是索伊没有预料到的。桃瑞丝现在就差跪下来求克里斯赶紧停手，结束这戏剧场面了。

“但是也有公开讨论不是吗?”克林格回应，“我认为我有充分的权利表达我的看法——事实上，我觉得没有人比我更适合来回应你荒谬的控诉。”

“公开讨论是在演讲之后的。”索伊先生说。

“那么好吧。”克里斯说。他走到舞台的边缘，坐在一个道具长椅上，等着索伊完成他的演讲。

完全乱了手脚，可怜的索伊先生试图继续自己的演讲，但克里斯仍是所有观众目光聚焦的地方。每当索伊先生说完一个段落，克里斯只需要抬一抬眉毛或者摸一摸鼻子就能引来观众席洪水一般的笑声。

就在这时，弗雷德溜进了演播厅后排。寻遍了各个克里斯可能去的地方，他发现了桃瑞丝桌上的卡片，于是就急忙赶过来想要告诉桃瑞丝。但当他看到克里斯平静地坐在舞台上时，他暗暗松了口气，带着笑意坐等接下来会发生什么。

索伊挣扎着想要完成自己的演讲，却越来越说得驴唇不对马嘴。他开始结巴或搞错单词。观众笑得越多，索伊的状况就越糟。终于，他似乎失去了组织句子的能力。克里斯实在忍不住了。他伸出两根手指在索伊面前。

“请问你看到了几根手指？”他问。

这下彻底激怒了索伊，他的脸因为愤怒白得像一张纸。

“我没法继续了，”他几乎是吼出来的，“直到这个老不死的东西被赶出去为止。”

桃瑞丝在台下苦苦恳求克里斯能够通情达理一些。

“我已经非常通情达理了，亲爱的，”克里斯说，“但是我必须得向大家证明索伊先生方才的一番诟病是多么的愚蠢至极——不到那时，我不会移动一步。”

“你不会移动是吧？”索伊恶狠狠地朝他靠近，“那我们就来看看究竟是不是这样！”

克林格先生坚守在他所坐的地方。“我是老不死的，是吧?”他也凶狠地回击，在索伊不断逼近他的同时把玩着手里的拐杖。

“你少拿那根木棍威胁我!”索伊咆哮道，“滚下舞台，你听见没有!”

克里斯举起拐杖，准备好用来防御。索伊狂怒着试图夺走他的拐杖。经过短暂地较量，克林格先生轻巧躲过了他的攻击，而拐杖已经直直地抵在了索伊的脸上。

“他打我!”索伊尖叫起来，跳起来退后一步。

“我真希望我打了你。”克林格先生不屑地说。桃瑞丝趁机跑到了他们俩中间，希望能找回秩序。

“沃克女士，看这里,”索伊说着，指着他脸上微微红起来的部位,“如果这样你还要坚持站在这个危险的疯子一边的话，我只好立刻报警了!”

“不不，不要!”桃瑞丝恳求道。

若不是索伊终于抓住了最后的机会，希望能挽回一点儿面子全身而退，事情还不知道会闹成什么样。

“先生们，女士们,”他宣布，“本次演讲不得不就此终止。”他转向桃瑞丝，“我暂时不会报警。但是我希望明天一早能在谢尔哈默的办公室和你商讨一下此事的解决方案。”他怒视了一眼克里斯。“我相信社会自有方法来铲除这样危害大众的人物!”说着，他大步退出了舞台。

11

第二天一早，桃瑞丝就被两位先生的愤怒包围了：索伊和谢尔哈默。索伊已经添油加醋地把昨晚克里斯的行为向谢尔哈默描述过了。他非常肯定克林格是个危险的精神病患者。他对他的侮辱性言语和暴力倾向提出控诉。桃瑞丝试图反驳索伊的过分夸张，“没错，克里斯出现在昨晚的演讲台上并不是什么愉快的经历，但是他并没有任何暴力行为。”

谢尔哈默显得困扰不安。显然索伊已经让他确信了克林格的危险性——但是他担心的是，在那么多媒体包装和大肆宣扬之后，克林格很可能转而对梅西百货造成很大的威胁。光是想想，要是金贝儿发现了梅西的圣诞老人竟然是个疯子，他们得有多高兴！他几乎不敢想象这件事可能产生的后果！克林格现在像一颗定时炸弹，而沃克女士必须对此全权负责。是她雇的他，并且她也非常清楚他的妄想症。

索伊先生说他很庆幸自己成了和克林格正面交锋的受害者，而不是那些曾被他把玩在膝盖上的无辜的孩子们。“问题的根本在于，”他说，“我们该怎么处置那个可怜的妄想症疯子。”

“我们必须得立刻做点什么！”谢尔哈默说。

“我不同意，”沃克女士说，“我相信他只是个心地善良的老人。他绝不会……”

“可是，他会的，沃克女士！”索伊先生抢着说道，“他明显经历了什么突发性的改变。他已经完全进入了暴力阶段。”

“但是皮尔斯医生保证过这是不会发生在他的身上的。克里斯的妄想都是善意无害的。”

“皮尔斯医生不是专业的心理医生。”索伊刻薄地说。

“别忘了你也不是。”桃瑞丝毫不让步。

“但是不管怎样，我们必须要做的，”索伊说，“是给克林格先生做一次彻底的精神检查，当然，必须由专业的心理医生进行检查。”

谢尔哈默对这个提议很满意，但桃瑞丝表示反对。她指出，克里斯早已经过了无数次的精神检查，结果都是完全正常的。

“再做一次也不会有什么害处。”谢尔哈默争辩道。“一旦他们认同皮尔斯医生的观点，认为克里斯是无害的，他就可以立即回来。”

“而一旦他们不认同，我相信你会做出正确的决定的。”索伊补充道。

桃瑞丝微微一震。她知道克里斯并没有任何暴力倾向。她恨极了索伊，和他那离谱的夸张说辞。但是考虑到当时的情况，她也知道谢尔哈默是对的。无论怎样，只要克里斯顺利通过了那个精神病测试，他当天下午就可以回来工作了。桃瑞丝静静地点了点头。

索伊先生显得非常迫切，他说他现在就着手安排克里斯的测试。他的目标非常明确，那就是尽快把克林格赶出公司。他不想浪费一点儿时间，而且他也知道最快且最简单的方法。只是，他并不打算向沃克女士透露任何细节。

“那么现在只剩一个问题了，”索伊说，“我们要怎么把他赶出公司而不引发任何其他的，呃，后果。就他现在的情况，他很有可能会发生暴力行为。”

“沃克女士，这就得靠你好好解释给他听了，”谢尔哈默说，“毕竟你是他的朋友，而且，他信任你。”

但是桃瑞丝毫不犹豫地拒绝了。她明白这是必须做的，但是她就是没有办法自己去做。她对那个老人的喜爱和依赖已经超过了她所能控制的范畴。她实在没法伤害他。

“没关系的，”索伊悄悄地对谢尔哈默点点头，“我们并不是非得靠沃克女士不可。我知道我们该怎么办。”

当谢尔哈默走近的时候，克里斯像往常一样坐在他的高台上向排成长队的孩子们一一问好。他邀请克林格先生到市政厅和市合照一张照片，不知道克里斯是不是愿意前往？

“当然了，”克里斯说，“我很乐意去见市长大人，但我和梅西先生五点有约……”

“噢，那并不影响的，你肯定会在五点前回来的，”谢尔哈默向他担保道。专车已经在楼外等着，两位男士护送着克里斯离开了他的高台。

直到克里斯坐进汽车看见索伊先生已经坐在前排的时候，他才开始起疑心。

“请问去哪里？”司机问。

“贝尔维由。”索伊回答说。

克里斯愤怒地想要起身，但是车已经启动了。两个护送他的男人不动声色地把他按在位置上不能动弹。他僵直着身子坐在那里，直直地盯着车窗外随着车缓缓移动的雨后街道。良久，他终于开口了。

“沃克女士知道这件事吗？”他问。

“当然了，”索伊说，“这都是她的安排。”

从那一瞬间起，克里斯像是彻底被打败了一样。如果，桃瑞丝真的能对他做出这样的事，那么也就说他之前的所有努力都是无望而徒劳的了。接下来的一路上他再没有说一句话。甚至等他们把他带进了目的地的时候，他也似乎对一切都毫无兴趣。

12

对桃瑞丝来说，这个下午像是一场无止境的煎熬。她甚至无法在自己的座位上稳稳地坐上几分钟，更别说工作了。她时不时地走到门口去看一眼外面的高台，期待着看到克里斯已然回来。但是，克里斯的椅子一直空着，她也越发焦虑起来。她试图打听克里斯被带去了哪里，但是谢尔哈默先生除了知道克林格坐着索伊先生的车走了以外，其他什么也不知道。

直到商店快要关门的时候，弗雷德给她匆忙打来电话，她才知道了真相。弗雷德愤怒地说他刚和贝尔维由精神病院通过电话，他们让他立即把克林格的洗漱用具送过去。

“是那里的一个什么医生给我打的电话，”弗雷德怒冲冲地告诉她，“他说克里斯短期内不会需要穿出门的衣服了！”

“贝尔维由！所以索伊把他带去了那里！”桃瑞丝的语气里是满满的愤怒。

“到底发生了什么？”弗雷德追问她，“这到底是怎么回事？”

桃瑞丝简单地告诉了他事情的经过，包括索伊如何威胁她，她如何无奈之下同意让他们给克里斯再做一次检查。索伊狡猾地避开了贝尔维由，真是聪明。

“但是你为什么会同意让他们把他带去任何地方？”弗雷德仍在追问。桃瑞丝试图解释，她无法假装昨晚什么也没有发生过，她担心索伊真的会报警。

弗雷德没有时间和她争论了，他必须立刻赶过去。

“以后再说吧，桃瑞丝。”他说着，挂断了电话。

在贝尔维由，克林格先生经历了一轮又一轮的审问，检查，把全部流程都过了一遍。他看了一个又一个医生，从一个房间转移到另一个房间。一切都那么无趣地相似，他几乎没有觉察到区别。他心不在焉地回答问题，对一些非常愚蠢的问题他也给了肯定的答案，只是因为他根本没有在意问题是什么。他脑海里不断回荡的声音是：“她怎么会这样做？她怎么能够？”有时，他不自觉地默念出来。观察细致的年轻医生敏锐地捕捉到了他时不时口形的变化，滴水不漏地统统记入了他的报告单。

他们已经脱掉了他的圣诞老人服装，给他换上了过大的软塌塌的灰色晨衣。他们把他安置在一个空荡的房间里，狭窄的窗户前还矗立着铁栏杆。房间里还有不少其他人，都穿着清一色的晨衣。但是克林格先生几乎没有注意到他们中的任何一个。他默默地坐在那个白大褂侍者给他安排的椅子上，目光空洞地盯着墙壁。

当弗雷德找到他的时候，他仍呆坐在那里：那是怎样一个瘦弱，疲惫的老人的身影啊。曾经那些充满激情的亮色都从他的眼里溜走了。

“这简直是胡来，克里斯。”弗雷德告诉他，“你和所有人一样正常，你比很多人正常得多!”

克里斯几乎毫无知觉地摇了摇头。

“我现在就带你出去。”弗雷德恳切地说。

但是克里斯却不想离开的样子。桃瑞丝那样狠心地欺骗了他，就在他以为他成功地令她开始相信自己了的时候。

“那么她一定是一直在糊弄我了，”他悲伤地说，“如果正常人就是这样的，我宁愿留在这里和其他人待在一起。”

“但是桃瑞丝对索伊的计划并不知情。”弗雷德告诉他，“索伊威胁要报警，她以为他只是把你带到一个私人的心理医生那里。”

“谢谢你告诉我，”克里斯说，“如果你说的是真的，她为什么不亲自来向我解释呢?”

“因为她不想伤害你，克里斯。”

克里斯缓慢地点点头，“是啊，我是个善良的老头子，她对我觉得抱歉。”

“并不只是那样。”弗雷德说。

但是克林格先生摇了摇头。

“她一直对我有怀疑，弗雷德。所以她只是对我觉得抱歉。如果是你被强拉到这里，她一定早已经气疯了。”

“就算她有怀疑又怎么样?”弗雷德争辩道，“这么多年了，她已经习惯什么都不相信了。你并没有真正给她足够的机会，克里斯!”

“并不只是桃瑞丝，”克里斯说，“是那么多的像索伊一样的人们。他那么阴暗，自私，恶毒。但是他却被认为是正常的，而我不是。他在外面，而我在这里。那么好吧，如果他是正常的，那我不希望我是正常的。我真的宁愿留在这里!”

“但是你不能只考虑你自己啊，克里斯。你的境遇会影响到那么多其他人，像我一样的人，相信你所代表的一切的人，还有像苏珊那样刚刚开始学着相信的人。你不能就这么放弃了，克里斯，你明白吗?”

克里斯仔细地思索着他的话，眼里的神采似乎一点一点地恢复了。

“也许你说的对，”他慢慢地说，“也许，你说得是对的!”

“当然了!”弗雷德终于松了一口气，“我知道你不会让我们失望的。”

“我真该为自己感到羞愧!”克林格先生说，他的声音也重新有了活力，“也许我们不一定能赢，但是至少我们要尝试到底!”

“这就对了!”弗雷德欢欣地说着，他站起身来，“你别担心了，克里斯。在这里好好坐着，我马上就把你弄出去!”

而实际情况并不是弗雷德所想的那么简单。经过一系列令人沮丧的会面之后，弗雷德终于见到首席心理专家，罗杰斯医生（Dr. Rogers）。他是个安静友善的人。他取来弗雷德的资料，并仔细研究着。弗雷德向罗杰斯医生解释说，他和克里斯住在一起有一段时间了，他的一切都与常人无异，整件事荒唐透顶，根本就是索伊先生为自己受到的羞辱采取的复仇行为。但是罗杰斯医生似乎并不是那么相信他，“克林格先生绝对是有些偏离正常的地方，如果说他不具备危险性，也只能说是预测如此。他所参加的任何会面和测试都得出了同样的结论：克林格先生的精神状态远远偏离于正常范围。”他们不仅不能够让克里斯出院，而且，在这些报告的基础上他们还得立即采取其他措施。

直到这时候弗雷德才彻底明白发生了什么：克里斯故意给出那么多错误答案！而同时他也意识到，想要向罗杰斯医生解释真相他也未必会相信。

索伊只是成功地把克林格先生弄进了这个地方，而克里斯本人亲手断绝了所有可以让自己离开这里的机会。可是弗雷德答应了克里斯要还他自由！他感到他把自己逼到了树枝的边缘，而且他似乎已经听到了它开始断裂的声音。他对罗杰斯医生道了声感谢就离开了。他需要时间来理清自己的思绪，他知道他面临着一个几乎不可能但又必须完成的挑战。

13

亨利五世-哈伯法官（Judge Henry X. Harper）正坐在他的办公室阅览常规信件，同时思考着今年圣诞节要给他的妻子什么礼物。今年是个好年，一切都挺顺利。明年春天的再选他应该也不会有问题。他想，也许今年的礼物应该比以往要更加精心一些——也许，买件貂皮大衣？

他的助手芬利（Finley）进来告诉他，州检察官玛雅先生（Mr. Mara）来了。

“快，请他进来！”法官热情地说。

玛雅先生手拿着一个文件夹，面目含笑地走了进来。他和法官是老朋友了。他们互相热情地问好。

“只是一些常规的文件，法官先生，”玛雅告诉他。

他把文件夹放在了桌上，法官开始迅速地浏览。

“我都帮您整理好了，”玛雅说，“我一一看过了——那个贝尔维由医院的精神病报告也附在后面了。”

“贝尔维由是吗?”法官边阅览边问，“年龄未知。一个老人，是吗?”

“年龄很大了，法官先生。”

“我想我应该把这些都好好看一遍。”哈伯叹口气。

“你可以相信我的，法官先生——这只是个老生常谈的必经过程了。那个老家伙声称自己叫克里斯-克林格，他认为他是圣诞老人。”

“喔喔，这样啊。”法官没忍住，轻轻笑了声。他刚拿起笔，芬利进来了。

“盖伊先生想要见您。”

“因为什么?”法官问。

“他是一名律师，是关于克林格的案子。”

“那快请他近来吧。”法官叹口气，把笔放回了原处。

弗雷德非常礼貌但语气坚定地告诉法官，他是克林格先生的律师。在他看来，他的客户是被人诬陷的。他要求举行一场证人可以参加的听证会。

“我以为你说这个案子是老生常谈?”法官对玛雅说。

“是的，”玛雅说，“这是我碰到的第一个对此类案件提出诉讼的。”

法官快速扫视了一下文件。

“法官先生，如果您想的话您大可以签字，”弗雷德说，“只是我明天一早就会带来人身保护令。”

“那是不必要的了，”哈伯法官说，“我同意开听证会。周一早上十点。”

在法官的接待室外面，索伊先生坐立不安地在等着见玛雅先生。因为梅西先生发现克里斯的缺席之后立即询问了其中缘由。在和桃瑞丝会面之后他把索伊先生也叫进了办公室，梅西先生的字字句句仍清楚地回荡在索伊耳边。如果他不能立刻让克林格先生得到释放，那么他索伊在梅西百货的职业生涯也只好在圣诞将至的时候终止了。

当索伊坐在那里努力克制着咬指甲的冲动时，弗雷德从法官的办公室走了出来，他对芬利点头示意后便离开了。

“那，那是谁？”索伊焦急地问。

“克林格先生的律师，”芬利告诉他。克里斯现在竟然还有了律师是吗！索伊对他所听到的消息一点儿也高兴不起来。

“我想要立刻撤回这个案子。”他一看到玛雅就赶紧说。

但是玛雅摇头表示不行，“克林格已经被医院承诺留守察看了。必须得经过所有流程了。”索伊几乎僵住了。

“有什么我能做的吗？”索伊问。

“恐怕没有，”玛雅说，“他的听证会将在周一举行。”

公开听证会！这简直不能更糟了，索伊心想。他向玛雅询问关于克林格的律师的情况。

“喔，他啊，没什么好担心的！”玛雅让他放心，“那个盖伊不过是个年轻的小律师，希望给自己赢得一些曝光率！”

曝光率！索伊感觉自己像被电流击中了一般。报纸、杂志的报道！这真是最糟糕的情况了。

“我得赶紧去和盖伊先生谈一谈!”他边说着边一路小跑出了市政厅。

索伊在弗雷德进电梯之前抓住了他。他向他介绍说自己是梅西百货公司的发言人。他们非常想要避免媒体曝光，如果盖伊先生愿意配合的话，梅西先生将重金酬谢他。

弗雷德无声地笑了。梅西先生与此事毫无瓜葛，他们俩都心知肚明。索伊先生自己把自己困在了这热锅上，现在挣扎着想要逃出去。

“但是，关于媒体曝光这个事，”弗雷德说，“真高兴你提起来了。我想，我需要收集尽可能多的民众支持来赢得这个案子！而媒体曝光简直是再好不过的方法了！非常感谢您的提议，索伊先生!”

说着，他转身走了。

索伊最后看见他的身影，他正走进法庭媒体部的办公室。索伊几乎无法形容他的恼怒了。

果然第二天一早，纽约的各大报纸上都出现了这条新闻。这完全是意料之中的，因为克里斯早就是名人了，他是全国范围内乐善好施的代言人。而现在，他被指控为精神失常。他即将到来的听证会的报道占据了各个报纸的头条。而晚报们则发表了更加长篇的深度报道。几乎所有媒体的口径都非常一致，广播评论员精准地总结道：

“现在的时代是非常扭曲的时代，”他说，“克里斯-克林格，这位现世的圣诞老人，这位在全城乃至全国传播了最美好品质的无辜老人正在经受磨难！星期一的早上，这位善良的老人将出现在亨利五世-哈伯法官的面前，经受被指控为精神失常的听证会！如此令人难以置信的事情竟然就真的发生了。如果把真正的圣诞精神带回我们身边就是精神失常的话，这个时代真的是不能更扭曲的时代了!”

哈伯法官在家听着广播，不无欢喜地听着自己的名字传遍了全国各地。但是和他一起在听的查理-哈洛伦（Charlie Halloran）显得并不高兴。查理是把哈伯送上法官宝座的执政党的财务总管。他本人并非政府官员，但是查理是州政府和市政府背后的掌权者。这个圆滑精深的政客也是哈伯长期以来的好友和导师。

“我觉得你有些停步不前了，亨利，”他深思熟虑之后说，“我觉得你最好休息一段时间。”

“胡说!”法官愤怒地说，“我从没感觉比现在更好!”

“去钓鱼，或者打猎，去哪里都行。”哈洛伦坚持说。

“为什么，查理，为什么?”

“因为这个案子是一个不知道什么时间就会爆炸的定时炸弹，”查理关掉了广播说道，“你不要碰它为妙。”

但是亨利不能就这样放弃。一切都安排好了，他会突然生一场大病，查理说，让别的法官来处理这个案子，随便哪一个来年春天不需要参加再次选举的法官。但是亨利是一个诚实正直的人，他不允许自己做这样的事，但他也不能明白为什么查理看起来会如此担忧。得到这么多正面的媒体曝光究竟有什么坏处呢?

“正面的!”查理叫出声来，“这根本是不能更负面的消息了！你什么都没做就已经是彼丢-本拉多（Pontius Pilate）了！你将是所有孩子心目中最大的反派，他们的家长也都会恨你!”

“不可能!”哈伯大笑道。

这是，哈伯的妻子进来了，让她的孙子孙女们来和爷爷说晚安。她答应了他们的母亲要在八点之前把他们哄去床上睡觉，而现在已经远远超过八点了。

孩子们蹦蹦跳跳地进了屋，给他们的奶奶一个大大的拥抱和吻，然后只是冷冷地从哈伯身边走过，径直上了床。

法官愣在原地。

“这么对爷爷，他们还真是有礼貌！”他微微有点怒意。

“我可不会责怪他们！”哈伯女士边说边跟上孩子们，“任何以精神失常而把圣诞老人送上审判庭的人——！”

“你明白我的意思了吧，”查理冷冷地说。哈伯法官开始犹豫了。

14

偌大的法庭被挤得满满的。记者、摄影师、专栏作者，更多的是对这个案件非常关注的普通民众们。

州检察官玛雅先生无精打采地坐在他的座位上，心里想着要是他从没把这个案子交给哈伯这一切就不会发生了。那个寻求曝光率的律师一定会让这个事件变成人们热议很久的话题。克林格很有可能说他从没有说自己是圣诞老人，证人需要被一个一个召来做证词。而现在离圣诞节只剩四天了。玛雅越想越心烦。

随着庭丁哼着“请听—请听”的熟悉声音，哈伯法官步入了法庭。玛雅站起来宣布听证会开始。

任何精神失常的报告都已经提交过了证据，他现在要求传召第一位证人。他请问克林格先生是否愿意首先出席？

克里斯从弗雷德身边站起来并走进了证人席。哈伯法官细细地审视了他一番，他的犹豫更深了。眼前的克林格先生和报告里描写的那个高龄的老疯子形象全然不符。

“早上好，法官先生！”克林格说，语调轻快。尽管作为法官应该严肃，他不禁还是对他点头微笑作为回应。

“请问你叫什么名字？”玛雅问。

“克里斯-克林格。”

“你的住址？”

“那要看这场听证会的决定了。”

他的话引来庭内一阵轻笑，而玛雅从鼻子里发出一声冷哼。

“非常聪明的回答，克林格先生。”法官明显对此很满意。

“你认为自己是圣诞老人，对吗？”

“我就是圣诞老人！”克林格说。

整个法庭陷入一阵完全的沉默。哈伯法官脸上的笑容僵住了，连玛雅也很吃惊。这个老人是在承认自己的精神失常！由纽约州的法律规定，这场听证会应该就此结束了。玛雅转向法官。

“我没有其他问题了，法官先生。”他夸张地说，并缓缓地坐下。

整个法庭重新又活跃起来，法官先生明显有些失望的样子。他紧张地瞥了一眼坐在观众席里的查理。这可如何是好！这样看起来他必须得宣布这个老人的确是个疯子！哈洛伦摇着头回应他求助的目光，似乎在说，“怎么样，我不是告诉过你。”

弗雷德心里早已炸开了锅，但是他表面上维持着冷静。他可能精神也有点儿问题吧，法官心想。

“那么这位年轻人，难道你没有任何问题要问证人的吗？我相信他只是梅西百货所雇用来扮演圣诞老人的。”哈伯满怀希望地说，似乎抓住了救命稻草，“也许他没有理解刚才的问题。”

“我非常明白刚才的问题问的是什么，法官先生。”克里斯说。

“针对证人的陈述，你是否有任何辩词，年轻人?”当克里斯离开他的位置，法官无望地最后问了一遍。

“我有，法官大人，”弗雷德说，“我非常清楚克林格先生认为自己就是圣诞老人这一情况。而事实上，正是这一点才造就了这整个案件。他被认为是精神失常就是因为他相信自己是圣诞老人。”

“我恐怕得说这样的论断是非常合情合理的。”哈伯法官说。

“如果是您，法官大人，我，或者玛雅先生在这里声称我们是圣诞老人，这个控诉才是合情合理的。”

“任何认为自己是圣诞老人的人都是疯子!”玛雅尖刻地说。

“不一定，”弗雷德冷静地说，“您声称您是哈伯法官，没有人会质疑你的精神是否正常，法官大人，因为您就是哈伯法官。”

法官觉察到这段话里轻微的侮辱。

“我非常清楚我是谁，年轻人，”他回应道，“克林格先生才是这场听证会的主角。你仍然认为你可以证明他是精神正常的人吗?”

“是的。”弗雷德说，“如果他就是他所声称的那个人，就像你一样，那么他就和你一样，是正常人。”

“那是当然的，”法官说，“但可惜他不是。”

“不，他是的，法官大人。”

“他是什么?”法官提高音量质问道。

“我可以证明克林格先生正是圣诞老人。”

全场的观众立时沸腾了。这简直是法律史上最古怪的一次辩论了。这个初出茅庐的律师要怎么样证明克里斯是圣诞老人？这太疯狂了，但是这是媒体故事再好不过的题材了。闪光灯开始闪个不停，记者们纷纷拿出他们的手机。整个法庭陷入一场骚乱。无论哈伯法官如何要求休庭，但似乎没有人听得见他。

当天的所有晚报都在重磅报道这则新闻，桃瑞丝边看着报纸边走在回家的路上。她无疑是担心的。弗雷德的做法非常愚蠢，他是在打一场不可能赢的战斗，而这很可能威胁到他的工作和他的事务所。她真心不希望他引起这样的骚乱。

弗雷德当晚到她家来的时候，她把她的担忧告诉了他。但是弗雷德却显得异常自信。所有的舆论都是倾向他的，他说，民众的观念也显然都倾向克里斯，不论看起来他真的想赢的可能性是多么渺小。但是，他不管不顾的事务所呢，他的工作呢？桃瑞丝希望他能给出令她满意的答案。

看来桃瑞丝是正确的，老海斯利普（Old Haislip），弗雷德所在事务所的资深成员下午就给他打过电话了。他警告他说，他们是一间历史悠久、有着良好的道德和尊严的事务所，他们不能任由他们中某个年轻律师鲁莽地在民众面前出尽洋相，试图证明一个老疯子是圣诞老人。如果弗雷德不立刻撤销这个案件的话，他们只能开除他了。

“这样的话，你只能放弃那个案子了。”桃瑞丝说。

“喔，不，我不会放弃的，”弗雷德说，“至少现在不能，桃瑞丝。你知道的。克里斯需要我。我不能让他失望。”

“那你的工作呢？你要放弃你的事业了吗？”

“至于那个，其实我早就放弃掉了。”弗雷德说，“我已经告诉海斯利普先生我会把案子进行到底的。所以，结果你应该明白了!”

这下桃瑞丝似乎真的生气了。弗雷德怎么会这么的堂吉诃德?作为成年人是不能只活在幻想世界里而不管现实的。她很久以前就吸取了教训。人们不能因为一个瞬间的多愁善感就这么抛弃实实在在能让他们养活自己的工作。弗雷德已经向她求过婚了,她也欣然答应了。她爱他,也尊重他。

“可是,当这样疯狂的事情发生的时候,我能说什么。我本以为你是理性而可靠的,谁知道你不过是个只知道仰望着星空而不知道自己脚踩着大地的幻想家。”

“大概我的确是个幻想家。但我同时也是个非常出色的律师!”弗雷德说,“我会把事情圆满解决的。”然而桃瑞丝非常怀疑他的说法,她甚至怀疑他再也找不到体面的工作了。

“既然这样,”弗雷德说,“只能证明一件事:那就是你根本不相信我。”

“我当然相信你,但是——”

“不,你不相信,”弗雷德打断她,“别狡辩了。你是个务实至极的人,如果你没有手握着证据的话你根本不会相信任何事。”

“这不是我相不相信你的问题,而是这个案子你根本赢不了——这只是常识!”

弗雷德愤怒地站起来。

“相信的能力尤其体现在常识告诉你不要去相信的时候,”他说,“而你有太多太多的常识了。”

“幸好的是我们俩中还有一个有常识,”桃瑞丝急切地说,“很多时候你会发现它的多么的有用!”

“我能不能求你从你那可怜的恐惧感里出来,哪怕一会儿?”弗雷德加重了语气,“你难道就不能让你自己尝试着去相信像克里斯那样的人——去相信快乐，相信爱，相信所有那些你不能真正触摸到却存在着的美好东西?”

桃瑞丝整个人都僵住了。她僵直了自己的背，又变回了那个严肃而高效的沃克女士。

“凭那些碰不到的美好东西你是付不起房租的。”她说。

“但是你的生活里不能没有它们，”弗雷德提高音量，“至少，我不能。我以为克里斯改变了你，桃瑞丝。我真心地希望你会站在我这一边，但是，我想，你应该不会的。”

桃瑞丝默默地转身离去了。弗雷德像以前一样，无望地耸了耸肩。

“至少现在我明白了为什么交流总是没有用的，”他说，“我们说的根本都不是同一门语言，不是吗？我们不可能有结果的，就这样吧。”

桃瑞丝猛地停下脚步，背对着弗雷德。

“不，不是这样的。”她说得很慢很慢。

“我没什么好说的了。”

“不。”

弗雷德静静地拿起他的帽子和大衣准备离开，但桃瑞丝却转过脸来，奇迹般地带着一丝丝微笑。

“有趣的是，”她说，“尽管我有那么那么多的常识，我依然觉得这次也许真的会成功也说不定。”

“很高兴你会这么想，”弗雷德说。他在门口踟蹰了片刻，说了声“晚安”后就离开了。

15

第二天的听证会在一个更大的法庭内举行，在哈伯法官入庭之前，人们早就又一次把法庭挤得满满的了。大部分人是来支持克里斯的，而另一部分人则是抱着看看那个年轻的律师到底打算怎么办的想法来的。这无疑是一场多年未遇的受众人瞩目的听证会。哈勃心想，哪怕是把地点挪到波罗球场（Polo Grounds），大概也会人满为患吧。

今天弗雷德的第一个证人是梅西先生。他在宣读誓言的时候似乎显得有些慌张。

“请问您是纽约市最大百货商店的拥有人吗?”弗雷德问他。

“没错，最大的百货商店!”梅西先生说。他承认克林格先生是他的雇员。而他是不是相信克林格是精神正常的？是的，他相信。他是不是认为克林格所说的都是真话？是的，他认为都是真的。

玛雅先生一跃而起。

“梅西先生，你刚刚宣过誓，”他警告说，“你确定你真的相信这个老人就是圣诞老人?”

梅西先生犹豫了，他大口地呼吸着。但是很快他就意识到了事情的发展方向：一旦克里斯被证明不是圣诞老人，那么梅西百货就雇了个疯子。他没有别的选择。

“是的，我相信!”他大声而肯定地说。

“我没有别的问题了。”弗雷德说。

在他走回自己座位的途中，他看见了坐在第三排的索伊先生。他微微减缓了自己的步速并怒视着索伊。“你被解雇了!”他恶狠狠地说，言语里有一股子得意，随后他加快步伐穿过了走道。

皮尔斯医生是第二个证人。他是枫木镇养老院的驻院医生。他和克里斯相知多年。那么他是不是相信克里斯就是圣诞老人呢?

“我相信。”皮尔斯医生轻声说。

再一次，玛雅先生站起来质问他，医生是不是科学的代言人？他对自己的说法能提供任何科学的、理性的支撑吗？玛雅的问题很快就让他尝到了自食其果的滋味。

“是的，”皮尔斯医生说，“并且我对我的说法有充分的理论支撑。”

玛雅先生坐了下来。弗雷德继续向皮尔斯医生发问。

“几周前，你是不是向克林格提起了你的圣诞愿望？”

“是的，”皮尔斯医生说。是什么愿望？“我希望能给养老院添置一台X光投影仪。”你有没有对其他任何人提过这个想法？“没有。这个想法太天真。X光投影仪是非常昂贵的。”那么前天枫木镇养老院收到的包裹里是什么？“是我想要的那台X光投影仪。”医生回答说。它是从哪里来的？“卡片上写着：来自克里斯-克林格的圣诞祝福。”你认为有可能存在其他的资助者吗？“应该没有了。”你为什么会得出这样的结论呢？

“因为，”皮尔斯医生说，“当我第一次有这个想法的时候，我就对自己说，如果我真的能得到这台仪器，那么一定是圣诞老人的恩赐。它真的如期而至了，所以我也相信它是来自圣诞老人的礼物。”

接下来弗雷德让动物园管理员吉姆走上了证人席。吉姆指出克林格先生和动物园里的驯鹿们非比寻常的关系。他作为和它们朝夕相处的饲养员都无法靠近他们，而克林格先生却可以毫不费力地让它们主动来到他的身边觅食。十二年都是如此！

玛雅先生无法忍受了。他对所有的证词提出反对。这简直愚蠢至极而且毫无用处！盖伊先生是在把法庭变成杂技团。

圣诞老人这个人根本不存在，每个人心里都很明白。然而观众席里隐隐传来异议的声音。弗雷德说，那只是玛雅先生个人的观点而已。他请问玛雅先生能否提供任何实实在在的证据证明圣诞老人是不存在的。

玛雅羞愤得脸红到了脖子根。不能，他当然没法证明！而且他也不打算去证明！这里是纽约州的最高法庭！他们这是在用无知幼稚的胡说八道浪费法庭时间！圣诞老人到底存不存在，玛雅先生向法官要求给出即刻的判决。

哈伯法官满脸的不悦。玛雅赢了，他现在被逼到了边缘。他知道他只能说出那个判决结果。但是，他的眼神落到了查理-哈洛伦的身上。查理拼命地向他摇头，并手势示意他去他的办公室见他。

“休庭十分钟。”法官宣布。

“听着，”查理和哈伯单独在他的办公室时，查理说，“我不管你对外面那个老头子的想法是什么，但是一旦你公开判决圣诞老人是不存在的，你最好研究研究你之后准备去哪个养鸡场工作。我们将无法把你送入初选！”

“可是我怎么能说圣诞老人是存在的呢，查理？我是法官，我要对我说的话、宣的誓负责。如果我这么决定了，他们会弹劾我，他们甚至会起诉我也是精神失常！”

“亨利，你听我说，”查理努力保持着冷静，“你知道每年有多少美元投入到玩具的生产中去吗？全都是借着圣诞老人的名号才能卖得出去的玩具！你听说过美国制造商协会（National Association of Manufacturers）吗？你觉得他们对你的判决会有什么想法？还有那些被雇来制造玩具的人？工会的人！他们会爱死你的，亨利！而且他们会用手里的选票对你表白的！然后，还有这么多百货公司，糖果制造厂，圣诞节卡片工厂，还有救世军商店。每一家店的角落里都有一个圣诞老人的形象！你会成为全民唾弃的众矢之的，亨利！还不包括我们自己每年给出的圣诞救济包裹！亨利，我明白地告诉你，如果你判定圣诞老人是不存在的，那么你大概最终能得到两张选票——你自己的，和你的跟班玛雅的。”

哈伯忧伤地摇了摇头，竖起一根手指。

“玛雅是共和党。”他说。

法官哈伯重新走上他的座位，并要求全庭安静。

“圣诞老人是否存在的问题，”他开口道，“是一个观点性的问题。很多人坚信他是存在的，有一些人则不信。而我们美国的司法体系要求在面对争议性话题的时候保持绝对的客观和公正。因而，本庭将保持中立立场，直到双方都完成他们的辩论为止。”

人群对此发出隐隐的欢呼。玛雅嘲讽地看着弗雷德。看他还能弄出什么证据来？而结果是，弗雷德真的拿出了更多的证据。他请求让托马斯-玛雅先生走上证人席。

“什么？我？”玛雅愣住了。

弗雷德摇摇头。

“托马斯-玛雅，二世。”他说。

一个七岁的小男孩离开了妈妈的怀抱，走上了过道。玛雅被他儿子的突然出现惊得措手不及。他怒视着站在走廊边的妻子，而她手里拿着传票，无奈地做着手势表示她的无助。等到玛雅好不容易恢复冷静，汤姆（Tommy）已经迫不及待地想要说些什么了。

“请问你相信圣诞老人吗？”弗雷德问他。

“当然啦！去年圣诞，他送了我一个全新的雪橇！”

“汤姆，他长什么样？”

汤姆果断地指向克林格先生。

“他就坐在那里呢！”

玛雅虚弱地表示反对。

“驳回。”法官说。

“那么告诉我，汤姆，你为什么这么肯定圣诞老人是存在的？”弗雷德问。

“因为我爸爸是这么告诉我的！”托马斯-玛雅二世看向了他的爸爸。人群中爆发出一阵大笑。连法官也忍不住笑了。

“你相信你的爸爸是个诚实正直的人，对吗，汤姆？”

汤姆涨红了小脸，认为这个问题非常愚蠢。

“当然了。我爸爸从来不会说谎！”

“谢谢你，汤姆。”弗雷德轻声说着然后坐了下去。

人群再次爆发出此起彼伏的笑声。托马斯-玛雅一世现在简直如坐针毡。汤姆蹦蹦跳跳地出了证人席，跑向他的母亲。在经过克林格先生的时候，他实在没法忍住诱惑，悄悄地靠近克里斯。

“希望您没有忘记！”他用所有人都听得见的音量对克里斯耳语道，“官方出售的橄榄球头盔！”

“放心吧，你会得到它的，汤姆。”克里斯愉快地告诉他。于是汤姆更加兴高采烈地跑回了他母亲那里。

玛雅先生快速看了一眼他的儿子，然后转向法官。

“法官先生，”他说得很慢，“我承认圣诞老人的存在。”

“本庭也同意你的观点。”哈伯法官如释重负地说。他竟然从那样的状况里全身而退。他看了一眼查理，查理也对他微笑着眨了眨眼。

弗雷德取得了如此大的进展，这远远超过了他的想象，但是他知道，最大的障碍还在前面。而更糟的是，玛雅也知道。

“法官先生，但是基于我方的退让，”玛雅说，“我方要求盖伊先生停止使用个人观点作为论证的依据。我方也可以传唤持有反对意见的成千上万的证人。但是，我们希望缩短本次听证的时间，因而我在此要求盖伊先生立即拿出具有说服力的确凿证据来证明克林格先生就是我们所知道的那个唯一的圣诞老人！”

“玛雅先生，我同意您的看法，”法官说，“提议有效。”

盖伊先生真的准备好了能够证明克林格就是圣诞老人的确凿证据吗？

不，弗雷德手上并没有那样的证据。他要求休庭。

“请求有效。本听证会将于明天下午三点重新开庭！”法官迅速宣布。

弗雷德带着巨大的压力离开了法庭。他能拿出什么“确凿的证据”？这次他恐怕是真的赢不了了。

16

那天晚上，桃瑞丝刚进家门，苏珊就冲过来问她：“今天克林格先生会来吗？”

桃瑞丝说，恐怕不会来。

“他已经很久没来过了，”苏珊说，“他什么时候才会再来呢，妈妈？”

桃瑞丝已经在报纸上看到了关于今天听证会的进程。尽管记者们似乎都站在克林格这边，但是结局可能还是没法改变。

“苏珊，克林格先生可能再也不会来了。”她说。

“为什么？”

“因为，”她试图解释，“因为他说他是圣诞老人。”

“他就是啊，妈妈，我知道的 。”

“但是有的人不相信他是，苏珊。所以他们正在对他进行听证。”

“可是他一定是圣诞老人，”她说，“他那么善良，那么真诚，那么充满活力，除了圣诞老人，没人能比克林格先生更像圣诞老人了。”

“你说得对。”桃瑞丝说。

“那，克林格先生现在是不是很不开心，妈妈？”

“恐怕是的，亲爱的。”桃瑞丝回答说。

“那我要给他写封信让他高兴起来！”直到苏珊把信写完了她才肯出来吃晚饭。

晚饭后，桃瑞丝帮她在信封上写下了地址：纽约市法庭，中心珍珠街，克林格先生收。然后苏珊就跑去邻居家和其他孩子玩游戏了。桃瑞丝答应说她会立即把信寄出去。她边读着边微笑起来：

“亲爱的克林格先生，我非常想念您，也非常想见您。我知道一切都会好的，因为我相信您就是圣诞老人。我希望您不要太过悲伤。

你忠实的，

苏珊-沃克”

桃瑞丝站在原地思索了一会儿，然后她在信后面加了一句话：“我也相信你。”并署名“桃瑞丝”。她把信封起来，然后贴上了特快专递的邮票。她把信投进了大厅里的邮筒。

当晚深夜，在中心邮局，埃尔-哥顿（Al Golden）正在整理信件。帽檐下，他边吸着雪茄边皱着眉头。圣诞节是很好，埃尔也有孩子，但是一到圣诞节信件就多得让人头疼。不仅仅是比平日多得多的节日包裹和贺卡，更多的是因为成千上万的寄给圣诞老人的信。他们只能把它们一麻袋一麻袋地装起来。他们必须保存它们三十天以上——因为一些很久以前定下的愚蠢的法律。而突然，埃尔停下了手上的动作。

"又来一封!"他拿起苏珊的那封信，"我见过寄去北极的，南极的，任何地方的，这孩子居然要寄给纽约法庭的克里斯-克林格先生。还是特快专递，真是服了她了!"

"那孩子是对的！他就在那个地方。"埃尔的同事卢-思博来提（Lou Spoletti）在他旁边回应说，"你都没看报纸吗?"

埃尔当然看了报纸。

"他们在那儿给他开听证会呢!"卢说，"他说他是圣诞老人，但是有些地方检察官觉得他疯了。"

埃尔格外多看了一眼苏珊的信，然后把它放进了特快专递的包里。

"所以你的意思是说，这个家伙真的有可能是圣诞老人?"他问。

"很多人都认为他是。"卢点点头。

"卢，你脑子没问题吧?"埃尔说，"你还没反应过来吗?不管他是不是，这个克林格家伙都是我们的福星!"

"天啊!"卢说，"我怎么就没想到!"

"快，叫一辆大货车来，不不，多叫几辆来，"埃尔吩咐他说，"让他们立刻过来！所有寄给圣诞老人的信现在都可以送去法庭那个克林格先生那里了!"

17

第二天下午，查理-哈洛伦又在哈伯的办公室里。关于克林格听证会的舆论已经达到了让人无法想象的高潮。“所有人都把他当作头条新闻来写!”

“我知道，我也看了报纸。”哈伯无奈地说。

但是他什么也做不了。他需要考虑他的职位，他的职责。而查理对他怎么想的毫不在意，他只是要确保哈伯答应放了克林格。

“今天是平安夜，亨利，如果你在今天把圣诞老人送进监狱，你很有可能被威胁，被抢劫，甚至被暗杀!”

法官一脸的绝望。如果那个盖伊能够找到哪怕有一点儿说服力的证据，他都会非常乐意地判他胜诉。他已经仔仔细细地研究过克林格了，他真的怎么看都只是个善良无害的老人。只要没有什么确凿的证据证明他是疯子，他都不会真的把他送去监禁的。哈伯法官穿上他的袍子走进了法庭。

听证会又一次开始了，弗雷德显得心事重重。整个法庭的气氛都非常紧张，因为大家都知道，最终的结局即将被判定，而马上，就是平安夜了。几个小时之后，圣诞老人就应该开始他飞跃一个个屋顶的旅程了。弗雷德已经告诉克里斯他真的尽力了，他向市长、政府总长，和其他众多官员求助，都无功而返。

玛雅先生正在朗读从多个州立精神病研究院的报告：有四个男人曾声称自己是拿破仑，两个人认为自己是卡鲁索①，

---

① 恩里科·卡鲁索（Enrico Caruso，1873～1921）：世界著名的意大利男高音歌唱家。1895 年在家乡那不勒斯初次以男中音登台演唱《浮士德》，1898 年以扮演《费杜拉》一剧中的罗列斯始唱男高音角色。后旅行热那亚、圣彼得堡等地演唱，深受欢迎。1904 年赴英国修道院花园歌剧院演出，一举成名。毕生刻苦磨炼，演出歌剧五十余部，在纽约的十年内即演唱过六百余场，随时能演出的曲目有五百多首。——译者注

还有一个坚称自己是人猿泰山。玛雅先生指出，如此看来就很清晰了，像克林格先生这样的妄想症患者并不在少数。

这个证据的确很有说服力，哈伯法官的脸拉得越来越长。每个人都显得闷闷不乐，除了克林格，他像是从没这么开心过。而原因当然是苏珊特快专递的来信，它恰好在开庭之前来到了他的身边。他读了一遍又一遍，无论这个听证会的结果是什么，他都知道他的努力不是白费的。

玛雅继续读着他手里的报告，他提交着一个又一个证据。弗雷德坐在那里什么也没听进去，他绝望地试图在最后一刻想出办法。忽然，一个穿着制服的庭丁重重地拍了拍他的肩膀，把他从沉思中拉了出来，对他耳语了些什么，弗雷德一脸困惑地跟着他走出了法庭。

等弗雷德重新回到自己的位置时，玛雅还没有结束。克里斯朝弗雷德看了一眼，被他忽然无比自信的表情惊了一惊。弗雷德对他眨了眨眼。终于，玛雅的陈述完毕，法官转向弗雷德。

“盖伊先生，请问你有任何想要提交的证据吗?”他的语气好像他早已知道了答案。

“有的，法官先生。”弗雷德站了起来，手里拿着一本《世界年鉴》(World Almanac)。“这关系到邮政总局，我们美国的官方机构。美国邮政总局由第二届国会于1976年7月26日创立。第一位邮政局长是本杰明·富兰克林[①]。如今，

① 本杰明·富兰克林(Benjamin Franklin，1706～1790)：美国著名政治家、科学家，同时亦是出版商、印刷商、记者、作家、慈善家；更是杰出的外交家及发明家。他是美国革命时重要的领导人之一，参与了多项重要文件的草拟，并曾出任美国驻法国大使，成功取得法国支持美国独立。他曾是美国首位邮政局长。——译者注

邮政总局已经成为全球范围内最大的组织之一。去年它的总营业额超过了 11 亿万美元。而这刚刚过去的一个季度就收入了五千一百万美元。”

玛雅先生显然在渐渐失去耐心。

“我相信得知我们的邮政总局取得了如此优秀的成绩大家都很高兴，”他说，“但是，这恐怕和本案并没有直接联系吧。”

“法官大人，这和本案有着非常紧密的联系，”弗雷德说，“如果您允许我继续的话——”

“请继续。”哈伯法官像是抓住了救命稻草，他催促道。

“我引用的这些数字，”弗雷德说，“向我们证实了这是一个非常高效而可信的组织。更重要的是，它一直以来作为联邦政府的一个官方分支。每一封信件的递送都在行政部门的紧密监控之下。而且，美国邮政法规定，信件的递送错误将有可能导致牢狱的惩罚。”接着他列举了一系列由邮政总局所推行的政策和方针来保证每一封信件的准确投递。

玛雅先生再度站起来反对，他认为听证会正在被毫无意义地延长。

“法官大人，”他说，“纽约州对邮政总局的欣赏和肯定我们都非常清楚。我们对承认其是最具权威，最高效准确的组织没有任何意见!”

“您确定这是可以记录在案的陈词?”弗雷德问。

“是的。”玛雅不耐烦地说。

之后，弗雷德拿出来三样证据。从那本《年鉴》里，他拿出三封信递给了法官。“我们暂且命名它们为 A、B、C。”他告诉工作人员。这三封信的目的地都是以童稚的笔触写下的：圣诞老人，美利坚合众国。

“这些信，”弗雷德说，“刚刚全都被寄到了克林格先生身边，由邮政总局递送而来。法官大人，我认为这是确凿的证据证明联邦授权的官方组织承认克林格先生就是我们有且仅有一位的圣诞老人。”

法官拿过这些信仔细地看着，他几乎被说服了，而玛雅显然没有。“三封信，”他说，“根本算不上确凿的证据。我相信邮政总局每年收到的写给圣诞老人的信有成千上万封。”

“我还有更多的证据，”弗雷德告诉法官，“我本来有些犹豫不知道该不该展示出来。”

法官不耐烦地说：“年轻人，还有什么你赶紧拿出来吧！”

“是的，我们都想看一看你还能拿出什么来。”玛雅嘲讽地补充道。

“但是，法官先生——”弗雷德意欲说什么。

“我说，请把你有的证据全都呈上来！”法官命令道。

“好吧，法官先生。”弗雷德朝门口点点头。

一长队庭丁推着一辆辆装满信件的手推车进入了法庭。他们把信一件一件交给法官过目。整个法庭里的人都目睹了法官几乎被信件淹没了。

“法官先生，”弗雷德说，“这里的每一封信都是寄给圣诞老人的。”

法官最后瞥了一眼堆成山的信件，他宣布：“我代表美国最高法院宣布这位老人就是圣诞老人。结案！”

克里斯站起身来，满脸洋溢着笑容，而眼眶里几乎有泪水在涌动。他忽然拿起自己的帽子、大衣和手杖冲上了法官的位置。

“谢谢您，法官先生，”他哽咽着说，“祝您圣诞快乐！”

法官很快地瞥了一眼查理，他正满意地咀嚼着烟草。

之后，人群沸腾了，弗雷德被无数仰慕者包围了，闪光灯此起彼伏，他被人们举起来欢庆，但是他却没有看到克里斯的去向。所有的记者都开始寻找克里斯，都想要一张独家的照片——圣诞老人的真身！但是克林格先生却神秘地消失了。

一个记者说：“现在是下午五点。看来，我们的圣诞老人骑着驯鹿上路了！”

“快看，开始下雪了！”另一个记者说。

在法庭的后排，桃瑞丝和其他人一起站了起来。他们听到了判决的结果，她向门口走去的时候犹豫了一会儿。也许她应该对弗雷德说声祝贺。她站在原地，一群记者从她身边经过。其中一个递给另一个十美元。

“给，”那个记者摇着头说，“我真没想到他还真能赢，信件这一招真是聪明。”

“并不仅仅是那些信，”另一个记者回答说，“你真得佩服那个盖伊。他自始至终都相信那个老头，光凭他的态度，就算没有那些信，他也早就说服大家都相信了。”

他说得太对了。桃瑞丝默默地离开了法庭。现在所有人都涌向了出口，除了那几个工作人员还挣扎在成山的信件里，这些全都因为一个小女孩的坚信而来到这里的信件。

玛雅先生边走出去边思考着刚才发生的一切。他原本以为自己会充满了愤怒和挫败感，但奇怪的是他一点儿也没有这种感受。相反的，他感到轻松和快乐。一个念头涌上他的心头，扫了眼手表，他加快了脚步。

“天啊，”他焦急地说，“我得买到那个橄榄球头盔！”

18

圣诞节的早晨，天气明亮而晴朗。苏珊踮着脚来到客厅看圣诞树下的礼物。有好多看起来就让人兴奋的包裹，但是，没有一个是克里斯承诺给她的礼物。自然地，她知道，她没法期待在树下会看到一座房子，但是她至少希望自己能看到一些标志，至少能让她知道圣诞老人会实现她的愿望。桃瑞丝走了进来，发现女儿的脸上泪水涟涟。苏珊被巨大的失望笼罩了。原来，原来克里斯并不是真正的圣诞老人！

桃瑞丝试图把她搂进怀里安慰，但是她躲开了。她妈妈一直告诉她圣诞老人是不存在的，她现在知道了她真的是对的。这场关于克林格先生的风波不过是闹剧一场。桃瑞丝听着苏珊的一席话，活脱脱就像从她自己嘴里说出来的一样，她并不好受。

“不不不，我告诉你的时候我不知道我错了，”桃瑞丝说，“你要相信克林格先生，要一直相信他。你要对他有信心。”

可是要怎么相信那个在百货商店工作的老人是真的圣诞老人，并且能够实现你的圣诞愿望呢？

“相信的力量尤其体现在常识告诉你不要去相信的时候。”桃瑞丝重复了一遍弗雷德曾对她说的话。可是苏珊并不是很明白的样子，于是桃瑞丝继续解释。如果你不愿意去相信的话，那么你永远也没法得到你真正想要的东西。桃瑞丝终于懂了，尽管付出了酸楚的代价。但是真正的信心意味着无论如何都相信，不论是晴天还是雨天。她告诉苏珊，是她写给克林格先生的信让她受到了鼓舞，重新开始相信了。现在该轮到苏珊重新捡起相信的力量了。

苏珊沉默了一会儿后开始轻声念着那个词，像是要说服自己似的：“我相信，我相信，我相信——”

枫木镇养老院每年都会举办圣诞早餐派对，今年则显得格外有节日氛围——因为克林格先生回来了！这个被最高法院判定精神正常因而得以回归的英雄！连整个董事会的人都前来向他问好。然而，克里斯迟迟没有出现让大家有些沮丧。皮尔斯先生给所有他认识的人都打了电话，包括吉姆。他没有看到克里斯，吉姆说，更糟糕的是，驯鹿也都不见了！当皮尔斯挂了电话，吉姆冲回驯鹿的棚边，惊讶无比地发现驯鹿们都一对一对安详地趴在里面，喘着气，它们的身上冒出细细密密的汗珠。吉姆难以置信地摇着头。

几分钟后，克里斯脚步轻快地走进了枫木镇。他看起来有些疲劳，但兴致很高。铺天盖地的问候向他涌来。大家都在等着他在圣诞树下宣布拆礼物的时间到，就像往年一样。但是在那之前，克林格先生想要打个电话，他要邀请一个神秘的客人。

克里斯打给了弗雷德，并请他帮他一个忙，把桃瑞丝和苏珊带到这里来。“这个，”弗雷德说，“你知道我和桃瑞丝的情况，克里斯。”

“我知道，”克里斯说，“可是今天是圣诞节。”弗雷德只好同意。而克里斯仿佛一夜之间突然间对城里的大街小巷的路况都了如指掌了，他明确地告诉了弗雷德要从哪条路过来。因为昨晚的风雪的确强劲，他只好遵从克里斯的指示。

弗雷德尴尬地按响了桃瑞丝的门铃。他解释说是因为克里斯给他打了电话，她们愿意帮他吗？桃瑞丝明显很不安，她尽量在弗雷德面前表现得轻松，效果并不是很好。但是她们非常乐意去见克里斯。

这实在是个美好的圣诞早晨。整个城市银装素裹。沿着克里斯指示的蜿蜒的路，他们开车行驶在靠近郊外的街道上。每幢房子的窗户和门前都挂着圣诞花环。

忽然苏珊发出了一声尖叫，她几乎从车窗里跳了出去。

她看见了她的房子——她的圣诞礼物。他们必须立即停车!弗雷德和桃瑞丝困惑地互相看看，不知道发生了什么。

苏珊几乎兴奋地不能自已。她一眼就知道这是她的房子!和她给克里斯的图片里一模一样的房子!非常自信的，苏珊打开房门走了进去，弗雷德和桃瑞丝困惑地跟上她。

空荡荡的房子里，上一任住户显然刚刚搬走。一把破旧的雨伞，几双穿旧了的鞋子，和一些散落在地上的空纸盒。弗雷德看到草坪上那个写着“出售中”的标牌。而这时，苏珊已经参观过了二楼，正从楼梯扶手上滑下来。她满脸洋溢着喜悦和兴奋。她告诉他们，这个房子就是她告诉克林格先生的圣诞心愿，而现在，他真的帮她实现了!每间房间都和她知道的一模一样，和杂志上一模一样。

“妈妈，你是对的!我坚持相信的力量，就真的梦想成真了!”她兴奋地说着便跑去，看看后院里是不是真的也有她想要的秋千。

弗雷德看向桃瑞丝，“你真的那么和她说的?”他问。桃瑞丝默默点点头，泫然欲泣。弗雷德把她揽进怀里。

“这下所有人都相信克林格先生了!”弗雷德欢快地说。

桃瑞丝点头，哽咽着说不出话来。“这座房子让苏珊彻底相信了他，”弗雷德说，“而它也正好在出售中。我们不能在最后一刻让克里斯失望，你觉得呢?”

桃瑞丝笑着摇摇头，她终于能开口说话了:“我在心里从来没有质疑过你。”她说:“只是我那些愚蠢的常识。”

“这样的话，你只好更加相信我了，”弗雷德说，“我早就告诉你了，我是个非常出色的律师。我把一个养老院里的老人辩护成了法律承认的圣诞老人!”

桃瑞丝点头说:“你是最棒的!”弗雷德的视线忽然被什

么绊住了。

火炉边立着一根手杖，那个看起来再平凡不过的手杖，却也是克林格先生一直用着的手杖。桃瑞丝也看见了它。

“不!”她说，“这不可能。一定是上一户人家忘了拿走的——”

“也许吧。”弗雷德说。他挠挠头，露出一个狡黠的微笑，“也许，其实我也并没做出什么了不起的事!”

Dr. Strangelove

奇爱博士

导读：永远无法停止的恐惧

《奇爱博士》是彼得·布莱恩·乔治的代表作，原名为《红色警戒》，又名《两小时的审判》，虽是虚构，读后却让人不禁掩卷沉思，感慨万千。二战之后，冷战期间，一位美国空军基地指挥官身染重疾，偏执地认为只有通过对敌人展开全面核打击才能最终迎来世界和平，于是他擅自下令联队出击。美国总统与政府高层获悉之后竭尽全力试图阻止这场灾难，但一架名为“阿拉巴马天使”的B—52轰炸机却因遭受重创而与总部失联，拖着残破的身躯突破防线，誓将任务进行到底……小说语言朴实，情节错综复杂，由于作者曾在英国皇家空军服役，因此对当时的国际局势与各国军事背景有精准而详实的描述。

虽在出版之初乏人问津，但最终引起了斯坦利·库布里克的兴趣。库布里克于1962年买下小说的电影改编权，1964年创作出与《2001漫游太空》、《发条橙》并称为“未来三部曲”的黑色幽默喜剧经典：《奇爱博士：我如何学会停止恐惧并爱上炸弹》。该片成为库布里克最受欢迎的作品之一，获得第37届奥斯卡金像奖4项提名与英国电影学院奖7项提名，并最终赢得4个奖项。与电影的荒诞氛围与强烈讽刺意味相比，小说显得较为严肃而真实。

彼得·乔治虽然参与了剧本的创作与改编，但对电影的讽刺意味并不完全满意，但1965年他仍因此而获得了美国编剧工会、英国电影学院奖的最佳编剧奖与奥斯卡最佳改编剧本的提名。但令人伤感的是，对冷战期间核战争的担忧与压抑让他深感绝望，彼得·乔治最终于1966年吞枪自杀，留下了另一部谴责使用核武器的小说《1号指挥官》与尚未完成的《核弹幸存者》。

《奇爱博士》之前也未有中译本，此次首版若有纰漏之处，尚请指教。

——译者马竞

第一章 “阿拉巴马天使”

“阿拉巴马天使”

格林威治时间：09：45

莫斯科：下午 12：45

华盛顿：凌晨 5：45

阿拉巴马天使已经度过任务最艰难的时期，现在距离他们从德克萨斯州索诺拉北部的战略空军司令部（Strategic Air Command）——简称 SAC——出发，已经过去了 14 个小时。他们正在接近最后一个转弯点。任务初期总是非常无聊，指针用令人极其痛苦的缓慢速度绕着表盘一圈一圈，此刻却仿佛加快了速度，也许还有时间让他们在英国基地吃上一顿热饭，睡个好觉。接下来的两个月他们都要在那里度过。

这趟飞行漫长而艰苦。从索诺拉开始直飞正北，时间和里程数悄无声息地流逝，直到经过巴芬岛，他们才到达第一个可以加油的集合点。然后，喝饱燃油的“阿拉巴马天使”——B-52型洲际轰炸机，又径直赶往下一个集合点——必须飞越格陵兰岛东北部盆地与斯匹茨卑尔根岛之间长年冰冻的荒蛮之地才能到达。

那里有一架KC-135空中加油机（Stratotanker）正耐心等待着他们，时刻准备去浇熄那八大引擎的饥渴。所以此刻，“阿拉巴马天使”正满载着燃油，接近她最后的转弯点。油箱里的燃料足以带她到达任何指派给她的俄罗斯境内目标，剩下的还足以用到返回美国基地，都不用重新加油。

不过那是战时任务了。现在是和平时期。阿拉巴马天使只是要到达她最后的转弯点——战略空军司令部的术语称之为X点——然后将她光滑狭长的身躯从俄罗斯的要害地带转开，朝英国基地飞去。她所属的联队常轮流在那里执行临时的海外任务。

总的来说，第843联队三分之二的轰炸机都在14小时前离开了索诺拉。像阿拉巴马天使一样，它们现在都距离各自的X点差不多100英里的航程。阿拉巴马天使的X点是熊岛——巴伦支海（Barents Sea）中的一个小点儿，大概在挪威北部最顶端与斯匹茨卑尔根岛（Spitzbergen）的中间。联队其他轰炸机的X点分布得很广，例如北冰洋（Arctic Sea）的施密特岛（Schmidt Island）和波斯湾（Persian Gulf）的巴林。地理因素是它们唯一的共同点，它们都各自对应某个重点俄罗斯目标大概两小时的飞行时间。

随着飞机越来越接近X点，大家都开始活跃起来。在过去的几小时里，交谈都仅限于技术人员之间不得不交换的信息，都只有让这架八引擎轰炸机正常飞行这一个目的。现在对话渐渐变得很随意。领航员正忙着计算最后一段航线。很快他们就将进入最后一节飞行了，对降落的期待把过去十几小时里的无聊冲刷得一干二净。脑海里上一次来英国的记忆还清晰得很呢。

因为政策原因，所有 SAC 的联队都要在美国本土基地与海外基地之间定期轮换作业。这是为了养成队员在所有气候环境与机场条件下都能正常作战的习惯。对已婚人士来说当然很不容易，但这是成为精英组织一员的代价。单身的人倒一致认为这是个不错的主意。

阿拉巴马天使的队员都是单身，而且是联队里最年轻的一支，平均年龄只有 23 岁。在美国他们通常都忙着飞模拟任务，参加帮助各式防御系统寻找薄弱点的训练。然后每隔三到四个月联队就要轮换到 SAC 海外基地。所以他们并没有很多时间建立一段严肃的恋爱关系或者结婚成家。不过阿拉巴马天使大部分队员都不太担心这个问题，他们在欧洲国家玩得很开心，对短暂到访的（Fort Worth）和达拉斯也留下了愉快的记忆。但指挥官上尉克林特·布朗（Captain Clint Brown）却不一样。他已经订婚有一段时间了。

布朗是小队里类似父亲的角色，26 岁，成熟稳重。他个子很高，体格健壮，一头金发，说话和行动都不慌不忙，也不容易发火，行事沉着从容。这就是为什么当他比 B-52 飞行员平均年纪还小 3 岁时，就被任命为这架 300 万美元、180 吨轰炸机的指挥官的原因。他来自阿拉巴马州的多森，但在加入空军前，他大部分人生都在辛辛那提度过，所以他没有南方口音。

布朗瞥了一眼自己的手表。起飞之前他把手表设定成了格林威治时间。当你要以跟地球自转差不多的速度单线旅行时，生物钟就会变得很混乱。格林威治时间除了对导航很重要之外，也可以作为既定中央时间参考，本地时间只要在此基础上做出增减。“该转弯了吧，斯坦（Stan)?”他问道。

斯坦利·F. 安德森（Lieutenant Stanley F. Andersen），23 岁，阿拉巴马天使的领航员，他把铅笔搁在图表上，说：“从现在开始还有 13 分钟。新航线为 2.2.0 方向。预计到达（Lakenheath）时间为 12 点 30 分。前后可能差几分钟。”

布朗说：“可能？大概要差几小时吧？是不是，伙计们?”

“胡说八道。”安德森赶紧趁大家准备异口同声嘲笑他之前插嘴。有时候他们对预计到达时间表示开心的方法就是通过对讲机不以为然地大声嚷嚷。“你们说哪一次我计算的预计到达时间误差超过 5 分钟了。”他的反击总是这么一成不变，因为他知道他们没法儿理直气壮地反驳这个问题。不过他们还是会回嘴。任务初期时他不准别人来评论他的工作。任务初期他们都不确定自己能不能顺利度过这个任务。但每到最后一个转弯之前，假日精神就会降临在大家身上。而这之前，令人难受的恐惧之情都在压力舱里跟他们一起飞行。

过了 X 点事情就完全改变了，变成他们在接近 X 点时的欢乐样子。不久他们就会转弯，引擎每一次冲击都代表他们又离家近了好几码。家在哪里倒无所谓，北美，英国，或是 SAC 决定要派他们去的任何地方。只要任务结束后那两枚令人无法想象的导弹还安全悬挂在 B-52 式轰炸机狭长的弹膛里，任何降落的地方就可以称之为家。B-52 携带的这种导弹爆炸力之强只要五六枚就能让第二次世界大战双方都偃旗息鼓。可他们并不担心自己就待在这导弹的几英尺上方。因为意外爆炸的可能性很小。但他们所有人都看过广岛和长崎的影片，这是他们训练的一部分。所有人都见过那微不足道的两万吨炸弹之威力根本无法与他们携带的一千五百万吨怪兽相匹。

有时候他们并不带真弹，只带同样大小、形状和重量的水泥复制品。那时压力就会消失。任务非常愉快。但一旦调到海外，他们的任务是把飞机带到X点，那携带真弹就是强制性的了。恐惧在飞行途中如影随形。不是担心他们自己的安危，而是怕世界陷入万劫不复。

也许因为单身，他们的顾虑少一些，但他们仍然很紧张。空军高层很清楚这一点。SAC队员的个人检查比历史上任何人都更严格。当他们发现一个人再也无法承受那样荒谬的责任带来的压力之后，那个人就会被秘密调职，去做一些温和的工作，让紧绷的神经慢慢恢复正常。至少有一段时间都不再会被召回，去承担一个按键就能摧毁五百多万人的压力。

SAC的队员已经接受了这些事情。他们相信这是守护世界和平所必须付出的代价。如果他们是无知而愚蠢的人，事情也许会容易些。但无知而愚蠢的人怎么能驾驶一架喷气式轰炸机呢。空军都是拥有良好教育背景、经过严格训练的士兵，他们会为自己考虑。高层倾向于这样，虽然这意味着一名SAC队员能有效完成任务的数量和年份都有所限制。

所以当安德森说“还有三分钟”时，当布朗在回转仪（gyro）上设置了新航向时，大家都很高兴。轰炸机队员之间会产生特别亲密的感情。在一起几个月后，队员之间相互理解的程度几乎建立起了一种心电感应。不用任何人开口，中士加西亚（Sergeant Garcia）就会打开两热水瓶的咖啡。他知道一旦他们开始最后一段飞行，剩下的人就会像他一样想喝咖啡。他低低地吹着口哨，从架子上拿下两只热水瓶和一组一次性杯子。

就像加西亚知道何时喝咖啡一样，中尉戈德史密斯

(Lieutenant Goldsmith)，重机枪手，知道何时该开始为他的故事铺垫了。戈德史密斯是队中负责搞笑的角色。他个子不高，个性活泼，眼神中透着一股聪明劲儿，而且有非凡的模仿天分。他的故事总是很长，晦涩，香艳，但非常好笑。讲故事的次数严格限制为一个任务一次。现在他说："上尉，你还记得上次我们到伦敦吗?"

布朗咧嘴一笑。无所谓他回答什么，他知道戈德史密斯的故事根本与伦敦无关。它大概会涉及队员里谁的家乡或是谁出生在哪个州之类的。但戈德史密斯一向喜欢拐弯抹角展开他的故事，要借助一系列琐碎的日常对话才能渐渐深入，就像小步舞开头那几步预备动作一样，规整，却没什么意义。他说："我记得我们到过伦敦。但我们在那儿搞出来的一大堆事儿我都不记得了。怎么回事?"

大伙儿都很专心地听着。他们都熟悉他一贯的开场白。不久他们就要转弯了，加西亚会把咖啡传给大家，戈德史密斯的故事会开始切入正题。"这个嘛，"他继续说道，"你还记得我们去的那个小酒吧吗，叫'名流（Celebrite)'的? 就邦德街边上那家?"

"当然记得。"这时候队员们意识到这段对话是限于布朗和戈德史密斯之间的，这意味着布朗才是故事的主要攻击对象。他们都放松下来，并尽可能地在座位上找个舒服的姿势。

"那么，你还记得我们在那儿遇见的一位夫人吗?"

"我记得不少夫人呢。"布朗好脾气地说。

"是啊，但这个夫人很特别。那个身材啊，哇！那头红发，是真正的、会散发出像铜一样金属光泽的那种红发。她一直给我那漫不经心的表情。记得吗?"

"不好意思打断一下，"安德森（Andersen）说，"还有

30秒转弯。”

“收到。”布朗的左手往前伸出去，准备选择自动驾驶仪上的转向控制。“对了，我好像记得她。”

“我之所以这么问啊，”戈德史密斯说，但这次他用了很地道的阿拉巴马口音，就是那种队员们总是取笑布朗应该要有的口音，“是因为她让我想起我在阿拉巴马的多森遇到的一位老小姐。你们都知道那地方吧，上尉，长官？”

大家互相交换着心满意足的微笑。在接下来15分钟左右的时间里，有戈德史密斯这样的操作员给大家说笑逗乐，这趟任务的最后一段飞行就好像没有那么漫长了。几分钟以后他们还可以喝上咖啡。这个周末也许还能去伦敦放个小假。SAC的生活其实还挺不错的，不是吗？

现在他们就快到X点了，像往常一样没什么特别的事情发生。他们被命令要在X点转弯，但即使是在攻击状态下有命令让他们继续前进，他们也还是会转弯。这是一道保险程序，是SAC想出来防止任何意外袭击引发第三次世界大战的方法。除非在空中收到明确的攻击指令，SAC的飞行员都被限制在最严格的命令下，不得超过X点。其实大家都非常乐意服从这些命令。

“10秒钟。”安德森说。等转弯以后，他会有一段时间无事可做。他把自己舒舒服服地安顿好，津津有味地听戈德史密斯讲故事。

“是这样的，赫尔曼（Herman），我好像在什么地方听过这故事啊。”布朗的声音听起来很快活，他的手指正悬空停在转向控制按键上。

加西亚开始拧开一只热水瓶的盖子。

布朗的手指开始向下移动。

突然传来一阵摩斯电码简短的咔嗒声。大概只持续了 10 分钟左右。布朗减慢了手指的动作，直到信息全部接收结束。

队里的无线电报员麦洛斯（Mellows）中士简短地说道："基地发来的消息，上尉。部队在 X 点待命。"

第二章　索诺拉，德克萨斯州

索诺拉，德克萨斯州

格林威治时间：09：55

莫斯科：下午 12：55

华盛顿：凌晨 4：55

索诺拉空军基地指挥官，准将昆汀（Brigadier General Quinten），正隔着办公室的防弹玻璃向外望去，窗外的飞机跑道明亮空旷。他的第 839 飞行联队出任务已经两个小时了，之前还进行了一系列模拟突袭训练。这些主要是设计用来测试普通情况下北美空防联合司令部——NORAD（North American Air Defense）的效率如何的。从索诺拉被调去海外的第 843 飞行联队，几分钟前刚刚快要接近他们的 X 点，现在正在地球的另一端。只有几架待修的老飞机和一些轻型机留了下来。

昆汀（Quinten）头发灰白，身材瘦高，轻微的驼背，啤酒肚刚微露苗头。他突然转过身，快速走向自己的书桌，一屁股陷进转椅的软垫里。其实只要他的联队都在空中执行任务，他就很少离开这座位。他拿起一支铅笔，在面前的便笺纸上画了几笔无形无状、没有任何意义的符号。

办公室的门开了，他的执行官走了进来。他有可以先不敲门的特权。在等待车祸中严重受伤的腿恢复的这段时期，执行官少校保罗·霍华德（Major Paul Howard）都忙于地勤事务。现在他几乎快复原了，正数着日子盼望回到他的小队。他并不喜欢书面行政事务，但他毕业于国家战争学院（National War College），只要工作中不出大乱子，未来他很有希望升到很高的职位。所以他虽然并不热爱这些事情，但履行起执行官的义务还是一丝不苟，很有效率。

他把一只密封的纸袋放在昆汀书桌上。“我的红线电话仍然有故障，将军，”他说道，“他们还没有找到哪里出了问题。”

“好的，保罗。”昆汀用一把象牙色的小刀整齐地裁开信封，抖开里面装着的一张纸。“他们一修好你就马上告诉我，可以吗?”

“好的，长官。我会第一时间告诉您。”霍华德转身走出办公室，轻轻合上身后的门。他在想从认识昆汀到现在才两年，他明显的老多了。责任太重，霍华德想，每当他的队伍在外执行训练任务，他都要在办公桌后面担惊受怕好几个小时。这样的状况太频繁了。

昆汀还有孩子和孙子呢，至少有一个孙子辈儿的了。霍华德笑了，他想起有一次在酒吧开派对就是庆祝这件事的。但其实他的队伍就像他的孩子一样。只要他们还在天上飞，昆汀就一定保持清醒，一直工作，持续观察小队在全球的进度。偶尔发生了队员意外丧生的事故，昆汀整个人都会长时间地沉浸在深切的悲痛之中。

一直等到霍华德关上身后的门，昆汀才开始读那封SAC来的信。是来自司令官的私人信件。信中先感谢了他过去四年来的辛勤工作，又给他指派了五角大楼的职务，并知会他接替他的人第二天就会到位。昆汀期待这封信已经有一段时间了。他早就私底下听说过自己将要被调职的消息。他知道时间差不多该到了，因为每一天他都在把自己往全盘崩溃的边缘更推近一点。但私底下听说是一回事，亲眼看到正式的书面文件是另一回事。他很清楚这次调动意味着肩上将要有第二颗星了，但他还是没什么兴致。虽然军方还不知情，但他明白自己已经病得很重了。上次他私下去波士顿咨询过一位专家，更加确定了自己的病情。他又把纸折了起来。

当他试图再把纸塞回信封里的时候，他才注意到自己的手颤抖得有多厉害。不知不觉间，他看着墙上电子钟的巨大秒针又扫了一整圈。格林威治时间：09：58。昆汀按了两次按钮，喊来他的执行官。

铃响之后20秒霍华德就走进了办公室。一进门他就看见昆汀右手正握着红线电话。他脸色怎么这么苍白，霍华德想。但昆汀的声音听起来仍然非常镇定："我明白。"他又把电话放回去。这台电话直接与SAC作战室（SAC operations room）相连。

昆汀深吸了一口气。"少校（Major），让他们在X点待命。"他说，"用你办公室的内部通话机，我可能会忙不过来。马上就去。"他的声音沉着冷静，不带任何个人感情，完全是经过训练、又经验丰富的长官的口吻。

霍华德带着命令，转身赶去自己的办公室。长年的训练迫使他习惯性先将命令传达下去，却来不及思考这些命令背后的含意。这可能要过一会儿。眼下只要在 1 分钟之内将昆汀的命令传给第 843 联队就足够了。他回到指挥官办公室，站在桌边等待进一步的命令。到目前为止这命令还没有让他不安。因为之前这种情况也发生过好几次。结果都只是演习，是为了测试基地与广泛分散在外的轰炸机之间的联络能力。也许这次也是一样。

红线电话不耐烦地大声响起来。昆汀去够电话，霍华德整个人都僵在原地。也许是取消的电话。但霍华德不这么认为。他没有找到任何明确的原因为什么他觉得这么不安，但不知怎么地他总有不好的预感。

昆汀握着光滑的红色塑料听筒，靠在耳边听了一会。他脸色苍白，眼中透露出恐惧的神色。他说："好的，我知道了。好的。"然后想把电话放回去。霍华德注意到他的手剧烈颤抖着，而且怎么也无法把听筒搁回支架。霍华德立刻明白这次是真的了。这一回是动真格的了。对美国的袭击正在发生，大规模的复仇行动马上就要开始了。

昆汀平静地说："好了，保罗，你大概也猜到了。我们现在正面临一触即发的战争。去跟他们说，执行 R 计划。用你的办公室，并等待确认。我去告诉基地进入红色警戒状态。"他看着霍华德转身飞快走进隔壁办公室。

昆汀先打给了内部电话（PBX）。他的脑子转得很快，什么都不会忘记。也许现在不是他最好的状态，但他仍然有能力执行一项行动计划，经过无数次大量清晰的重复，这计划的每一个细节都刻在了他的脑子里。他拿起电话，接通了监督员的电话。他说："我是指挥官，你认得我的声音吗？"

少尉马内利（Second Lieutenant Manelli）当班快要结束了，他正在行政楼50英尺下的PBX空调房里昏昏欲睡，接到电话后立刻强迫自己紧张起来。“是的，长官，”他说，“我能认出您的声音，将军。”

“好的，马内利。我要所有单位立刻进入红色警戒状态。任何没有响应或收不到确认的分部直接向我汇报。懂了吗?”

“当然，将军。红色警戒，我们联系不到的任何分部直接向您汇报。还有别的吗，长官?”马内利内心非常渴望问一问指挥官这次是不是真的。但他没有。就像所有其他SAC队员一样，他的训练告诉他问不必要的问题会浪费宝贵的、哪怕几秒钟的时间。

“有。从现在开始，严密封锁基地。包括所有来电和打出去的电话。我们可能会遇到蓄意破坏者假装任何人，除了总统。严禁打出任何电话。严禁应答任何来电，更不用说接进来。不可以有任何电话。明白吗?”

“遵命，长官。没有您的亲自批准，不准有电话进出。”

“任何电话都不行，不管有没有我的批准。”昆汀耐心地说。“我的声音也是可以被模仿的，少尉。”

马内利吞了一口口水。他很年轻，对自己在基地负责的职位非常骄傲。他说：“任何电话都不行，将军。请相信我，长官。”

“我会的，马内利。”昆汀把电话放回去，点燃一支烟。他知道他可以信赖马内利。他是个不错的孩子，对工作充满热情，不怕承担责任。再经过刚刚那一番连开玩笑带吓唬的，昆汀现在很确定他不会再吊儿郎当了。内部电话（PBX）防备算是严密了。

昆汀抽了一口烟。霍华德三四分钟之内还不会回来。他在脑海里简略地过了一遍 R 计划的主体部分。然后他打开内部通讯的按键，接通了通讯官和塔台。他说："只要所有 843 队的飞机确认过之后就关闭你们的工作区。没有进一步的命令了，你们可以转移到地下。"

通讯官上尉马斯特思（Captain Masters）说："将军，我必须过问这些命令的权限。如果我和塔台都关闭，整个基地将不会有无线电或电传通信进出。这是您的意图吗，长官？"

"是的。请立即执行。另外再等一下，马斯特思。"

"长官？"

"你刚才问得很好。希望你知道，所有权限的问题将会由 SAC 处理。现在开始吧——塔台？"

"长官？"

"所有确认都进来了吗？"

"最后六架，将军。"

"好的。尽快将你手下的人转入地下。"

昆汀关掉内部通讯。他在想马斯特思。他刚刚要向昆汀求证命令的意图这件事做的完全正确。同样，昆汀也觉得有责任告知马斯特思他对他质疑的认可。每个单独的士兵只能看清自己在战斗中的位置。而指挥官必须以大局为重。马斯特思的发报机和接收机就是他在战斗中的位置。而昆汀眼中的全局，是看不到这些小卒的。他很快把马斯特思从脑子里打发走了。霍华德又走进了办公室。 "都在执行中了吗，保罗？"

"每个人都传达到了，将军。都已确认。将军，塔台告诉我我们正在关闭通讯。"

"好的。"昆汀脑子里大概有一百零一件事情要做。但这是他的执行官，战斗中他是要列席旁听的。昆汀又点燃一支烟。“事情是这样的，保罗。第839联队一直在空中，没必要冒险让他们在地面上被抓住。他们没有武装，但俄罗斯方面并不知情。第843联队就不在我们掌控之内了。他们也不在这儿。等他们击中目标，再要杀出重围要返回的时候，这事儿无论如何应该结束了。同时，我们肯定是会被攻击的，所以没必要再做无谓的牺牲了。这些足够回答你的疑问了吗？”

“当然，长官。”

“那好。开始工作吧。基地现在全面红色警戒。这是SAC的命令。执行起来。防御小组人手加倍。没理由基地不会被传统部队攻击。所有个人拥有的无线电全部没收。空军宪兵那儿有所有者名单。得面对可能会有蓄意破坏的人从这个方向入手。同样地，所有空军宪兵个人拥有的无线电也全部没收。先赶紧着手那些事，我想想我们打算从哪个目标反击。”

霍华德赶紧去了，内部通讯的按键开开关关，有时候两只手上都有电话，一边给一方下指令，一边再从另一方接受汇报。有一个报告是从PBX来的，说将军的命令已经执行了。报告还说，所有分部都已经联系并确认过。

昆汀打开建在他钢制书桌右边底座里的保险柜，从里面拖出一个笨重的手提箱，手提箱被链子锁在保险柜的墙上。他打开手提箱，在里面摸索了一阵子，然后抽出一份密封的、15厘米×10厘米大小的信封。他撕开信封，拿出一个印有大红色R字记号的文件夹。他把文件夹放在书桌上。

霍华德终于把电话放回支架，在清单上打了最后一个钩。“都完成了，将军。”

“好的。我过一会儿会通过广播跟大家讲话。现在他们太忙。”他打开文件夹第一页，飞快地扫视了一遍。完全不必要。所有内容都已经永久性地刻在他脑海里了。他是五个制订R计划细节的官员之一。还有其他几个字母代表的计划，他也参与过。

这计划没有任何一个方面是他不熟悉的。他抬头看着霍华德。“这次很重要。”他轻声说。“真正重要的时刻。莫斯科，彼得格勒，Sverdlovsk（斯维尔德洛夫斯克/现在的叶卡捷林堡），伏尔加格勒。另外还有十四个最大的、真正重要的轰炸机基地。一个运转中和三个已完成的洲际弹道导弹（I. C. B. M.）发射点。这次太重要了，保罗。这就是为什么要派第843联队去。”

“当然。”霍华德说。他所在的联队是第839联队，但他认同昆汀的指派是正确的。第843联队有B-52式轰炸机。他们是第一个拥有这个机型的联队，也是唯一全面培训过操作该机型的联队。那些举足轻重的目标理所应当分配给第843联队。一旦它们被摧毁，就不会再有针对美国的进一步大规模攻击了。

但内心深处他始终有一种模糊的不安。他拼命想要弄清楚。他意识到他得再问问昆汀。他的眼光落在他一小时前放在昆汀桌上的情报汇总。他说：“长官，那个发射点并没有在运作。我是说洲际弹道导弹那个。根据今天的报告，他们遇到了困难。已经快一个月没什么动静了。似乎是点火处的金属结构出现了问题。您看到了吗？”

“还没有，”昆汀说，“我还没有看过。但我也不觉得意外。他们那么赶工是为了吓唬北大西洋公约组织（N. A. T. O.：North Atlantic Treaty Organization）的政客，肯定会在某个阶段遇到问题的。”他从桌后站起身，踱到窗前，站定了向外望去，说：“那就只剩手动操控的飞机了——

'野牛'式喷气机和熊式涡轮螺旋桨飞机。这意味着我们真正有了一个可能获胜的机会。总比打个平手要好，好得多。"

"可是有一点可疑，将军。"

"什么?"昆汀转身面对着他。

"你想，长官，你想得通他们为什么要挑这样一个时间吗，他们唯一可运转的、并能打击到美国的导弹发射台出了问题的时刻。我想不明白。"

"也许他们就是要让我们这么想，保罗。"昆汀的声音很平静，仿佛经过一番深思熟虑。"也许他们认为我们得到这个消息，就会有一周左右的时间觉得这不构成威胁，让我们放松一点警惕。这在战争史上曾经发生过。"

"当然。我想应该是这样吧。但还是太奇怪了。"

昆汀飞快地笑了一下。笑容里无情无绪，像为了打发半秒钟时间硬挤出来的苦笑。

"他们本来就是奇怪的人。"他说。他还要再说点什么，但红线电话再一次打破了安静。

霍华德说："我来接吧，将军。"说着就朝电话走过去。

昆汀尖锐地说："放着我来，少校。我要跟安全小组说话。私下。请把他接进来，好吗?"他走回书桌，拿起听筒，一边听一边看霍华德走出办公室。然后他才开始说话。

第三章　“阿拉巴马天使”

“阿拉巴马天使”

格林威治时间：10：00

莫斯科：下午1：00

华盛顿：凌晨5：00

在X点待命的指令让阿拉巴马天使的队员都陷入了沉默和不安。像少校保罗·霍华德（Major Paul Howard）一样，在索诺拉，他们都知道这种情况之前也发生过。但从来不会在这么晚的时间。通常警告命令都在离X点至少还有20分钟飞行的时候发出。他们告诉自己这只不过是另一次演习，另一次来自SAC的没完没了、花样繁多的意外模拟演习。SAC一直不断想出各式各样的情况来考验他们，为的是确保一旦真出了状况，再没有任何事情能让他们措手不及。但戈德史密斯没再继续讲他的故事。加西亚慢慢把热水瓶的盖子重新拧紧，又放回架子上。没有人再说什么，因为没有人想冒险打扰无线电联络员中士麦洛斯（Sergeant Mellows）。此时此刻，麦洛斯是队里至关重要的人。

克林特·布朗让飞机保持在稳定的逆时针轨道上。麦洛斯刚一说要在X点待命，他就将阿拉巴马天使转成了手动驾驶。他这么做并没有什么的特殊原因。自动驾驶可以保持高度，速度，转向率，其实就跟他驾驶一样。可能还要更好，他苦涩地想，因为他注意到自从他接手驾驶后，飞机大概掉了100英尺的高度。他做了些必要的小校正，想他到底为什么要接手控制。他觉得也许是因为，他希望命令传来的那特殊的一瞬间，飞机是在自己的控制和指挥之下。他注意到之前即便是收到待命的指令，他也从来没有过这样的感受。他强迫自己专注于驾驶，跟其他队员一样静静地等待。但冰冷的预感让他已经隐约知道消息大概的内容了。

中士麦洛斯的所有注意力都专注在调频指示器闪烁的绿色上。他完全知道自己此刻是众人的焦点。过一会儿他的角色可能就没那么重要了，但现在他是承受最大压力的人。他那技术员敏感的手指正轻抚着调频指示器，控制着接收机。一秒钟漫长得令人恐惧，他不知道自己是否会突然忘记所有的训练，忘记他学过的调频技术，甚至忘了摩斯电码。他是队里最年轻，最缺乏经验的队员。他已经很接近惊慌失措了，直到突然间，耳机里第一次奇迹般地传来一阵缓慢而清晰的摩斯电码咔嗒声。他一个字一个字地把消息写下来。这样的速度应该没有犯错的可能了。他轻蔑地想索诺拉的操作员大概也不怎么样。他不知道SAC对发布攻击指令限速的说明，每分钟只能包含12个词。SAC可没有打算因为传送或接收中的错误就放过任何一个目标。

麦洛斯说："基地来的消息，上尉。摩斯代码'KNHF，AGRB'。"他喉咙发干，说不出话来。"意思是联队出击，R计划，长官。"

整整10秒钟机舱里一片沉默。戈德史密斯第一个开口，但仅仅是因为他第一个找到词来形容他的心情。"天呐，不。"他说道。然后他慢慢意识到这个指令只有一个意思，那就是美国正遭受袭击。"那帮混蛋攻击了哪里？他们想干什么……"

"闭嘴！"布朗打断戈德史密斯，声音里带着警告性的含意。这消息并没有让布朗像其他人那样震惊，因为他的预感已经让他心里有所准备。现在他要在大家还未回过神来的时候保持清醒，让他们意识到他和他所代表的权威的分量。他必须用这个简单又重要的事实敲打他们：我是指挥官。他们必须立即服从他，否则将会有严重的后果。只有这样，他才可能拥有一支训练有素的队伍。不然他就只能得到一群不守规矩的乌合之众。

他要找一个典型。倒不是因为他预料到这人要引发什么特定的麻烦，事实正好相反，是因为他正好第一个开口说话，一个针对个体的警告总是比针对一群人的模糊的威吓更有效果。"戈德史密斯，"他说，"如果你再未经我允许就开口说话，等我们回到国内你将面临军事法庭审判。"他的声音冰冷刻板，不容置疑。

他等了一段时间，等他的警告都沉淀得差不多了。然后他继续说下去，还是一样冷冰冰的声音。"这条纪律适用于每个人。下不为例。"

又是整整10秒钟的沉默。戈德史密斯打破安静："上尉？"他的声音有些踌躇不决，但已经镇定了下来。

“什么事?”

“我刚刚有点儿过了。很抱歉。”

布朗咧嘴一笑。他很感激戈德史密斯。不经意间，他给了布朗机会在一开始就将全队人整合成一支紧密的战斗小队，帮他们度过了刚接到攻击命令时不可避免的震惊期。布朗想他可以缓和一下了，现在让他们忙于自己的战时任务应该很安全。

他说：“没关系，赫尔曼。把指令拿出来，斯坦。加西亚，你把它们发给大家。”

斯坦·安德森打开海图桌下面上着锁的金属抽屉。里面放着半打15厘米×10厘米的信封，就跟昆汀打开的那封完全一模一样。SAC总共有21个备选方案，从字母A排到U。但只有6个适用于第843联队。就因为他们拥有基地里最先进，防御性最强的轰炸机，他们的目标都是生死攸关的重要目标。如果说有任何轰炸机能够披荆斩棘，躲过超音速战斗机与俄罗斯设定好的地对空导弹的，就只有52式轰炸机了。所以，很自然地，重点目标是他们的。

安德森撕开标记着字母R的信封。剩下的还是放回抽屉。抽屉里安有一个点火装置用于销毁文件，紧急情况下可以手动操作；万一飞机坠毁的话，它还有一个依靠惯性自动激活的开关。

加西亚将单个的文件夹分发给大家。雷达和无线电各一份。重机枪手、机械师、轰炸员一份。专门负责离目标几百英里时那20分钟工作的两位队员各一份。至于领航员和上尉，他们的文件夹又厚又大，里面除了他们自己那一份，还包含了其他队员文件夹的复印件。

布朗飞快瞥了一眼他那份指令，发现他不需要变更第一节飞行的高度和速度，然后他说：“斯坦，你觉得可以就开始第一段。不用算了，方向差不多就可以。”

“好的。方向大概是075。”

“075。”布朗看了一眼航向指示器。230。他提高了左翼的转向率，舵机控制不需要他过多的精力，只要动动手指，就能让巨大的后掠翼倾斜。他完成转向，做了些必要的小调整，说：“航向稳定，075。”

安德森注意了一下时间，将他的地面位置指示器坐标设定为熊岛（Bear Island），又输入风速，他要计算出多久到达X点。速度和高度已经设定。从现在起机器会自动估算地面位置，并显示在不断变化着的坐标表中。当然前提是安德森输入的风速和飞机时速是正确的。这是55000英尺高空的主要预测。他忙碌的手指快速在图表上移动，测量距离与角度，再将它们变形为球面计算尺上的标记，然后把结果记录到他的飞行日志中。他已经完全忘了他在俄勒冈州克拉马斯福尔斯（Klamath Falls，Oregon）的女友。那里倒并不容易成为目标。

布朗的女友在西雅图。他遇见她的时候他正好去波音公司参加一场为期三天的会议，因为当时他和其他843联队的飞行员一起已经完成了52K式轰炸机五六次的训练任务。她是那儿会计室的速记员，是个身材修长，深色头发的姑娘。他打算下一次海外任务结束就娶她。他试图扑灭脑海里关于西雅图和波音公司肯定是一级优先目标的念头。他成功了，但又一头栽进检查队员任务细节的工作中。

第一次通讯。“麦洛斯，你拿到确认信息了？”

“是的，长官。飞机编号和第二组代码。还有摩斯代码ARGB。就是我们做简报时拿到的。”

“好的。检查一下这些点。保持无线电静默。听取哪一个波段?”

“9215千赫。上尉。那是一个频率，不是波段。”

布朗笑了。“对我来说太专业了。好了好了，代码规则?”

“我会读出来。为了确保敌人无法植入错误信息和虚假指令，一旦攻击命令传达并确认后，CRM114① 就会转成接收回路。3位数代码在字母表盘上设置为CRM114，这将会阻断任何通讯传输，除了那些经过接收器默认3位数代码处理过的信息。我已经设置过CRM了，长官。”

“好的，麦洛斯。机械师?”

军士长费德洛夫（Master Sergeant Federov），来自乌克兰广袤谷地的第三代，一位沉默寡言，坚毅的人。他唯一热爱的事情就是保证阿拉巴马天使无限复杂的机械顺畅有效地运转。费德洛夫咕哝了一声表示自己在场。

“现在还没什么事。到A点前5分钟跟我说一下。轰炸员?”

中尉哈里·恩格尔巴赫（Lieutenant Harry Engelbach），不像费德洛夫那么沉默寡言，他在社交中很安静是因为没办法控制自己的害羞。此刻他也完全顾不上羞怯了。他说：“主目标科特拉斯（Kotlass）的洲际弹道导弹基地，长官。第一弹，20000英尺高空爆破弹。如果第一次投弹出错，会进行第二次投弹。否则第二弹将用于第二目标。阿尔汉格尔（俄罗斯港市）外的科特拉斯基地补给中心。高空爆破弹，25000英尺。”

“好的。你有目标路线图吗?”

---

① CRM114是作者虚构的无线电鉴频器。

“有。路线与邻近地区的图表和幻灯片都有。科特拉斯应该很简单，上尉。瞄准点差不多就在 Dwina 和 Suchona rivers 的交汇处。望远镜上会看得非常清楚。”

“但愿啊。重机枪手?”

“重机枪手，到。”戈德史密斯说。他的声音冷静沉着，少了那些油嘴滑舌的玩笑，听起来与平常不太一样。

“好的。赫尔曼，现在还没什么事。到 A 点还有 10 分钟的时候你可以把“大黄蜂”准备起来。你对它们还满意吗?”

“很满意。如果我们能多带一倍我会更满意，不过这 10 个漂漂亮亮的也够了。我准备的时候会先跟你确认。”

“好的。赫尔曼。雷达，持续搜索。等我们转到攻击飞行那一节的时候，你再开始反干扰措施。变更航向的时候我们再确认反干扰频率。怎么样，斯坦? 那条航线准备好了吗?”

安德森注意到他日志上的最后一个数字，说：“081。50 秒后开始转向。”

“收到。”布朗往前倾了倾身，在回转仪上做出修正。现在只剩两名队员没有叫到了：加西亚，和另一名叫敏特的中士。他们都和阿拉巴马天使一起飞过好多次了，但至今为止还没对操作飞机做出过什么真正有建设性的贡献，除了适时地端上咖啡。然而，少了他们的存在，眼下这个任务也不会有。

“大炮（Ordnance)?”

“长官?”加西亚回答了，一贯都是他答的。加西亚活泼好动，精力过剩，喜欢追女孩儿，是个讨人喜欢的、调皮的人。但根据以往的经验，布朗知道敏特也在听，会仔细地完成任何他给的指令。

“等领航员对 A 点的估算一有结果，我就告诉你该做什么。”

“预计10点41分到达A点。”安德森飞快插进来说。

“前后要差个几分钟吗?”布朗轻快地问他。队里的人都默契地哧哧笑起来。布朗很高兴。这是个很微妙的部分，因为这些指令可能会再次触发收到攻击任务时那种危险的情绪紊乱。他飞快地接下去说：“别回答那个，斯坦。我开玩笑的。好了，你们两个，10点33分时可以开始准备。1号弹20000英尺高空引爆，2号弹25000英尺高空引爆。”现在才都说完。有没有人有问题?5秒钟过去了。没有问题。布朗再次微笑了一下。他觉得现在来杯咖啡应该很不错。“来点咖啡怎么样，加西亚?”

“马上就来，上尉。”

敏特慢慢地说：“喂，加西亚，20000英尺高空引爆的那个叫‘嘭’(Bim)，25000英尺高空引爆那个叫‘砰’(Bam)，对不对?”

“对。”加西亚说，“没错。”

布朗吓了一跳。他理解以前在战争中常常会有人用粉笔在高爆炸弹上写名字。但给这些东西取名字?他开始问东问西，想些别的事情，防止话从他嘴里掉出来。炸弹是加西亚和敏特专门照顾的。这两位中士要武装它们，把它们从高爆金属块儿变成有潜力把纽约那么大的城市从地球表面抹去的杀手。如果他们喜欢给它们起名字，那不关他的事，只要他们把工作有效完成。这点他倒是很放心。

两分钟后，所有队员都在认真阅读他们的任务表，加西亚端来了咖啡。但戈德史密斯没有再继续他的故事，也没人要他讲。似乎大家都心照不宣地认为那故事不会那么好笑了。至少现在不会。

第四章　SAC 总部，奥马哈，内布拉斯加

SAC 总部，奥马哈，内布拉斯加

格林威治时间：10：05

莫斯科：下午 1：05

华盛顿：凌晨 5：05

100 个监听站遍布全球，从酷热难当的沙漠到北极冻土苔原，不管是气候炎热还是寒冷，修长的无线电杆都会将它们的接收天线高高升进天空。这些电台像守护者一样监视着天空，接收来自空中轰炸机的信号，有时候也要将地面的信号发送给轰炸机。它们是这张隐形无线电蛛网的联结点，覆盖了整个北半球与百分之九十的南半球，不眠不休。

7 个电台收到了第 843 联队的攻击命令。之后又有 4 个电台听到来自轰炸机的确认信号。几分钟之内信号经过监听站扇形区的过滤，又回到主区域，带着电传打字机的咔嗒声

到达位于内布拉斯加州奥马哈的SAC指挥站。

在这里信号又再次被过滤。它们先经过解码室，那里有单独的飞行员自动将它们转给值班人员，对包含任何形式攻击指令的信号这样处理是标准程序。他再将信号发送给值班执行人员。

索诺拉攻击指令发出后整整6分钟，第一份用普通语言转述的正式文件出现在值班执行员的书桌上。3分钟后，最后一个单独确认信号也到了。

值班执行员从来不会低于上校军衔，他拥有非常大的自由量裁权。在某些情况下，他不用获得指挥官或其副手的批准就可以命令SAC全部升空。当然，等他通知指挥官时，会被要求证明此种行动的正当性。但如果他能证明情况紧急，立即发出命令是正确的做法，而没有必要浪费两三分钟找到指挥官并获得他同意，那他的行动就是正当并有效的。

值班上校看了第一份转抄文件，然后放下文件专心地看着威胁分布板——北美空防联合司令部（NORAD）通过闭合电路提供的信息，每两分钟更新一次。他一边考虑该如何行动，一边又看了两三份确认信号的转抄本。SAC的指挥官在华盛顿，但他的副手正在上校头顶上几百英尺的地方睡得正香。

上校指示他的助手立刻将指挥官副手叫醒下来。助手是一位灰色头发的文职少校，专门管理人事和行政事务。然后他拿起红线电话，让接线员接通索诺拉。他比昆汀资历浅几年，但十年前他们曾一起在柏林共事。他跟昆汀很熟，喜欢他，也很尊敬他。10秒钟不到他就听见了昆汀的声音，他说：“将军，我是SAC的值班执行员。我们这里有一些应该是索诺拉和第843联队之间信号交换的转抄文件。你知道这件事吗?”

他仔细地听着昆汀说话。半分钟后，他听到咔嗒一声，电话那端告诉他昆汀的线路被切断了，他把电话从耳边拿开。接着又拨给接线员，急切地说：“赶快开第二条线，给我接通索诺拉的副官。”

接线员说：“对不起，上校，副官现在不在索诺拉，他跟第 843 联队一起去了英格兰。执行官这一段时间代替他的职务。就是霍华德少校（Major Howard）。”

“霍华德? 哦，对。”上校了解霍华德就跟了解昆汀一样。“那给我接霍华德。”

“无法接通，上校。那条线坏了。过去两小时那条线一直有问题。而且昆汀将军很不放心，还让我去检查他的线路。”

“好吧。”他把电话放回原位，坐在那儿思索了许久。然后他又瞥了一眼威胁分布板。好像没什么变化。他开始发布命令。所有 SAC 基地立即进入准备状态。给所有飞行人员做简报，飞机全副武装在跑道尽头就位。通过内部电话建立与索诺拉的通讯，个人呼叫霍华德少校。警戒空中加油机基地，尽最大努力保证每架 KC-135 时刻准备升空。通过无线电和电传打字机建立与索诺拉的通讯。所有飞行中并携带实弹的 SAC 联队前往各自最近的加油点集合。尽快找到 SAC 指挥官，不管他是不是在华盛顿。还有很多细节要考虑，他也不知道具体是多少。他不断梳理这些细节，直到副指挥官进来。

他飞快地列出大概发生了什么，他都做了哪些事。中途他被打断了两次。一次是关于无线电或电传打字机根本联系不到索诺拉。信号毫无反应。另一次是告诉他索诺拉 PBX 不接受来电。

副指挥官是一位两星上将。他可以发布比上校权限高得多的命令。他也这么做了。又有两支联队被命令降落，指示为向北飞。等他们快到加油点时会有进一步指令。所有海外SAC基地立即进入准备状态。联络科罗拉多斯普林斯市（Colorado Springs）的特别空军基地（Ent Air Force Base）和北美空防联合司令部（NORAD）NORAD总部，警告他们敌人空袭的可能性。立刻将警戒提到最高，大规模空演正在进行中。SAC取消进攻。NORAD召集所有战斗机加满燃油，全副武装，并命令从利斯本角（Cape Lisburne）到巴芬岛（Baffin Island）的所有远程预警站（Distant Early warning stations）全部红色警戒。

SAC总指挥官将军富兰克林还是在华盛顿被找到了。他前一晚参加了一个冗长而无聊的晚宴，现在正有点儿轻微的宿醉未醒，情绪不佳。他要求知道到底发生了什么见鬼的事情，需要这个时间把他从床上拖起来。

副指挥官正跟他说话。两位将军大概只说了40秒，副指挥官就转身跟值班执行员说："富兰克林将军想知道昆汀跟你说了些什么。试着回忆他的原话。"

上校接过电话，说："长官，我问昆汀将军他是否知道第843联队收到并确认过的那些指令。我得到的答复是这样，他说，'当然，是我给出了那些命令。他们正在前进，我建议你让SAC剩下的联队之后也跟进。我的队员会给你们一个绝佳的先机。而且我肯定你现在不管做什么也阻止不了他们。'"

第五章　索诺拉，德克萨斯州

索诺拉，德克萨斯州

格林威治时间：10：15

莫斯科：下午 1：15

华盛顿：凌晨 5：15

“……敌人何时来，如何来。也许来自一艘停靠在海岸边的潜艇上的导弹。虽然因为我们的地理位置，我表示怀疑，但我们不能掉以轻心，忽略这个可能性。又也许是一架四引擎“野牛”轰炸机，要不然就是涡轮螺旋桨熊式轰炸机，都携带跟我们 52 式一样的武器。北美空防联合司令部（NORAD）的手下可没有省油的灯。虽然作为 SAC 的人，我讨厌这样说，但如果战时我们的任务是突破 NORAD 防线，我可能无法乐观。他们确实有那么厉害。

“你们中的有些人听我说这番话可能正想着——好吧，既然如此，那我们就阻止这些轰炸机。但我们如何阻止洲际弹道导弹？嗯，我向你们所有人保证，特别是那些可能有亲朋好友住在大城市的，你们不用担心 I. C. B. M. 洲际弹道导弹。它不会打击到我们。我不能透露我们是如何知道的，但我向你们保证，不用担心。

“但也有另一种形式的攻击，我认为对我们来说是最危险的一种。我指的是常规攻击，不管是个人的蓄意破坏还是大型武装部队。这就是为什么我加倍了防御作战组的人手。伙计们，我想向你们强调警惕的必要性。敌人会尝试各种招数来诱骗你们让他进入基地。他可能会单独前来，也有可能带着帮手。他极有可能会穿着我们自己人的作战队制服出现。但不管他怎么出现，我们必须阻止他。

“我希望你们记住三个简单的原则。第一，不要相信任何人。无论他穿什么样的制服，无论他的军衔有多高，对你们来说他就是陌生人。第二，200 码范围内任何正在接近的人或事物，开枪射击。第三，如果有任何疑问，先开枪再说。我宁可接受一小部分人员误伤，也不想因为过度谨慎而失去整个基地和全部工作人员。

“我要说的就这么多，还有两小点强调一下。我刚说的那些原则如果有任何变动，必须从我这里发布，从我个人这里。我希望这点明确无误。不管在什么样的情况下，这点都没有例外。最后，我知道你们都很担心自己的家人，无论是住在基地还是分布在全国各地。嗯，让我们确保我们在这里，在基地，来保护这些家人。因为你们可以放心，另一些美国人正在别处保护你们的家人，他们所拥有的坚韧不拔的精神，就像你们将要在索诺拉展现的一样。祝大家好运。”

昆汀关掉话筒的开关。他刚刚是站起来说话的，现在他又筋疲力竭地陷进了办公桌后的椅子里。他点起一支烟。好了，他想，现在该做的都做了。攻击已经发起。基地被紧密封锁。他感到他可以枕着自己的手，就伏在桌上睡一个星期。但他绷紧的神经放松不下来。他疲惫的大脑违背了自我意愿，开始又一次检阅整个计划和实行，寻找任何构想或执行上的缺陷。

计划建立在两个成熟的概念上。第一，实力均衡的军事力量常常很容易就因为对方毫无预警的攻击而失去平衡。俄罗斯的主要力量在于他们可以在自己方便的时候选择攻击的时间和地点。他们可以既发动攻击又全面防御美国的反击。

昆汀想的是如果美国先发制人，而不是等俄罗斯攻击之后再反击，俄罗斯的防御机制会崩溃。美国的攻击将出其不意，因为俄罗斯的作战计划只建立在他们自己启动第一波对敌毁灭性打击后防御系统的瞬间反应。

俄罗斯的作战计划确实看起来对自身的防御系统没有很大威胁，因为它的实质是第一波攻击就摧毁敌人攻击型战斗力的绝大部分。为了达到这个目的，作战计划将要打击的目标分为两组截然不同的类别。

第一类别由1500英里范围内俄罗斯或其卫星国家的所有目标组成。这是中级导弹和超音速战斗轰炸机可以到达的范围。这两种武器俄罗斯都拥有很多。目标包括所有地中海地区的SAC基地，第六舰队，以及欧洲和北约中东国家的所有空军力量。俄罗斯导弹和战斗轰炸机的实力非同小可，计划的制订者坚信能一举歼灭这些目标的自信在战争史上从未出现过。因为严格的军事划分，目标还包括像伦敦、巴黎、罗马这样的城市。这些城市的毁灭并不是必需的，除了其中一个——他们必须摧毁这座城市，以协助中断大部分通讯。这座城市就是伦敦。俄罗斯人对英国的战斗力不抱任何幻想。相当一部分导弹和战斗轰炸机都专门针对伦敦和英国各种攻击型基地。

很长一段时间里俄罗斯都有实力摧毁所有第一类别的目标，因为它们都在短程至中程的范围。但如果不同时摧毁第二类别的目标，第一类别目标的毁灭将毫无意义。

第二类别目标主要包括美国本土的 SAC 基地，远程 SAC 基地比如冲绳岛（Okinawa），还有华盛顿，纽约和芝加哥。俄罗斯人为这些目标选择的武器包括一支装备水下火箭弹的潜水艇舰队，两组接受特别训练的“野牛”四引擎轰炸机军团，还有至少 36 颗洲际弹道导弹。当昆汀给第 843 联队发布攻击指令时，距离俄罗斯将所有需要使用的洲际弹道导弹准备好只有几周时间了。而美国的洲际导弹，虽然进展迅速，但仍尚未投入使用。

计划很简单。潜水艇将埋伏在佛罗里达和墨西哥湾。

它们必须离岸至少 200 英里躲避侦查，但这势必会造成精确度下降。但 60 艘潜水艇每艘都分配到发射 3 枚所携带的导弹，那足够摧毁美国本土三分之二的 SAC 基地了。只有那些离岸超过 200 英里的基地才能幸存。

两组忠诚的“野牛”四引擎轰炸机军团执行的是严格的单程任务。他们将深入南太平洋，躲避 NORAD 的中海（Mid-ocean）和离岸警戒线。他们接受这次任务有去无回，接受从起飞开始他们就被视为敢死队，只为了到达制约北美大陆软肋所必需的范围。他们会在夜幕的掩护下穿越墨西哥，降到低空，使用后燃器爆炸（After-Burners Blasting）全力进攻，完全不顾燃油消耗。

俄罗斯方面认为只会有 3 到 4 个逃过潜水艇导弹打击的

SAC 基地将保持完好无损。

但即使是 3 到 4 个基地也还是太多。那些基地会展开足够抹去俄罗斯的报复性打击。对美国来说，他们认为自己代表的是终极威慑力量。既然是终极威慑力，那就使用终极武器。俄罗斯的洲际弹道导弹——已经被指定为 M-241——只在 10 英里的远距范围内精确。因此对于四个幸存基地中的每一个，俄罗斯都配置了 5 组巨型火箭弹（monstrous rockets)。四组瞄准冲绳，一起攻击的还有一小组 12 架从主力调来的“野牛”轰炸机。一组瞄准华盛顿，纽约，芝加哥。最后，还有一组瞄准 9 个刚好在潜艇射程之外的 SAC 基地。

攻击的时间会选择让“野牛”可以在黑暗中行动，这样他们到达目标的概率本身就增加了 30%，还会确保任何来自 SAC 已升空联队的反击发生在白天。攻击者选择攻击时机。这是他们的优势和特权。显然他们会选择对自己有利，又对敌人造成妨碍的时间。

纵观整个计划，时间点会选在导弹击中目标的刹那轰炸机才第一次出现在防御雷达屏幕上。计划都准备好了，人员和后勤也都完全就位。

除了一个武器。

俄罗斯的洲际弹道导弹，在轰动一时的开场之后，也有一点瑕疵。虽然在努力克服，但短时间内他们的洲际弹道导弹力量必须要元帅（Marshal）认为并肯定其绝对必要时才能使用。任何不确定的因素都不可接受。

攻击后唯一剩下的反击就只能是正巧在空中又有武装的 SAC 联队。这个概率是将有不止一支同时符合这些条件联队。他们会反击，但一切因素都对他们不利。没有黑暗掩护他们。他们想朝首要目标推进每一英寸都必须艰难战斗，因为防御早已待命，正集中注意力寻找前来的目标。俄罗斯会放弃那些不重要的目标。最后，即使他们一路作战突破防御，轰炸了目标，他们也没有基地可以返回。这是他们该受的惩罚。但俄罗斯认为自己可以承受一定量的损失，特别是他们很清楚那些战斗机本身也是最后一次被召唤出征了。

昆汀早就得出结论，俄罗斯的计划完全可行。所以他认为只有一种方式能打败它，能出其不意地给俄罗斯以猛击。843联队自身完全有能力摧毁俄罗斯全球作战能力是昆汀的信念。这不是毫无根据的轻信，而是一个人结合了他一生中所有关于轰炸机的作战经验，慎重考虑后得出的结论。

所有优势都在美国这边。俄罗斯的防御不会立即准备好反应。没有理由。他们的防御系统在全球作战中的角色已经被俄罗斯统治者定义为对紧接俄罗斯攻击的反击立即反应。毫无疑问这个角色他们完全能胜任。但俄罗斯军事备战的整个理论基础是建立在“除非他们先进行大规模侵略，否则西方是不会先发动热核战争”的假设上。只要这个假设真实正确，就给了他们极大优势。而等到那一刻，就不再是了。只要出其不意的一击，他们的优势就会消失殆尽，他们的防御体系只能等雷达的反应时间才能准备迎接攻击。而昆汀自信那点时间远远不够。

昆汀计划的第二个基础概念是军事理论的真正核心。士兵要服从他的指挥官。他要绝对无条件地服从指挥官，不是因为害怕惩罚，而是因为他有信心，信任并尊重指挥官基于过去行动经验的判断。

这并不需要很长的经历。优秀的领导者能够在发号施令的几小时内就赢得他手下士兵的信任与忠诚。而与之相反，糟糕的指挥官也会迅速破坏掉一支训练有素队伍的士气与纪律。昆汀并不是糟糕的指挥官：事实上他是一名非常优秀的领导者。他手下的人喜欢他的为人，尊重他的判断，并无条件地服从他。派遣843联队，完全封锁索诺拉基地与外界的联系，这些命令他们都二话不说立即执行。

命运也在昆汀的决定中扮演了自己重要的角色。在这个特殊的清晨，所有事情都配合完美，成功执行了他渴望已久的计划。

因此，843联队不仅仅是升空，同时也全副武装。而也许会对他的某些行动持怀疑态度的人——昆汀的副官，正巧与联队一起出任务。轰炸机到达X点的时间意味着他们可以趁雾气弥漫的阴郁冬季傍晚开始攻击，而幸存的俄罗斯轰炸机却得在白天进行反击，而且前提还是他们打算反击的话。而关于唯一一个运转完善的俄罗斯洲际弹道导弹基地的报告更消除了他最后的疑虑——他的轰炸机是否能在导弹发射前就击溃这个基地。另外，最重要的是，SAC的来信代表这是他将计划付诸行动的最后机会了。

士兵服从他的指挥官。没错，只要他对这名指挥官充满信心。甚至在他失去信心之前，纪律和训练还会强制他服从命令一段时间。从表面上看，他仍然是跟以前一样的好士兵。但仅仅只是表面上。只要稍加压力，他就会被击溃。而在被击溃之后，他什么样的事情都有可能会做。

昆汀与五角大楼和统治美国的政治家的关系就相当于索诺拉普通飞行员跟他的关系。但昆汀早就对高层失去了信心。他并没有怪罪于军衔在他之上的将军，却怪罪于高层的政治家。他知道有些将军与他的思维方式完全一样，他们会同意他的计划合乎逻辑，耗资不多，而且势在必行。他怪他们只是因为他们允许政治家对他们施加层层阻碍。

但他们没有办法自作主张。昆汀可以。他是空军最大基地之一的指挥官。一旦封锁基地，他就像船长一样拥有最高决定权，极大的行动自由，也要承担他决策中既定权威带来的全部压力。

这种情况并不是独一无二的。过去曾经有一位海军舰长跟昆汀做出过一样的行为。还有在战场前线的指挥官也是这样。他们的行动通常都所费不赀，但代价仍然在可接受的范围内。他们会引起几千人的伤亡，一座小镇的毁灭，以及一艘 9000 吨巡洋舰不必要的沉没。的确是灾难性的行动，但引起的损失可以理解。

而昆汀，从另一方面来说，全身心地投入了这个历史上决定性的时刻。如果他的轰炸机全部击中预期目标，伤亡人数合理估计也至少将达到 3000 万～4000 万。从理论上来说，他的举动与之前发生过的类似行动没有什么不同。但在实践中，相对于昆汀，过去那些指挥官的独立行动就显得苍白无力，相形见绌。

他将头埋在手中沉思了片刻。过去两年中始终伴随他的痛苦此刻比任何时候都要难以忍受。他想也许跟霍华德谈一会儿会有帮助。他痛苦地慢慢抬起头，伸手去够按钮。他想起红线电话，就将连接扰频器的开关拨到了关闭位置。然后他按下按钮。

霍华德正坐在桌后警惕地等着任何来自将军的召唤，听到信号后突然站起了身。在他心中盘旋许久的琐碎问题又自己冒了出来，要求引起他的注意。他朝门走去，又猛地转过身，他突然察觉到什么，又走回自己的桌子。他打开右手边第二个抽屉，露出一台用电池的便携式半导体无线电。他打开无线电，听了一会儿本地音乐节目，然后又调到其他电台。

他慢慢皱起眉头。铃又响了。他猛地关上抽屉，缓慢地穿过房间，推开门走进将军的办公室。他有一些问题需要回答。迫切需要回答。

第六章　五角大楼，华盛顿特区

五角大楼，华盛顿特区

格林威治时间：10：25

莫斯科：下午 1：25

华盛顿：凌晨 5：25

五角大楼与其说是一幢建筑，倒不如说是一座城市。就面积大小和工作人数而言，它的确符合这个描述。而且跟大部分城市一样，白天比夜晚更忙碌。除了危急关头，平时只有很少几盏灯彻夜燃烧。但在富兰克林将军收到来自奥马哈的消息 10 分钟后，整座庞大的建筑都灯光闪烁，关键职位的工作人员被突然叫醒，陆续来到各自的办公桌前。

这个机构运转良好，通讯系统异常灵敏，就是为了关键人员能够一次到位。等各就各位后，他们只会收到一个词，却代表着国家已经进入紧急状态。他们都穿着随便套上的衣服，也顾不上洗脸或是剃须这些仪表上的礼节。反正稍后他们可以使用五角大楼里常备的剃须刀和盥洗设备。此时此刻最重要的事情就是以最快的速度到达办公桌前。清晨这个时间交通还很顺畅。即使是住在 20 英里以外的人，也可以在几乎空无一人的高速路上以 80 或 90 英里的时速直奔目的地，15 分钟内就可以报到。很多人 10 分钟不到就已经到岗，甚至有几个人 5 分钟就来了。不过那是因为他们本来就在大楼过夜。

参谋长联席会议在作战室召开，他们几乎同时到达位于中央走廊中间的房间。他们的 ID 证件，特殊通行证，还有作战室进入许可证，都被门外的值班军事警察细致彻底地检查，跟随他们进来的三军长官资历稍浅，更是如此。所有这些细致入微的安全检查都是不必要的。秘密都发生在别处。在作战室，他们是透明的。

宽敞的长方形会议室一端，12 张舒适的扶手椅被排列成半圆形，面对着一整面朝椅子方向略微倾斜成 15 度的墙。墙上有三张地图，全部是世界地图，但它们绘制的方式是普通人一眼看去完全看不明白的。

左边那张最容易解读。它显示了人口密度，人均粮食产量，政治盟友，以及工业化的程度。右边的地图是关于海军和陆军的部署情况。一眼望去可以了解到俄罗斯海军交通量的趋势，以及他们大规模的地面军队部署。

中间的地图比左右那两张合起来还要大，是一张卫星从北极上空 1000 英里的地方观察北半球的全景图。俄罗斯和美国境内都有被标记为红色或蓝色的目标，代表着优先一级或二级。

红色代表一级优先目标。意思是该目标对战争双方来说都生死攸关，必须立即展开行动，尤其是攻击性的军事行动。一级优先目标必须在战争开始的几小时之内就展开打击。这些目标大多数是飞机场，导弹基地和一些重要的城市。美国境内有 46 个这样的目标，再多算一点的话还有 14 个——大部分是 SAC 的基地——散落在全球各处。俄罗斯有 31 个，另 3 个在其卫星国家，还有 1 个在中国。

二级优先目标显示为蓝色。它们是第二阶段需要打击的目标，也就是初始攻击后的 12 小时至 4 天之内。这些目标包括通讯系统，工业园区，人口超过 50 万或更多的城市，以及防御型机场和导弹基地。全球大概有 500 个左右这样的目标，400 个在俄罗斯阵营中。

1951 年时一名空军上将确立了红色目标与蓝色目标的区别，一级优先目标与二级优先目标的区别。“这些目标都很重要。是战争中必不可少的。但第一优先级意思是那些能够让一个国家立即进入攻击状态的目标，所谓一级优先目标。其他目标是当时幸存，但长远来看也会对敌人造成伤害的目标。但最初几小时里不必做出攻击。当然，它们也不能放过，但尽管它们必须被摧毁，但其必要性跟一级优先目标的紧迫性并不一样。对一级优先目标，必须最初就使用最大攻击力。

真正的考验是假设所有这类目标都在突袭中被抹杀，那被袭击的国家是否还有能力立即进行相应的反击？如果答案是肯定的，那该国家仍然包含未给予足够高的优先级的目标。同样，假设有一级优先目标，遭受突袭却并未受损。那该目标是否还有能力立即进行相应的反击？如果答案是否定的，那该目标已重新分级为二级优先目标，不再是一级优先目标。”

透明材料的墙后是一组制图员在工作，用彩色蜡制铅笔标出X点和第843联队途经的目标。每一个都使用了红色。32架轰炸机覆盖了所有这些目标，不管是一级还是二级。昆汀做决定时这一切他都了然于心。

参谋长联席会议成员商讨了片刻，声音低沉。然后富兰克林将军被要求解释到底发生了什么，并给出他对接下来两小时状况的评估。

富兰克林走上前去，站到与墙壁差不多宽度的讲台上，正好在中央地图的下面。他是个矮墩墩的人，长着一张没什么表情的圆脸。他还没刮胡子，但厚厚的黑发梳得很整齐。他给人坚实有力的印象，而这印象与他的个性非常协调。否则他根本不可能40岁就当上SAC的指挥官。

他说："先生们，30分钟之前，没有任何命令或授权，我的一名基地指挥官给自己指挥下的一支联队发出了攻击指令。这支联队当时正在执行模拟任务，飞往战时他们可以开始第一波攻击的集合点。在战略空军司令部（Strategic Air Command）我们称之为X点。

"你们可以从我上方的地图上看到第843联队的32个X点。从那些点上延伸出的黑线代表每一架轰炸机朝各自的目标飞行的轨迹。你们还可以看到所有红色一级优先目标都包含在分派给这支联队的目标中了。此刻，格林威治时间10点31分，每一架轰炸机都离自己的目标90～100分钟飞行时间。

"所有一级优先目标都指派给第843联队是有其特殊原因的。它是SAC唯一装备B-52K式轰炸机的联队。这意味着对这支联队我们感到非常自信，它能够战斗，并除掉所有既定目标，无一例外。除了超音速B-58今年下半年才能够投入使用之外，52式是我们目前最顶尖的轰炸机。它们都全副武装，除了配置有可以甩掉所有已知苏维埃制导导弹的电子设备，自身还携带了对抗战斗机的空对空导弹。在座的有几位可能已经知道了在墨西哥湾（the Gulf）核动力船上进行的移动目标测试，它们对抗攻击型战斗机的歼灭率高达 98%。

“至于进攻实力，每一架轰炸机都携带两枚 1500 万吨级的炸弹，只要投弹误差不超过 3 英里，就能够确保摧毁所有目标，不超过 5 英里的话也足以毁灭大部分目标。而我们有信心实际误差不超过 1 英里。

“综上所述，我认为第 843 联队将会到达并打击目标。所有目标。这意味着从现在开始两小时内俄罗斯的进攻能力实质上将被摧毁。我会回答任何我知道的问题。”

房间里充满低声交谈的嗡嗡声，大部分是从一小群助手和工作人员那里传出来的。富兰克林冷漠地站在讲台上，面无表情。没有人能猜到现在正在他脑海里互相追逐的想法。他内心深处感到昆汀也许是对的，这可能是建立自由世界唯一可行的方法。但他没有将这感受展露在外。

海军第一个发问。麦克莱伦上将（Admiral Maclellan）并不是普通人眼中典型的、在海上饱经沧桑的海军作战部长。他长着一张棱角分明、聪明机智的脸，身材修长，几乎是弱不禁风的样子。“所以我想是有一些技术上的原因使得你无法直接召回那支联队?”他问道。

富兰克林语气很冲地回答：“有。这名基地指挥官选择了一组紧急计划之一，这组计划设计的初衷就是在级别更高的上层指挥被突袭摧毁后，指挥官必须自主行动。他选择的那个计划要求一旦初始攻击指令发出后，不管是召回指令，或是任何其他指令，都必须由一组 3 个字母开头。没有那组字母，飞机无法收到信息。为了防范可能出现的蓄意破坏人员，这组字母只有指挥官个人做简报时到场的机组人员知道。他和他的副手将这组字母作为秘密限制在二人之间。在今天的状况里，副手和联队在一起。而且指挥官拒绝召回飞机。这答案能回答你的问题吗，上将？”

“当然。”麦克莱伦说。“顺便问一下，这位基地指挥官是谁？”

富兰克林犹豫了。他朝空军参谋长将军斯蒂尔望去，斯蒂尔点点头。

富兰克林慢慢地说：“是索诺拉基地指挥官，准将昆汀。”

房间里充斥着一阵低低的议论声。几名在场的空军军官知道昆汀，其中一两位还跟他很熟。他们的悄悄话被陆军参谋长将军开普勒打断了，他咆哮着吼道：“那你的意思是你的系统松懈到会发生这种状况？竟然还没有相应的防范措施？”

他的语气暗示了他早就预料到空军会出这种纰漏。他是个大个子，体型魁梧，是一位声名显赫的装甲部队指挥官。他奋斗得很艰难，曾经是巴顿纵队中一位指挥官的学徒，之后又在朝鲜战争最胶着的时期为自己挣得了名望。他钦佩空军近距支援地面步兵与装甲部队的行为，却对 SAC 整体印象很差。

现在他把这种感情完全展露在富兰克林面前。

SAC 的将军强压下心中急速上升的怒气。他觉得开普勒是个执拗的老古板，完全不懂新的全球战略。但现在不是徒劳争执和辩论的时候。他平静地说：“将军，迄今为止还没有可以完全防范人类弱点的设计，SAC 的计划既是合理的设计，也是事故难免发生的证明。”

“事故难免发生的合理证明，”开普勒大声嚷嚷着。“58年春天的新闻发布会上你们可不是这么说的。那次你们的飞机载着实弹越过北极，朝俄罗斯飞行，结果因为风暴而爆炸了。本来应该有一个完善的系统来防止这类事情发生。自动安全装置之类的。怎么回事？这东西真的存在过吗？还是空军想象出来的为了吸引媒体的注意和国会的支持？”

“的确存在。”富兰克林的声音仍然很冷静。他不打算让开普勒刺激他发火的诡计得逞。“我们跟媒体说的全是真的。但不可能完全告诉他们。这不可能。”

“为什么不呢？”

“说来也奇怪，因为我们坚持的是还击的原则，而不是初期攻击。我们接受将会受到第一波攻击的假设。当然，我们希望防御系统足够结实，不至于让这波攻击完全击倒我们。但出于全面实际的考虑，我们的计划必须兼顾到第一波攻击也许会真正带来毁灭性打击的可能性。你得承认有这种可能性吧，将军？”

“我承认。”开普勒简短地说。

“那好，让我们看看可能出现的状况。华盛顿和奥马哈被毁了，通讯令人绝望地乱成一团，没有任何中央指挥还能运作。然而境内很可能还剩一处或几处我们的作战基地幸存了下来。基地指挥官很可能会发现自己是唯一还活着并拥有有效兵力的军官。但他也没有上层的指令可以遵循。他的通讯可能被彻底切断，基地完全与世隔绝。

“显然，在这样的情况下，他必须有权自主行动。R计划就是为这样的状况而存在的。现在索诺拉的指挥官在使用它。原因我们不得而知，我们只知道是人性的弱点让我们失望了。风险是永远存在的，但我们必须接受它，因为只有这样我们才能保证攻击者逃不过反击，哪怕我们只剩一个基地，或者只剩一支联队。我们愿意冒一次险，但这次我们失败了。就是这样。”

开普勒哼了一声。尽管他不喜欢 SAC，可他是一个公正的人。他承认可能会出现这样的情况，那样的话基地指挥官独立行动就显得很有必要。这样一来，就可以防止与敌人无关的失误。但每一个像这样的方案中都会存在可被敌人利用的必然风险。很微弱，甚至是微不足道的风险，但的确存在。现在的情况显然就是某种复杂的环境让那位指挥官有机会犯了那样一个错误。之后，他会确保全面审查这位特殊的指挥官为何仍然在位。空军这次别想再遮遮掩掩了。但眼下这些都不重要。错误已经犯下，行动也已开始，一支 SAC 的联队正全身心投入战斗。他认为没什么好决定的了。他们现在应该采取的措施相当明显。

他的思绪被斯蒂尔冷静的声音打破。斯蒂尔以参谋长联席会议的主席身份总结陈词，海军和陆军也各自得出了相同的结论。

“先生们，再过几分钟总统和国务卿以及国防部长就会加入我们的行列。我只看到两种选择可以向他们建议。第一个就是召回第 843 联队。我不知道具体怎么做，但这是可能性之一。另一个，”他停顿了一下，房间里一片寂静。“另一个，”他重复了一遍，“是将这次行动进行下去，直到它合乎逻辑地结束。富兰克林将军已经告诉我们他相信轰炸机一旦投身作战就能有效摧毁俄罗斯的一级优先目标。你能给我们什么样的保证，富兰克林?”

富兰克林抬头看着斯蒂尔，“我无法保证，长官。”他说，“我只能说我个人对我的队员都很有信心，他们会到达目标并精确投弹。现在我们这儿是清晨，先生们，但俄罗斯天色正渐渐变黑，而且大部分目标都在更北部的地区。这是本不在计划内的优势。同样，我们没有理由假设他们的防御系统处于最佳状态。而这支特定的联队理论上能够在防御系统全面警戒的白天击中目标。我无法给出保证是因为我认为在战争中没有任何事情是万无一失的。只能说我有信心他们能完成任务。百分之百。”

“这个答案足够了。”麦克莱伦说。“那下一步是什么？显然我们不能召回轰炸机了。那么，我们来假设我们狠狠打击了目标，然后我们接下来怎么办？”

开普勒说：“我同意。但真的没有任何机会召回那些轰炸机了？”

斯蒂尔慢慢摇了摇头。“我们已经有操作员正持续工作试图破解那组 3 个字母的密码。问题是现在大概有 17500 个可能的组合。所有的飞机都使用同一无线电波长，因此我们无法同时尝试 20 组或 30 组不同的组合——必须一次只能试一个。一次传输需要 30 秒，5 天才能将所有组合都试过。而我们只剩不到一个半小时的时间了。”

“另外我们还有，”开普勒直接地说，“不到 5 分钟左右的时间，总统马上就要到了。我只有一个想法，但我需要更多一点信息。也许富兰克林将军可以提供。”他环顾了一下其他参谋长。“不如我们休息一会儿，富兰克林将军跟我们一起来吧？”

“我没意见。”麦克莱伦上将说。

“空军也同意，”斯蒂尔飞快地插话道。他正惊讶开普勒袖子里藏着什么好主意。最好是有用的，他想。因为仍然有另 6 支联队，全副武装，正飞向各自的 X 点。在奥马哈来电与会议开始之间，富兰克林可没有浪费一点时间。

第七章 “阿拉巴马天使”

“阿拉巴马天使”

格林威治时间：10：30

莫斯科：下午 1：30

华盛顿：凌晨 5：30

克林特·布朗再次检查了飞行仪表盘。过去 10 分钟里他每隔 30 或 40 秒就要检查一下仪表盘。此刻他能做的很少，但他不断提醒自己去找事情来做，因为只有这样他才能不去想西雅图和他的未婚妻。但这对其他队员并没有什么帮助，他们都很安静，气氛也有些压抑。他知道他们也是一样，要排解那些不愉快的念头很难。对一个男人来说，征服他自身的恐惧也许很容易，可要征服那种可能会失去所爱之人的恐惧却并非易事。他们对此无能为力。他瞥了一眼腕上的手表，又检查了一下仪表盘，望见窗外左机翼遥远的尖端消失在无尽的冰冷黑暗之中。手表上的指针用令人极其痛苦的缓慢速度挪到10点31分。他强迫自己等到精确的秒数，然后说道："好了，赫尔曼，你现在可以装备'大黄蜂'了。"

"收到，"戈德史密斯回答道。他听起来很焦虑，急切地想开始工作。

布朗从座位上起身，站到一边，让机械师费德洛夫爬上他的座位。当主驾驶员离开机舱时，费德洛夫接手控制是惯例。

布朗靠在斯坦·安德森的航图桌上，看着领航员的手忙来忙去，把机器反馈的数据标记到他的图表里，再从图表上得出更多数据输入机器。安德森抬头看着布朗，飞快地笑了一下。他面无表情，脸上绷得紧紧的，但至少他是忙碌的。"预计到达时间还是10点41分，开始?"布朗问道。

"还是10点41分。这阵风对我们非常有利。"

"好的。"布朗直起身，进过无线电通讯官麦洛斯身边，他正紧张地坐在他沉默无声的设备面前。布朗冲他微笑示意，并友好地在他肩上拍了拍。他还只是个孩子，布朗心想。但也许是好事。也许他并不明白现在发生的一切背后真正的含意。

但事实上布朗错了。麦洛斯完全意识到现在美国已经被袭击了。他是家中独子，而且父母都生活在华盛顿。他心里知道他们可能已经不在了。好吧，事已至此，他们都不在了。能尽情宣泄心中的悲伤是很好，但那还不够。现在他有机会只要做好自己的工作就可以为他们复仇。他会好好干的。他抚摸着无线电的调频按钮，看见布朗停在了戈德史密斯的发射控制面板前，就把所有注意力都集中在设备上了。

戈德史密斯抬头看见布朗。他朝布朗点点头，算是打过招呼，然后又回到手头的工作上。他已经拉下了控制面板顶部排列着的十个开关。这些开关五个一组，分别控制着左右舷各五个武器射击口。每一个开关下亮着一盏小红灯。布朗专心看着红灯一个接一个熄灭，绿灯在下面依次闪过。武器已装备完成。

现在戈德史密斯的手移向了另一排镶在控制面板中间的开关。他先后选择了左手边控制左舷和右舷的开关。两个开关下的红灯再一次亮了。

机尾两枚修长的火箭弹，5 英尺长，悄无声息地从存储架上滑下来，掉进光亮的金属槽里。机械钳顺利地将它们推进金属槽，只留出了 0.6 英尺的尾部。现在金属槽就成了一根炮管。火箭弹消失在炮管里，外面只能看见助推器的 12 个发射口。每根炮管的上部都连着两支上了铰链、正慢慢伸直的金属臂。炮管通过倾斜的地板构成的一条缝隙向下移动，直到它们被悬挂在“阿拉巴马天使”机身下一英尺的地方，随着猛烈的气流轻轻颤动。现在只要拔出弹头和助推器的安全塞，这两枚降到发射位置的火箭弹就成了致命武器。戈德史密斯仪表盘上的两盏红灯熄灭，被绿灯所代替。这两枚导弹已装好引爆器并准备好发射了。

戈德史密斯抬头看布朗，简短地说：“1 号和 6 号准备好了。希望我们不需要动用到它们。”接着他激活与发射控制系统相连的雷达显示器，调整中央扫描区域的亮度。

布朗点点头。“希望不要。”他同意戈德史密斯说的话，并开始往回走。回座位的路上他经过炮弹专家加西亚和敏特身边。他注意到加西亚看起来很担心，但敏特还是他一贯平静、不会胡思乱想的样子。

他拍拍费德洛夫的肩膀，重新接手控制。快速检查显示一切正常，所有设备都工作良好。他瞥了一眼手表，再过4分钟他们就该转向攻击航线了。那时候他们就会变成巴伦支海60000英尺上方一颗只能想象的小点，位置刚好是北纬75°，东经45°。从这个点开始轰炸机的航迹会变成一条几乎完全朝正南方向飞行的直线，离一级目标850海里长。布朗心想他们不知道沿途会在哪里遇到麻烦——如果他们会遇到的话。而且如果遇到麻烦的话，52式轰炸机的内置防御系统不知道能不能带他们安全通过。

现代轰炸机是比二战中粗糙的“空中堡垒”（Fortresses）和“兰开斯特”（Lancasters）复杂无数倍的机械。它的飞行速度比之前的轰炸机快两倍，飞行高度也高两倍。再加上空中加油机的出现，它的飞行范围几乎是无限的。但随着轰炸机性能与复杂性的提升，敌人追踪与摧毁它们的能力也在增强。

52K式是它这个系列轰炸机的最后一种型号。它的防御系统是三方联盟智慧的结晶：西雅图的波音设计师，怀特平原基地（Wright Field）的武器专家，以及通用电子（General Electric）和威斯汀豪斯（Westinghouse）专门成立的电子公司。他们将52式轰炸机建造得几乎刀枪不入。

轰炸机的两大宿敌：一是从地面或另一架飞机上发射的制导导弹，二是超音速战斗机发射的导弹，虽然没有制导系统，但常常连续发射以提高命中率。

对于第一种宿敌，那些制导导弹，52K式拥有一整套电子反追踪系统（counter-measures）。据说俄罗斯的导弹依赖于某种形式的雷达作为制导系统。毫无疑问他们正在研制其他形式的制导系统，就像美国和英国的红外导弹，瞄准的是喷气引擎散发出的热辐射。但目前所有使用中的导弹几乎都依赖于雷达。

电子公司基于怀特平原基地的武器专家提供的信息，设计出庞大的计算机系统，能通过雷达脉冲自动察觉到导弹的存在。然后它会精确判断脉冲的频率，评定导弹的速度与轨迹，再自行发出一系列脉冲。这些脉冲会提供给敌人的导弹错误的信息，扰乱其制导系统，使导弹从目标转向。在某些情况下它会导致导弹提前爆炸，其他情况下会将导弹送回自己的轨道。在所有针对俄罗斯导弹的测试中，计算机从来没有失败过，总是能察觉到正在逼近的导弹并成功使其转向。

波音的人看了看这套计算机系统及其附属雷达的大小和重量，摇摇头，宣布他们根本无法将这套系统装进 B-52 轰炸机里。不过他们还是进行了下去。成果就是 52K 式轰炸机。

在他们把计算机放进 52 式的同时，也移除了传统 52 式拥有的尾翼火炮。这样它就不再拥有对付轰炸机第二大敌人的能力了——从尾部逼近，并发射了一连串火箭弹的超音速战斗机。那些火箭弹没有制导系统，所以也不可能用电子设备操纵它们转向。如果它们瞄准精确的话，一旦发射就势不可当。解决之道显而易见。只有在它们被发射之前就干掉战斗机。

空军提出要求，很快他们就得到了能够干掉战斗机的武器。它外形修长，有自己名字专属的缩写，但在 SAC 大家都称它为“大黄蜂”。这名字恰如其分。被大黄蜂螫一下会令人痛不欲生。而被核弹头螫一下——不比一颗葡萄柚大多少的核弹头——就会摧毁爆炸范围 500 码之内的所有东西。

“大黄蜂”导弹起初是由戈德史密斯操作的武器控制系统上的雷达所控制，一旦敌方战斗机在 5 英里范围内出现它们就会被释放。飞行第一阶段它们是借助轰炸机的无线电指示而飞行，在距离目标 1 英里时它们自身的红外制导系统就会接手控制和引导，只要接近目标 200 码之内，它们就会爆炸。一系列测试显示对 5 英里外的战斗机释放“大黄蜂”导弹，战斗机在逼近轰炸机两英里之前就会被其摧毁。即使战斗机能够以两倍音速水平飞行，它也能做到。

那么现在就是派上用场的时候了，布朗想。两个威胁，两组计数器。现在理论如何运用到实践中还有待观察。

安德森的声音打断了他的思绪。“还有两分钟到 A 点，上尉。新航线方向 1.7.8.。首要目标预计到达时间 12 点 05 分。”

“好的。现在开始设置。爆炸时间的中点时间是多少，斯坦?”

“就是这个，长官。12 点 05 分。最早时间是 12 点 01 分，最晚时间是 12 点 09 分。”

“好的。机械师，这个转弯后我要进行一次燃料检查。从 A 点开始算在目前的高度和速度下燃料还能维持多久。还有在同一高度下，速度减 20，能维持多久。给我航空里程数就行。”

“好的。”费德洛夫说。他拿出他的燃料分析记录和测算表，开始做初步录入。

布朗又打开他的命令夹。“雷达?”

“什么事，长官?”中尉欧文斯回答得清晰而自信。

“等我们一转弯就把计算机设置为全自动控制。启动并正常运作后向我报告。到时我再跟你核对搜索波段频率。斯坦，远程搜索在这节飞行上对你有帮助吗?”

“这个嘛，”安德森说，“我们离第一个 15 分钟左右还有点儿远。到那时我们会开始看见新地岛（Novaya Zemlya）南半部。你应该能在左翼 140 英里的地方看见莫勒湾（Moller Bay）。大概就是转弯后 15 分钟。在那之后就是我感兴趣的科尔古耶夫岛（Kolguev Island）和卡宁半岛（Kanin Peninsula）了。等莫勒湾出现时再跟我核对吧，嗯?”

“没问题。”欧文斯说。他转向他的主搜索雷达，调到最大搜索范围，选择了 100 英里到 200 英里的波段范围。这样雷达就会专门集中搜索这两个同心圆区域了，这两个同心圆距离中心阿拉巴马天使一个 100 英里，另一个 200 英里。

“该转弯了，长官。”安德森提高声音说。

“好的，斯坦，现在转弯。”布朗看着左翼慢慢升高，他控制着左翼平稳地完成转向，再降回原位。他检查了回转仪的航向，说：“航向正确。到目标的时间?”

“84 分钟。”安德森干脆利落地说。

“好的。”布朗倾身向前，开始调计时器的时间，直到数字 8 和 4 在边框醒目的窗口里显示出来。他按下开始键，剩下的时间开始一分一秒滴滴答答地流逝。他看着它，直到数字 84 咔嗒一声翻过，83 取而代之。

离攻击时间又近了一分钟。还有 83 分钟。83 分钟的等待与焦虑不安。也许攻击之后会好受些。到时候他们就可以打破无线电静默，请求指示他们接下来该去哪一个基地。那些指示也许会泄露些美国遭受破坏程度的线索。也只是也许。这是很自然的事，指令可能没有任何请求也会下来，就作为对整个联队的一般指示。甚至可能是召回命令。他赶紧强迫这念头消失，这怎么可能呢。他们现在已经很深入了。有几支联队——那些被分配到深入俄罗斯腹地目标的联队——已经飞越俄罗斯领土了。不会有召回命令的。

他在脑海里过了一遍他已经做过的事情，想想还有哪些没有做。雷达监测员中尉欧文斯说："上尉，都准备好了，一切正常。我可以设置频率波段了。"

"好的，比尔。你一设置好就呼叫。我来核对一下清单。"布朗翻开文件夹，找到详细列出频率波段的清单，这是计算机为特定目标和路线设置的。等欧文斯呼叫后，他在对应的波段上做了记号，最后说："好了。如果你怀疑有任何故障就立即告诉我。要是我正在说话，打断我就行。明白吗？"

"没问题。"欧文斯说。"我一定照做。"

布朗翻到文件夹最后一页。他盯着倒计时发了一会儿呆。天呐，怎么才过去两分钟？那剩下的 81 分钟该有多漫长啊？他迅速回想自己刚刚做过的检查。重型机枪，导航，雷达，燃料。燃料？"费德洛夫，燃料还能维持多久有结果了吗？"

"就目前的高度和速度而言有答案了，上尉。从 A 点起还能飞 5200 英里。另一个我还在算。"

"谢谢，费德洛夫。"布朗放松了下来。对于这个目标他还有超过安全警戒线 200 英里的燃料富余。考虑到逆风，以及接近目标时迫于战术原因而改变的海拔高度，轰炸机会需要使用额外的燃料。R 计划要求"阿拉巴马天使"到达 A 点时油箱里要有还能飞 5000 英里的燃料储备。他甚至还有一些额外的余量以备不时之需。

他又瞥了一眼倒计时。现在显示还有 80 分钟了。他想，也许，即使是现在，也许还会……倒计时咔嗒一声毫不留情地把 80 翻过去，成了 79。他说："加西亚，敏特。"

两个人同时回答了他，加西亚的声音混着敏特更低沉的声线。

布朗深吸一口气。"干活吧。"他说。"1 号弹先来。装弹，高空爆炸引爆设置为 2000 英里。我会跟你一起检查步骤。”

加西亚沉着地说：“请求释放 1 号弹引爆器。”

“开始释放。”布朗推下仪表盘上的一个开关，摁住开关的同时用另一只手按下了控制面板左边的按键。

“我拿到了。”加西亚说。

布朗让开关弹回原位，松开按键。队员们安静地听着准备工作。“阿拉巴马天使”继续轻松地每分钟推进 10 英里，朝着首要目标前进。

第八章　索诺拉，德克萨斯州

索诺拉，德克萨斯州

格林威治时间：10：40

莫斯科：下午1：40

华盛顿：凌晨5：40

“坐下吧，保罗。”准将昆汀轻松地说。他冲桌前一张舒服的椅子挥挥手。

保罗·霍华德坐下时仔细看了将军一眼。他注意到他消瘦憔悴，右眼下的脸颊上有轻微的抽搐。但他也看见将军的右手很稳健。也就是这只手，刚一听到霍华德开口说了几句话，就神奇般地握了一把点四五式手枪。

昆汀点燃一支烟。“所以说你已经知道了。”他说。“你是怎么知道的?”

“几件事加在一起。”霍华德缓缓地说。“主要是铃声的问题。其实我一直隐隐觉得有些不对劲儿，但花了一段时间才明白过来。将军，那部红线电话每次响的时候都吵得惊天动地。但之前，我进办公室的时候，却发现您已经在通话了，那时我就感到好像缺了点儿什么。但我还不知道具体是什么。但几分钟前我终于意识到了。我并没有听见铃声。如果电话铃响了，我肯定会听见的。因此我开始意识到是您自己给SAC打了电话，完全是为了说给我听。”他停顿了一下，等待昆汀给出些肯定的反应。

但昆汀没有打扰他。“到目前为止你都说得对。”他轻轻地说。“我不打算跟你争论你的结论。继续说吧。”

“好吧，长官，接着我就想第二通电话，那个电话是在我跟您谈话时接进来的。您说了类似这样的话，‘我听到了。好的’之类的。那只是您接的第一通电话，让SAC接线员帮你检查线路要说的话。不管怎么样，我打开了我放在抽屉里的那台小无线电。所有电台都很正常，连本地的小电台也是。”

“那又如何?”

“您说我们正处于红色警戒。那意味着空袭即将来临。那样的话所有小型电台都会关闭。网络会转换成无线电站。但这并没有发生。那时我才完全意识到。”

“这样啊。”昆汀喃喃着。“保罗，其实我本来也打算告诉你的。就在我让你去找安全员的时候，我已经告诉SAC了，因为眼下不管谁再做任何事都已经太晚了。”

霍华德点燃一支烟。他注意到将军把手枪放在了桌上，但仍然在他右手很容易就能够到的地方。他想起手枪和小口径步枪射击是将军的爱好之一。他放松了一下。“我不觉得怎么就太晚了。SAC可以召回联队。”他说。

“不，他们不能了。做简报的时候你不在场，对不对?”

“您知道我不在那儿。”

“所以你并不知道我给联队的代码组，就是为了在他们收到攻击指令后重设 CRM114 的那 3 个字母?”

“不，我不知道。”

“一样。”昆汀沉着地说。“SAC 也不知道。”

“但代码是 SAC 制定的。”霍华德提出异议，他的声音略微提高了一些。“他们应该知道。”

昆汀摇了摇头。“保罗，有些 SAC 的行动你并不知情，任何低于基地指挥官或指挥官副官等级的军官都不知情。SAC 提供给将军代码组，没错。但 R 计划的代码组将由基地指挥官自己发起。原因是这样的。关于共产主义与其追随者的本性我们也知道的不少。我们还知道我们任何时候都有可能被攻击。如此一来，假设一场突袭摧毁了我们所有的基地，只剩了这一个。假设高层有人知道了当天将军使用的代码。而这个人却是一名共产主义者，或者是其追随者。”

“这根本不可能。”霍华德生气地说。

“你错了，保罗。这是有可能的。在这个能造出氢弹、建造人造月亮、甚至想进入太空的世界上，没有什么是不可能的。没有。哦，我同意这可能性微乎其微，但它的确存在。不管怎么说，假设事情像我说的那样发生了。我的飞机已经升空。但如果敌人能接近他们，命令他们返航，或者转移他们去一个刚落地几分钟就会被生擒的基地，那他们也没有太大用处。R 计划就是为这种情况准备的。我们从珍珠港事件一路走来，它给了我们一个永生难忘的教训，这个教训的结果已经被写入了 R 计划。”

霍华德在椅子里换了换姿势。突然间他觉得一切都非常清楚。他想起贝利少校和哈德森少校是如何请求许可前去打猎的。将军立即就同意了。现在想想，他几乎肯定是将军建议他们去的。贝利和哈德森简报时都在场。除了联队队员和将军自己，他们俩是唯一知道代码的军官了。

“这就是为什么你把贝利和哈德森支走了？”他问道。

昆汀皱起眉。过去 15 分钟里他的头疼逐渐消退为隐隐的颤动。现在突然又重新变得猛烈而活跃，像野兽的利爪一样撕扯着他的大脑。他冷静地说：“我不知道。当然，在那些孩子到达 X 点前的几分钟里，这是影响我送他们前去的诸多因素之一。还有关于洲际弹道导弹基地的消息，以及我们正进行北约的演习，所以我知道我们的防御系统会处于戒备状态。你作为我的副官，也有很大帮助。如果是恩格兰上校，我一提到 R 计划，他就会有所觉察。”

“我不明白这是为什么。”

“你忘了 R 计划是为特殊情况考虑而拟定的。”昆汀轻轻地说。“当中央指挥不复存在时，为了让基地指挥官能够行动，它永远不可能是 SAC 制定的。”

椅子扶手上嵌了烟灰盒，霍华德在里面把烟头摁熄。“那现在会发生什么？”

“去站在窗前吧，保罗。仔仔细细地听。”

霍华德朝窗口走去。他什么也没有听见。他把耳朵贴在厚厚的玻璃上，感到它在震动。很微弱地，他听到远处一阵轰隆隆的声音，就像夏日地平线上传来的雷声。

“你听到什么了吗？”

霍华德转身面对着他。“很低的轰鸣声。”他说。“是联队起飞时发出的噪声，如果你在远处听起来就是这样。这就是你要我听的？”

昆汀点点头。“完全正确。你得到想要的答案了吗？”

霍华德慢慢摇了摇头。“我不明白。”他说。“我不懂发生了什么。”

“还是坐下吧。”霍华德走动时昆汀把枪松松地拿在手里，等他又坐下时，昆汀才把枪放回桌上。“好好想想，保罗。告诉我为什么你认为SAC的联队正在某处起飞。你是从国家战争学院毕业的，你懂所有的理论。现在是学以致用的时候。”

霍华德又点燃一支烟。在战争学院安静的教室里这很容易。问题摆在面前，运用你的训练和大脑好好想想，叮——解决方法出来了。但那都是纸上谈兵。他听到的远处的低声轰鸣——是从桑德森（Sanderson）传来的？还是从奥斯汀（Austin）传来的？或者是从尤瓦尔迪（Uvalde）？——这些都是实实在在发生的。八架喷气引擎每一个都有12000磅的推进力。携带的炸弹爆炸力相当于1500万吨TNT。真正的力量。赤裸裸的，令人恐惧的，无法想象的力量。

“怎么样？”昆汀问道。

“将军，我不知道。我好像想不出来。你已经告诉SAC你做了什么。就从那儿开始。他们知道你用了R计划？”

“他们知道。信号接收员会告诉他们。”

“那么，他们也知道他们无法阻止843联队。那就意味着俄罗斯将会迎来一场攻击。很显然，也将会有一场反击。因此他们必须让其他联队也起飞，去确保他们不会被摧毁。”

“为什么他们要那么做？”昆汀问道。他的声音听起来柔和得很可疑。

“这，显然如果可以的话，他们并不希望联队被摧毁。”

“为什么？”昆汀无情地继续追问下去。“好好想想，保罗。其实你一直都知道答案。”

霍华德突然明白了。刹那间他看穿了昆汀行动的逻辑终点。为什么要保留 SAC 联队，如果他们一直不履行自己的使命？他缓缓地说："将军，在我看来，他们打算跟进 843 联队的行动。从道义上来说，我们已经有错了，所以，不如……"

昆汀飞快地打断他。"我不同意这么说。但现在先不计较它了。"

"从道义上来说我们有错。"霍华德固执地重复。"但那些禁锢在飞机上的力量难道有道德程度上的区别？杀 3000 千万人或 4000 万人有很大的区别吗？呃，在我看来，有区别。如果他们跟进 843 联队，他们会另外再杀死 3000 万人。当然这些数字是我猜的。但那另 3000 万人将会是俄罗斯人。如果他们不跟进，那么就有可能是俄罗斯杀了那 3000 万人，在这儿，美国人。因为你的行动，他们面临着选择杀掉那额外的俄罗斯人还是让俄罗斯人杀掉同样数量的美国人。他们是现实主义者，倾向于选择前者。这就是为什么 SAC 的联队要起飞。"他猛地推开椅子，脸色苍白。"你到底为什么这么做？"他喊道。"为什么？看在上帝的份上，为什么？"

"坐下，保罗。"昆汀的声音尖锐地划过整间屋子。他拿起手枪对准霍华德。"坐下，冷静点儿。我之后会告诉你为什么。我要告诉你是什么让我深信这次行动不仅是出于策略上的考虑，更是一件高尚的事情。等你听我说完，你也会信服的。"

"不。"霍华德坚定地说。"你也许能让我相信这是策略。但高尚绝不可能。"

昆汀饶有兴致地看着他。霍华德仍然脸色青白，颤抖着手捻灭了烟，可随即又点燃了一支。他受惊不小，昆汀想，被突如其来的现实惊吓得不知所措。但他应该不至于。对于时常要带着炸弹在天上飞的人来说，即使意识到这些炸弹将要被使用，也不应该这么惊讶。但毫无疑问霍华德很震惊。估计就像轰炸机机组人员收到攻击指令一样震惊。这是另一个思想会不由自主地将不愉快的事情推到脑后的例子。就像你不想打开信封是因为知道里面装着你其实付不起的账单。就像政客在面对面会谈时都成功说服自己对方是友善的，即使心里清楚昨天对方刚惨烈攻击过他们，而且明天可能又要这么干了。

霍华德脸色逐渐回复正常和健康的颜色。昆汀真想知道感觉年轻，强壮，没有痛苦是什么样儿的。太久了，他几乎都忘了。他说："保罗，你可以随便怎么想我，这个世界上的其他人也是一样。只要我知道我做的事是对的。你还记得曾经克莱蒙梭（Clemenceau）是怎么说战争的吗？"

"不，我不记得了。"霍华德的声音也差不多恢复正常了。

"他说战争大事岂可交由将军处理。他说的当下可能是对的。但现在反而转向了另一个方向。当战争的输赢在一小时内就能见出分晓，那战争岂能交由政客处理。俄罗斯人知道。而且他们还知道我们不是那样办事儿的。这就是为什么，从现在开始几小时内，他们会输掉这场战争。从他们那儿再不会有什么威胁。几小时内整个世界的形态都将有所改变。还记得 1956 年他们是怎么对待匈牙利的吗？他们以后再也不能那么干了，永远不能。"

"这是策略。那道义上呢，你所做的事情仍然是错的。"

"嗯。"昆汀说。"也许吧。"他突然感到非常口渴。他从桌上拿起枪，走到窗边的饮用水冷却器那儿，喝了满满两杯水。然后又走回他的桌子。

"保罗，"他说。"你将会成为新世界的一部分。我不会了。我太清楚历史将会如何评价我的行为了。200 年内他们就会把共产主义的威胁全部忘光。如果你不相信，就想想我们以多快的速度就忘了曾经对德国的感觉。对日本的感觉。我只会被当成一个刽子手，一个肆意屠杀数百万无辜生灵的人。告诉我——你真的认为我是那样的人吗？你真的认为我启动了一个会扼杀几百万人生命的行动，却丝毫未受良心谴责，就跟压扁了一只苍蝇似的？”

“不，我并不这么认为。至少，”霍华德停顿了一下，有意看了一眼昆汀，“我现在还不这么认为。可我并不确定。”

“你可以，”昆汀平静地说。“几小时以后我就死了。我碰巧相信轮回转世，所以我相信我必须要解释我的所作所为。但我想我可以。”

霍华德带着新的疑惑看着他。“我不是很明白。如果其他SAC联队跟进843的任务，我们一定会赢的。在国内我们很可能根本不会受到攻击。为什么您会死呢？”

昆汀拿出一支烟，仔细在桌上顿了顿，噙在嘴唇中间，划了一根火柴。可他又吹灭了火柴，没有点燃那支烟。“因为如果我让自己活着，我会发疯的。人类的心灵永远无法承受杀害几百万人那样暴戾的惨痛经历。我会告诉你一些我为什么这么做的原因。但首先，让我再问你另一个问题。当你听见远处联队起飞的时候，你觉得那是一种可怕，不近人情，令人畏惧的声音。是不是？”

“对。”

“不，保罗。那没有什么可怕的。你知道那声音意味着什么吗？我告诉你。它意味着地球上的和平。”

第九章　五角大楼

五角大楼

格林威治时间：10：45
莫斯科：下午 1：45
华盛顿：凌晨 5：45

“只有两个选择。”斯蒂尔将军说。他停顿了一下，环顾了一下长桌。总统坐在桌子的最前端，身体略微前倾，仔细听着。国务卿和国防部长分别坐在他的左右手边，在他们和总指挥官之间的座位上分别是原子能委员会、中央情报局、民防组织（Civil Defence）以及联邦调查局的首脑。虽然不完整，但这几乎是国家安全委员会一次很全面的会议了。只有两三位成员没有来，因为他们根本不在华盛顿。

“第一个，”斯蒂尔继续说道，“现在看来已经不可能完成了。那就是召回 843 联队。我不是说这么做完全没有机会。

我们也许，如果运气好的话，能正巧猜中正确的字母组合。但形势对我们不利，就仅剩的时间而言，概率只有百分之一。至少眼下是这样。

“我说‘眼下’，因为开普勒将军提到我们没准儿能跟索诺拉的指挥官本人联系上——除了毫不掩饰地承认攻击命令纯属他个人行为以外，迄今为止他都拒绝再跟我们联系。等检验过第二个选择是否可行后，我回头再说这个提议。”

“等一下，”总统打断他，“在你说第二个选择之前我想先听听这个提议。”

“好的，总统先生。第 74 步兵师恰巧在索诺拉附近地区进行战术调遣训练，开普勒将军的建议是命令他们渗透索诺拉基地，与指挥官或任何其他做简报时在场的官员建立联系。只有那些官员才知道当时指挥官给队员的代码组是什么。”

“有必要使用武力实现这个，呃，渗透吗?”

斯蒂尔瞥了一眼站在桌边的富兰克林，示意他向前。“总统先生，这是富兰克林将军，SAC 的总指挥。如果您允许的话，他才是回答这个问题的最佳人选。”

总统点点头。“好的，富兰克林? 使用武力是否有必要?”

“这是肯定的。”富兰克林直截了当地说。“我一直在想如果我是昆汀的话会怎么做。我知道那些攻击命令是被监控的，所以我关心的第一件事就是封锁基地。我能确定昆汀已经让基地全面红色警戒，这意味着所有非作战人员现在都已转移到地下，防御战斗小组也已各就各位。毫无疑问他已经指示他们向试图渗透基地的任何人或任何东西进行射击，除非他亲自下令不要这么做。任何试图渗透基地的武力一定会遭到抵抗。双方都将伤亡惨重。”

开普勒将军愉快地说：“可能没有你想的那么多。不好意思，将军，但你的防御作战小组，并不是正规步兵。他们是受过简单训练的飞行员和技师，对操作防御性武器一知半解。第 74 师属于我们的突击队师之一。他们不用大费周章就会扫平防御作战小组。”

总统看到富兰克林的脸色慢慢变得很难看。他成为总统刚几周，就已经经历了一次较大的部门间不和与三四次小型争吵了。未来另一场辩论的基础正在眼前形成。如果还有未来的话，他冷酷地想。他在富兰克林要回嘴之前插话说：“他们多长时间可以行动，开普勒将军?”

一位助手走上前低声对开普勒耳语了几句。魁梧的将军笑了。“他们很快就到那儿了，总统先生。第二营现在已在围栏两侧 500 码处就位。”

他看了一眼富兰克林，咧嘴一笑，桌子中间摆放着一排巨大的玻璃烟灰缸，他小心翼翼地将雪茄上一英寸的烟灰掸进其中一只。

总统没有错过开普勒和富兰克林之间的明争暗斗。他注意到了，但并没有有意识地去想。他正在考虑眼下的状况。那基地里某处一定有一位知道代码组的军官。也许指挥官听到总统要跟他说的话之后自己就会撤回命令。伤亡不可避免，可能还会很惨重，虽然开普勒应该很清楚他队伍的能力。但情况就是，必须接受一定程度的伤亡。少数人必须为了多数人的利益而牺牲。他做出了决定。

“让他们开始行动。”他沉着地说。“我希望伤亡最小化，但不要让不可避免的冲突伤亡限制了他们的手脚，我希望在尽可能早的时间里活捉指挥官。告诉营长立即组织一场搜索，寻找任何做简报时在场的官员。”

开普勒转过他的椅子。助手走上前去，听了一会儿，然后转身匆匆离开房间。

“现在，斯蒂尔将军，”总统说，“请继续。”

空军参谋长又开始说话。“参谋长联席会议得出的结论是我们面前唯一开放的选择就是跟随昆汀的行动。这就是第二个选择。总统先生，事实上，第843联队也许有能力打击到每一个一级优先目标。而且，我们认为，在俄罗斯地面能组织起有效反击之前，他们就可以拿下那些目标。只要提供843联队充分而强有力的后续攻击，至少8支联队吧，俄罗斯将会完全失去反攻美国大陆的能力。我们无法保证西欧目标的完整性，但我们认为俄罗斯很有可能过于关注击退我们的攻击，为了反击而分散资源，所以他们可能无法对那些目标发动有效进攻。

“我们也考虑了报复性打击的可能性，比如来自海岸的潜水艇发射的制导导弹。海军作战部长（Chief of Naval Operations）很满意我们可以抵御这个威胁。我们过去的主要顾虑是南部与西南部SAC基地被攻击时我们必须防御的大片海域。但一旦我们的主攻展开，我们可以承担放弃那些基地的损失。这样的话我们的海防可以只集中在东部与西部海岸对面相对短窄的水域。我觉得我们可以确保潜水艇的导弹不会打击到沿岸与近岸的城市。

“因此我们可以得出结论了。接受我们无法召回843联队轰炸机的事实，并尽可能快速展开激烈后续攻击是绝对必要的军事策略。任何其他行动都不可避免地意味着我们会失去城市，并面临人员伤亡。而且不可能是小数目，是数以百万计的人。考虑到您可能做出的决定，十支SAC联队已经在朝各自的X点飞去。他们可以在843联队之后2至7小时之间就进行攻击。总统先生，参谋长联席会议一致建议对苏俄立即展开全面打击。”

“同意。”麦克莱伦上将清晰地说。

“同意。”开普勒咆哮着说。

总统突然站起身。他沿着长长的房间踱步，走到半圆形椅子面对着的那堵大大的地图墙边。他看着制图员在那些朝目标飞去的轰炸机的航线上精确地画上小交叉线。基于飞行时间估算，每一个小交叉点都代表飞机距离该目标还有 5 分钟时间。他叹了一口气。

如此简单。军事理论的基本运用。参谋长联席会议的与会者都是专业人士，他们的解决方案无疑是正确的。他继续盯着中间的地图。

慢慢地，大桌边的军官和专家都走过来聚集在他身后。在国家进入紧急状态时，总统站在权力的最中心。他需要不停地批阅各种会对国家安全产生影响的提案与反提案。而从他那儿得出的，必须是最终决策。这是宪法的规定。

他默默地站在中央地图前整整两分钟。他试图把自己放在他克里姆林宫的对立者的位置上去思考。在他的一生中，即使是在被卷入喧嚣躁动的政治漩涡的晚年，他还是喜欢阅读俄罗斯小说，也很欣赏伟大的俄罗斯小说家。现在他要借用他从那些俄罗斯小说中角色身上获取的知识，来试图解决让他进退两难的一个大问题。不管政府如何改变，他不相信人的性格会在一夜之间发生变化。他认为俄罗斯的农民倔强，顽强，对苦难习以为常，甚至也许乐于接受痛苦的历练。他觉得所有斯拉夫民族的血液中都潜伏着自我毁灭的冲动，总是缄默无声地接受从天而降的灾祸。

他突然转过身面对等待他指令的人群。“先生们，”他说，

"我们不会那么做。"他语气干脆，掷地有声。"斯蒂尔将军。"

"总统先生?"

"召回 SAC 联队。出于对他们安全的考虑，如果你觉得有必要，就先让他们继续在空中飞行。但若没有我的直接授权，不要朝 X 点前进。"

斯蒂尔猛地转过身。他走到富兰克林身边。"你听到了，基斯（Keith)，"他说，"让他们回来。"然后他将嗓音压低了一点，说："但不要太远。安排空中加油机在不超过目标 4 小时飞行的地方与他们会面。让他们准备好只要有必要就一直待在空中。如果他们饿了，那就先饿着。我希望他们一直在空中，并加满燃油。我还是觉得会用到他们。"

"我知道需要用到他们。"富兰克林说。这是一个被明确陈述的事实。跟昆汀一样，富兰克林并不太喜欢政客，尤其是他们还要干涉他协助打造的武器。但富兰克林没有病入膏肓。而且更重要的是，他没有昆汀那样的自由行动权。他走出去发布命令。斯蒂尔转身回到总统身边的人群里。

总统直截了当地对他说："斯蒂尔将军，你认为我的决定是疯狂之举。"这是一个陈述句，但屋里的每一个人都觉得它是一个问句。

斯蒂尔看着总统。在他的人生中，只要有人询问他的意见，他就从来没有回避过真相。他也不打算从现在开始。所以他说："长官，据目前我所了解到的来看，的确很疯狂。您忽略了如果我们能成功召回 843 联队，那我们也可以轻易就召回其他联队。但如果我们没有成功，那么那些联队就是必要措施。我愿意走得更远，采取更进一步的手段。不仅仅因为他们是必要措施，更因为他们正站在这个国家上百万人的生与死之间。"

总统笑了。“谢谢你，将军。我向你保证，我并没有草率做出这个决定。”

好吧，斯蒂尔想，他们待会儿就知道了。与此同时，他可以依赖富兰克林先让联队在能够以最快速度到达目标的地方待命。

总统又开始观察地图。他尤其注意到了浓重棕色阴影的乌拉尔元帅（Urals）地区。他说：“给我接通莫斯科。我要跟（Marshal）本人通话。其他人都不行。”

总统的两位资深助手紧张地说：“总统先生，很可能元帅现在时间并不方便。”

“告诉他，”总统说，他的声音缓慢而清晰。“告诉他从现在开始 1 小时 15 分钟内，他的主要城市，包括莫斯科，都将被摧毁。他会有时间的。”

“被摧毁？”助手疑惑地说。

“摧毁，破坏，抹去，你喜欢怎么措辞都行。言语并不重要。城市和人民才是关键。”他停顿了一下，仔细考虑还有什么要交代的。“再告诉他，”他非常冷静地继续说道，“恐怕我也无法阻止这件事的发生。”

助手匆匆离开。总统瞥了一眼手表。华盛顿时间，5 点 55 分。他轻快地转过身，面朝大家说：“现在，先生们，还有哪些事情没有完成。北美空防联合司令部已经警戒了。斯蒂尔？”

“命令已经发出，总统先生。”

“很好。海上舰队呢，麦克莱伦上将？”

“已经警戒，长官。”

“很好。我认为现在还没必要疏散城市。针对他们的威胁暂时还不会有发展。也许，”他的声音若有所思，“在相当长的一段时间里都不会有进展。我需要这间房间与莫斯科建立起一套完整的通讯系统。至少要十几个独立频道。俄罗斯大使很快就到了，我希望将他马上带过来，尽量减少不必要的繁文缛节。什么事，开普勒？”

开普勒脸都红了。他不喜欢冲撞权威，但这太疯狂了。只要一踏入作战室，俄罗斯大使就不可能不了解到所有至关重要的国防机密。“通讯系统很简单，长官。我们所需的频道已经都准备好了，只要连接到无线电网络就可以了。”他犹豫了，不确定他应该说到什么程度。“关于俄罗斯大使，”他欲言又止。

“让他进入作战室是我的直属命令。”总统的声音平静而坚定。“现在我想与联席参谋长单独谈谈。”

大家这才各自走开，分散在房间各处，好像那桌子是一个焦点，能把大家聚到一起兴奋地低声交谈。20码之外，总统正在与三位军官谈话。

“不久之前，”他说，“我做了一个决定，您认为在军事上是荒谬的。根据您掌握的信息和知识，我同意您的看法。但我碰巧知道的比您多一点。

“现在我让您也获悉这个秘密，目前这个秘密只有我和国务卿知道。它由我的前任亲自传达，他当时健康状况不佳，最终被迫放弃了总统的职位。在我看来，他必须承受的这个秘密直接导致了他健康的恶化，但这是后话了。这个信息不允许您知道是有原因的。其中最重要的一点就是人们一旦知道了，就会明白对俄罗斯的全面进攻是徒劳的。显然，这会影响您对自己职责的态度，而且是致命的，因为它鼓励敌人进攻，而尽管我们的防御系统很牢固，但我们不一定会反击。

“斯蒂尔将军，我能看出您不同意。让我问您一个问题。

您作为空军总指挥，如果明知攻击不可避免地意味着美国的毁灭，您还会下令对俄罗斯的全面进攻吗?”

“总统先生，这前提是错误的。如果我现在下令对俄罗斯的全面进攻，美国并不会被摧毁。”

“你错了。不仅美国会被摧毁，这世界上的其他国家也不会幸存。不是惊天动地，也不是同时地，但完全不可避免。放射性物质，你也知道，就如同爆炸和热浪一样，都能有效无情地摧毁生命。”

“这是从长远来看，”斯蒂尔说，“但我们使用的炸弹不是那种。就算泄露也没有理由会超过一颗小型原子弹爆炸的放射性威力。”

“那俄罗斯的炸弹呢?”

“他们对这个问题没有影响。如果这次攻击成功，并继续跟进，那些炸弹根本没机会爆炸。”

“不在这个国家爆炸，没错。但它们是一定要在这儿爆炸吗? 现在我给你我的前任传达给我的信息。非常简单的构想，但如果细想的话，你会明白这是真正的终极威慑。你有十几个氢装置。它们不需要被做成炸弹，也没有飞机要携带它们。你给这些装置包上钴，埋在距离合适的山脉中。只要按一个按钮，它们就会爆炸。所有的，都会爆炸。这样的爆炸发生后，你给地球上的人类多长时间?”

总统停住了，轮流看着眼前的三个人。他们看起来困惑，若有所思，也许还有一点刚刚意识到的害怕。“原子能委员会(Atomic Energy Commission) 给出了这个问题理论上的答案。他们的答案是这样的。爆炸后所有北半球的生命会在 8 至 14 周内终止。南半球的生命会持续得久一些，取决于是在一年中的什么季节。但最少 5 个月，最多 10 个月。没有生命能逃过放射云。它会覆盖整个地球，毒害所有的有机生命体，杀伤力会持续上百年。放射云意味着世界末日。真正的，世界末日。”

麦克莱伦上将摇摇头。“但那也是自杀。”他缓缓地说道。“任何引发这样一场爆炸的国家或个人都会被摧毁。”

“完全正确。”总统说。“但世界上的一切也会随之消亡。先生们，我们有毋庸置疑的证据，证明俄罗斯在乌拉尔（Urals）地区埋下了至少20个那样的装置，也许更多。基于我对俄罗斯人一生的研究，尤其是他们的性格，以及独裁者面对战败时通常的反应，我相信，如果他们感到自己被打败了，定会毫不犹豫地引爆那些装置。

“当柏林被围困时，如果希特勒拥有这样的力量，你会怀疑他要将整个世界都变成燃烧的废墟吗？

“幸运的是，他没有那样的权力，他只能毁灭他自己。但请注意，他宁可自我毁灭，也不愿意承受被击败的命运。在每一个摇摇欲坠的独裁政权中，都存在着毁灭的冲动。或是自身，如果那是唯一的可能。或是整个世界，如果可以的话。先生们，我确信如果843联队执行了任务，这样的成功对俄罗斯来说是再明显不过的失败，那他们就会按下按钮。而如果他们那样做的话，从现在开始10个月内，我们的地球将会与月球一样死气沉沉。”

第十章 “阿拉巴马天使”

“阿拉巴马天使”

格林威治时间：10：55

莫斯科：下午1：55

华盛顿：凌晨5：55

“这好像起作用了，长官。主开关关闭测试。”加西亚的声音听起来很满意，好像松了一口气。

“主开关关闭。”

“投弹连接开关关闭测试。”

“投弹连接开关关闭。”中尉恩格尔巴赫说。

布朗看了看表。第一枚武器装备好大概用了9分钟。非常好。索诺拉基地模拟训练器里记录的最短时间是8分03秒。但那是在训练器里，在模拟炸弹上运行的程序。当手中的炸弹是真的，你也在瞄准真实的目标的时候，感觉是有差别的，相当大的差别。

布朗觉得现在他可以来一杯咖啡。装备武器压力非常大。虽然炸弹在弹舱不可能被意外引爆，但程序上稍有闪失就会导致投弹后炸弹根本不会爆炸。他们小心谨慎，所有指示灯都显示为绿色。等时间一到，第一枚炸弹随时可以上阵。

他决定那杯咖啡还是等装完第二枚炸弹再喝好了。“好的，加西亚，你觉得这样怎么样，我们再把这枚装好吧？然后也许再来杯咖啡。”

“没问题，长官。”加西亚听起来自信又振奋。这是很自然的事情。他和敏特刚刚尽职尽责地完成了自己的工作。不管是什么样的工作，都会给尽心完成这份工作的人带来满足的成就感。

“好的。那么开始吧，第二枚。装备并 25000 英尺高空爆炸引爆。”

“高空爆炸，25000 英尺。释放 2 号弹引爆器。”

“释放。”控制面板右边的开关和左边的按钮必须同时按下。这两个控件必须同时操作，如果没有的话，引爆器就会仍然被锁在单独隔开的钢制小匣子了。

“我拿到了。”加西亚说。他小心翼翼地将引爆器从匣子里拿出来，匣子的侧门会在布朗同时操作两个控件时滑开。敏特弯下腰，从加西亚手里接过引爆器。引爆器并不包含某种核填料。它只是一个简单的装有若干烈性炸药的弹药筒，上面缠着电线，用于电子引爆。它的功能就是将一定量的钚物质猛推进像枪管一样的管子中，撞上另一种物质。这两种物质本身都是无害的。但当这两种物质剧烈相撞时，就会引发不可控制的反应，然后原子爆炸就发生了。“阿拉巴马天使”携带的这种钚引爆炸弹的威力是摧毁广岛和长崎的原子弹威力的好几倍。

原子引爆器的周围是氚核，也就是超重氢；当超重氢被原子爆炸点燃时，会产生足够的热量和时间引爆炸弹主体——重氢。重氢弹药会给每一枚炸弹带来相当于 1500 万吨 TNT 炸药的能量。这些炸弹长 15 英尺，最宽的地方大概有 6 英尺，大致呈圆柱形，头部又短又粗，还有一个树桩似的稳定尾翼。它们的弹道不是很精确，但平均误差只在半英里与三分之二英里之间。因为地面 10 英里范围内的一切事物都将被爆炸的热力和冲击摧毁无疑，所以这种程度的误差完全可以被接受。

加西亚将一根粗金属管的盖子向后滑开。敏特非常小心地将引爆器放进管子，将引爆器边缘四个凸起的边缘嵌进管子内特意凿出的沟槽中。他把引爆器装好后站到一边，让加西亚推回盖子并拧上螺丝。

“引爆器已准备好。金属盖已密封。”加西亚报告说。

“好的。”布朗说。“让她降下去吧。”他瞥了一眼手表。到目前为止还不到 3 分钟。这些孩子都在最佳状态上。

敏特按下管子边的一个按钮。引爆器在管子里开始缓慢的旅程，凸起的边缘正沿着四条沟槽流畅地往前滑行。当它到达机舱地板的位置时，管子底部厚厚的铅壁会往回滑动，加西亚和敏特会从显示器上知道它的运动。引爆器往下经过防护壁，这层铅制防护壁会在引爆器滑过后立即恢复原位。10 秒钟后，装备仪表盘上的绿灯显示引爆器已在炸弹内部安全就位。

加西亚说：“引爆器已就位。管内防护壁已密封。”

“好的。进展不错，伙计们。电路检查。”

加西亚和敏特工作得很快，从不互相碍事。他们测试了

16个发射开关中的每一个。然后是炸弹释放开关，紧急电路开关，雷达测高计与气压引信电路（barometric fuse circuits）开关。所有电路都处于良好状态。机舱辐射是他们完成的最后一个正式检查。“主开关关闭，上尉。”加西亚说。

“主开关关闭。”布朗又看了一眼手表，就在加西亚跟恩格尔巴赫检查炸弹释放连接开关的时候。恰好8分钟。“伙计们，你们完全有资格喝杯咖啡。正好8分钟。”他听起来非常满意。

加西亚咧嘴一笑。敏特也设法飞快地动了动嘴角。“咖啡马上就来。”加西亚说。

布朗看了看他的倒计时。还有59分钟。他从加西亚手里接过一杯咖啡，慢慢啜着。咖啡又热又香。“还有多久到陆地，斯坦?”

“应该是在11点22分。从开始起还有16分钟。”

“好的。”布朗喝完他的咖啡。“速度还正常吗?”

“我想是的。再过一会儿我向你汇报。”

“好的。做好战斗准备。准备好加压紧急氧气包，设置到最大值，费德洛夫。”

“已设置，上尉。”

“好的。每个人都确保自己的氧气供应同时连接到了正常与紧急两种供应系统上。”布朗也检查了自己的供应是否都连接好。他还没有遇到任何麻烦。麻烦是当海岸雷达认为他们充满敌意，防御系统被警告之后的事了。以他对这片海岸上俄罗斯雷达网络的了解，他确定他们还没有发现“阿拉巴马天使”。但有备无患总是没错。也许根本没有东西能靠近并击中轰炸机。但如果那发生了，如果加压舱被穿透，那紧急氧气和加压供氧系统能保证队员维持正常呼吸，直到他将轰炸机下降到没有加压系统也可以呼吸的4600英尺以下。

雷达监测员中尉欧文斯说：“你看到科尔古耶夫岛(Kolguev Island)了吗，斯坦?”

“好像没有。”安德森回答。他调整了雷达显示器亮度，欧文斯的观测设备会将信号反馈给他。

“11点钟方向，大概130英里。”欧文斯突然注意到另一台观测设备。在不应该有光点闪烁的地方出现了两个光点。接着又出现了一次。“天呐!”他喊道。

“导弹，上尉。60英里外，12点钟方向，速度非常快。轨迹稳定，它们看起来像雷达制导。”

“知道了，继续看着它们。”布朗的声音冷静而坚定。他们很快就能知道怀特平原基地的人有没有做好自己分内的工作了。他倾身向前，从自动驾驶改成手动控制。不可思议地，他感到一点儿都不害怕。他们已经走到这一步。导弹也在自己的轨道上。也许计算机可以使它们转向，也许不能。但他对此也做不了什么。

“45英里。”欧文斯说。他的声音比平时更高，但自己并没有意识到。“仍然高速逼近。”

“速度是多少?”

“在2000到3000英里之间。”

“继续观察。每5英里汇报。”

“明白。35英里。仍然直线逼近。”

队员们都沉默地等待着。他们也接受了这个事实——他们什么也做不了。戈德史密斯的“大黄蜂”对这样速度的导弹也毫无用处。他们只能捏着一把冷汗等它过去。麦洛斯专注于自己的仪器。费德洛夫在他的燃料分析表上加了几个无意义的记号。敏特显然很镇定，但加西亚发现自己正重复着只在儿时用过的几个单词。他并没有意识到那其实是一句简单的祈祷文。

“30 英里。还是 12 点钟方向。速度在 2600 英里左右。”

布朗意识到他正将控制杆越握越紧。他松了松手。他的手掌又湿又冷。

“25 英里。仍然直线逼近。”

斯坦安德森完成了另一组计算。他们开始有一点落后了。他听见欧文斯报告导弹进入 20 英里范围。他们得加快一点速度了。再加 200 到 300 转速应该足够了。但还是先等导弹过去吧。等导弹过去？他耸耸肩，又回到他专属的私人世界里进行深奥的计算和细致精确的测绘。

“15 英里。仍然直线逼近。”

布朗感到小臂一阵突如其来的刺痛，还伴随着不舒服的发热。很快就能见分晓了。能不能躲过就在一瞬间。

“10 英里，仍然直线逼近。咳，等等，它们正在分开。一枚现在 10 点钟方向，正在远离。它不会击中我们了。另一枚快进入 5 英里范围了。5 英里，还在逼近。还是 12 点钟方向，也许偏右舷一点，正摇摆不定。4 英里，2 点钟方向，3 英里，3 点钟方向，它会从右舷经过。它们都离开了，上尉，两枚都离开了。”

布朗咧嘴笑了。他还瞥见了那枚从他们身边擦过并朝右舷方向离开的导弹，它在空中留下了一条明亮的红色条纹，转瞬即逝。他说：“好了，伙计们，这关我们算是过了。先别太放松，不过我想我们都可以开心一点儿了。计算机干扰系统很有效。”

“哎呀，我想为发明这套系统的人做点儿什么。我可以帮他做任何事儿。任何事儿都行。”戈德史密斯的声音听起来愉快而安心。

“甚至把你的小黑书送给他做礼物吗，嗨，赫尔曼?”安德森温和地问他。

“呃，那个也许还不行。不过……”

欧文斯打断了戈德史密斯的话。“又来了两枚，上尉。跟上次那两枚一样从12点钟方向过来，一样的速度。还有第三枚，就在另两枚身后10英里的地方。信号较弱，可能也比较小。也没有那么快。”

“好的。继续汇报。”布朗很奇怪为什么他们在这么远的地方就遭遇到导弹。他耸耸肩。没关系，只要他们不被击中就行。

队员都在听欧文斯汇报接近范围和方位。但这次紧张感消失了。他们都见识到了计算机是如何工作的，现在他们对此充满信心。

安德森请求并调整引擎又加速了10英里。他开始着手一组新的计算。他听见欧文斯汇报那两枚导弹已经进入10英里范围，然后它们再一次被迫转向，两枚都从左舷方向离开。

第3枚导弹比另两枚都慢一些。当然它的速度还是很快，但在2000英里之下。欧文斯发现他有足够时间计算它的速度。他算出是1850米/秒，然后告诉了布朗。

布朗说：“好的。10英里时开始汇报。”

“就快10英里了。不知道这枚会是哪个方向。8英里，仍然稳定逼近。6英里，没有改向。现在转向两点钟方向。4英里。4点钟方向，3英里。3英里！上尉，”他的声音高亢而尖锐，“这枚导弹转向正朝我们过来。5点钟方向，2英里。6点钟方向，1英里。上帝啊，它……”

剩下的句子布朗一点儿也没有听见。它完全被爆炸声淹没了。

第十一章　索诺拉，德克萨斯州

索诺拉，德克萨斯州

格林威治时间：11：00

莫斯科：下午2：00

华盛顿：凌晨6：00

“只有1个小时对他们进行攻击。”昆汀安静地说，冲霍华德少校疲倦地笑了一下。

“保罗（Paul），你跟密苏里的骡子一样顽固。你明白我们为之抗争的东西的本质。你很清楚我们一直在抗争，即使官方说我们仍处于和平时期。你唯一不明白的是，此刻我们终于迎来了一次可以赢得这场战斗的机会。”

霍华德耸了耸肩。“很多人一直都不赞成斗争。但至少他们并没有朝我们扔核武器。”

“你觉得他们不会？”

“我只能说他们并没有。”

“还没有。”昆汀缓缓地说。“还没有而已。因为他们还没有把握可以获胜。等到他们有胜算的那一天，他们会毫不犹豫地扔过来。他们已经花了足够长的时间来计划这件事了。”

“嗯，我不知道。不管我们何时正面交锋，他们都会撤退。我同意我们必须跟他们一样强硬，必须向他们展示我们随时准备使用这种力量。但他们总是闪避。我认为这说明我们的政策没有白费。”

“政策！”昆汀苦涩地说，“什么政策？它拯救了匈牙利？还是波兰？它有没有阻止他们控制远东大部分人口？有没有阻止他们进攻地中海？你有没有认真地想过我们的政策到底是什么？”

“这个，”霍华德说，“我确实想过。我想每个人都知道这是最基本的遏制政策。我们不喜欢他们，但我们无法否认他们的存在，我们不得不与他们共同生活在同一个世界里。就是这样，我们必须找到一种与他们共存的方式，同时也保持警惕，让他们知道我们时刻准备着。我们的政策一直是这样。”

昆汀若有所思地看着他，说道：“那我们是如何推行这个政策的？”

“对不发达国家进行经济援助。对欧洲进行军事援助。保持我们自身充分的军事力量防止任何大规模入侵。总体来说还是有效的。”

“你真这么觉得？你听我说，保罗，别再自欺欺人了。它是失败的。经济援助已经失败了。我们为援助倾注了上亿资金，俄罗斯在一旁冷眼旁观。我们成功有效地摧毁了很多国家的殖民统治。但我们没有提供足够的政治力量取代我们帮助结束的殖民体系，并抵挡共产主义者。很多次——就像在中国——我们送去的资金和货物仅仅是让富人更富，穷人更穷。因为我们没有意识到大企业也许能帮助运转一个发达、受教育程度高的国家，但对落后国家的农民来说却毫无意义。

“所以发生了什么呢？这些年我们对所有人苦口婆心，而共产主义者仅仅承诺了每天多一碗饭，人民就立刻揭竿起义推翻了他们的统治者。多一碗饭很容易理解。但通过一项将费时6年完成的水力发电工程方案去促进经济平衡，他们就不容易理解。好，现在他们也有了水力发电工程，但那额外的一碗饭从来没有实现过。那又怎么样呢？农民还是生活在饥饿边缘，就像他们一贯生活的那样。如果他们有怨言，就会被处决。反正还剩余很多人，而且现在共产主义者已经占了上风，建立了有效的控制和抑制体系。若没有一场大战，他们的统治者永远不可能被推翻。战后十几个国家都走上了共产主义道路。你说哪一个是摆脱了共产主义的。”

霍华德说：“将军，我意识到了这一点。但我认为这将问题过于简单化了。”他注意到昆汀脸色通红，额头上渗出点点汗珠。

“我知道。但这是对目前所发生的一切的合理评价。我们在军事上也失败了，因为一直以来我们都被猜透了。当我们在想原子弹的时候，俄罗斯也在想军事武装力量。他们的军事力量很强。他们已经实施了计划的第一部分。除非我错了，不然第二部分也很快就要执行了。

“你看，俄罗斯有一个巨大的优势。他们可以为自己何时开始称霸世界的最后一击设定一个明确的日期。1945年时，那个日期是20年或更长的时间。他们据此进行了计划。他们武装力量很强，但别的几乎什么也没有。好吧，就让军事力量尽可能地发展，保持，直到最后一击的时刻来临。他们正确估计到西方国家——特别是我们和英国——都厌倦了战争。我们不会在巴尔干地区、波罗的海国家，甚至是中国进行大规模作战。那些国家都失败了。他们遭遇了一些小挫折。比如说，朝鲜。但计划的第一部分还是成功的，武力为他们做到了这一点。当武力不再有效时，他们喊了暂停，直到他们能够用其他东西来代替它。等到了那个时候，他们并不会觉得来得太迟了。

“德国的火箭专家给了他们第一次突破。一小撮间谍给了他们第二次。他们的规划者认为战争可能会从 1960 年左右开始。如果他们跳过一代武器的话，也许会更早一点。他们正是这么做的。你听懂我的意思了吗？”

“不是所有都听懂了。”霍华德说。“他们并不是那种会承担军事风险的人。为什么他们要冒着跳过一代武器的风险呢？”

“没有风险。”昆汀尖锐地说。“完全没有。我们频繁高声强调我们永远不会先攻击他们。洛克菲勒（Rockefeller）报告注意到了这件事，也注意到了他们从中获取的巨大优势。还记得 1958 年的言论吗？除非目前趋势逆转，否则世界权力平衡将会朝有利于俄罗斯集团的那端移动。而且俄罗斯的最大优势是作为共产主义者，究其本质而言，已经准备好先发制人。他们只需要为自己打算战斗的方式做准备。然而从另一方面来说，我们必须做好防御措施，拟好计划，储备物资，以应对不知何时会到来的、可能是任何形式的攻击。当第一批两颗俄罗斯卫星进入轨道时，局势已经不言自明了。他们超过了我们。”

“我们也没有落后太多。只是几个月的事情。”

“但几个月也很重要。我希望你能明白，保罗。随着武器毁灭性潜力的增加，剩下可以进行报复性打击的余地就有所减少。俄罗斯 I. C. B. M. 基地全面投入使用的时间甚至比我们这儿的基地还早两天，他们有能力赢得一场战争的胜利。这就是俄罗斯的计划完善的地方。”

“但跟 SAC 的某些空军联队相比，也没有那么先进。”

“我不同意。当然，他们肯定会被打击，但有多严重？你明白吗，我并不认为他们的优势能保持很长时间。也许只有两到三个月的时间他们的基地可以运转而我们的不能。但在北约能有效追踪他们的导弹，给我们发射自己的导弹提供时间，再让 SAC 联队从地面起飞之前，仍然有一小段时间空白。这就是他们计划中的一部分。哪怕两周，也许两个小时的优势就足够了。这就是为什么现在战争之事太过重要不能交由政客处理的原因。”

霍华德点燃一支烟。他思索着刚刚昆汀说过的话。从军事角度上来看，是有道理的。如果初始打击足够有力的话，胜算的确比较大。只要你的武器拥有足够压倒对方的残酷力量。但谁能说那些武器一定会被用上呢？何处才是严格限制军事实力的终点，何处又是政治路线可能性的开端？他说：“那么他们能够打击我们，能够干掉我们。如果我们接受这个现实，我们还是要问他们是否会这么做。如果他们会这么做的话，那又是为什么。”

“首先，是的，他们会这么做。”昆汀干脆地说。“第二，因为只有这样他们才能称霸世界。这才是他们真正的目的。从国家的角度上说，这没什么新鲜的。最疯狂的俄罗斯本质上也不过是扩张主义。人的本性不会在一夜之间就改变，即使政治家也不能否认这一点。他们追求的无外乎是世界霸权。

现在这是第一次他们有机会在军事上实现这个目标。他们在火箭技术上的领先给予了他们这个机会，但那不会持续很长时间。你觉得他们会让这个机会从眼前溜走吗？也许出于感情的原因？或是人道主义情怀？还是相信杀戮是错的？你真这么想？”

霍华德不舒服地动了动。该死的，昆汀怎么这么有说服力。然而他知道这番推论某个地方是错的，是个谬论。如果你信奉的是不侵犯原则，那么你不能只基于理论性的假设就抛弃这个原则。他说：“将军，您忘记了一件事情。我们已经发誓要保护每个人不再生活在害怕攻击的阴影下。我同意您关于俄罗斯和俄罗斯领导人的很多看法。但您永远无法将对几百万人的杀戮合理化，他们只想平凡地生活下去，却会因为你觉得俄罗斯领导人可能要攻击我们的想法而丧生。那样的话您让我们变得跟他们并无二致。您把我们扔进了怪物中，丛林中凶猛的怪兽中。”

“我很高兴你提到了这个。但记住丛林并不是我们制造的。你知道吗，我还是孩子的时候看了很多书。任何我能接触到的东西我都会读，因为我的家庭其实并没有很多钱为我买书。我只拥有大概 9 本，或是 10 本书，我把它们读了一遍又一遍。其中有一本丛林之书，是鲁德亚德·吉卜林（Rudyard Kipling）写的。你看过吗？”

“我好像没有看过。”

“你应该看看。特别是小猫鼬的故事，叫森林王子（Rikki-tikki-tavi），因为小猫鼬会发出这样的声音，以及当河水把他从妈妈的窝里冲走后，他是如何被带进一所房子里作为宠物的。这所房子的花园里，还住着几条眼镜蛇，很快猫鼬就杀死了雄性眼镜蛇，因为他要攻击房子的男主人。但雌眼镜蛇离开了。但她下了一窝蛋，会孵出十几条小眼镜蛇。她知道只要猫鼬在周围她就没法儿在花园里住下去，所以她决定要除掉猫鼬。她是这么说的，也是决心要这么做的。

“小猫鼬算了算自己的机会。如果雌眼镜蛇单独攻击他，他能抵挡得了。他只要注意自己的脚步，并随时准备她的到来。但眼镜蛇蛋意味着另一种情况。一旦他们被孵出来以后，小眼镜蛇会变得很危险——你也可以称之为小眼镜蛇“投入使用”了——他就死定了。他无法同时应对那么多条眼镜蛇，他们对他来说太强大了。

“所以他等着他的机会，等雌眼镜蛇去别处制造麻烦时，他打碎了那些蛋。壳儿里的眼镜蛇对他还没有构成危险——到目前为止。但那只是时间早晚问题，迟早他们会变得危险。所以他杀死了他们。他不用什么证据——他的本能告诉他猫鼬不能跟蛇共存。他要杀死蛇，要不然蛇就会杀死他。所以他先下手为强，他活了下来。他打碎那些眼镜蛇蛋，接着又杀掉了雌眼镜蛇。他安全了，房子里的人也安全了。他们都可以平平安安地生活下去了。这是个好故事，保罗，也是一个很好的类比。”

“您真这么认为?”

“我真这么想。我不记得你的服役记录了。你个人有没有跟他们接触过?”

“没有。”霍华德摇摇头，“没有个人接触。”

昆汀平静地看着他。“我有，”他说，“不过只有几次。一次在奥地利。是公务，战争刚结束几天。但俄罗斯部队还在往前推进。我看见蒙古军队在寻欢作乐。我说寻欢作乐的意思是强奸妇女。而妇女，我的意思是 6 至 60 岁之间任何他们能染指的女性。这么说吧，他们就是动物，他们知道什么。

但他们的军官应该明事理，可他们却拒绝干预。这些事，我都是亲眼所见。对此我们也做不了什么。我们有一些官员和人手在那儿，他们已经有了好几次分歧。那时候我开始讨厌他们。

“在柏林，一天晚上我去了一个宴会。一名俄罗斯官员喝醉了。没什么新鲜的，但这位比大多数人醉得更厉害。他把我拉到一边。他说他本人很喜欢我，但那也救不了我。他说等他们足够强壮了，就会干掉我们。相信我，他是认真的。他现在是将军了，指挥一整支‘野牛’师。有趣的是，他用了跟匈牙利被镇压后又再使用的完全一样的字眼儿，‘我们会埋葬你们。’他说。‘只要给我们时间，我们会埋葬你们。’就是这样，没有原因，什么也没有。

“然后我看着它从俄罗斯开始蔓延。巴尔干半岛，东欧，中国。军队强迫从朝鲜抓来的战俘赤身裸体站在冰冻的河面上，往他们脚上浇水，直到他们与冰冻的河面融为一体。直到他们准备招些什么，签些什么，来维持他们的理智。有的人没有妥协，失去了脚。有时候他们会失去理智，有时候是生命。我的侄子是那些幸运的人之一。他只是失去了生命。

“匈牙利发生的事情我没有亲眼所见，但我有些朋友见到了。还记得最初几天那狂热的兴奋吗？我们说火炬被点燃了。我们说人类之精神终究是不可征服的。推倒斯大林雕像本该是自由重生的象征，结果却成了红军介入的预兆。

“装甲部队开了进来，缓慢地压碎布达佩斯的生命。坦克部队朝人群中无助的妇女和孩童发射高爆弹。俄罗斯军队中有人对自己的任务感到恶心并拒绝执行。于是克里姆林宫的人找了他们的老伙伴。他们找了蒙古军队，他们保持了自己一贯的野蛮作风。起义被压了下去。

“俄罗斯注意到我们准备牺牲一个国家也不愿冒险开战的事实。他们注意到我们更愿意对英国与法国谆谆劝诫的事实，因为他们看到红军正慢慢控制了埃及，他们想要对此做些什么。俄罗斯的洲际弹道导弹基地进展得飞快。我们不愿意采取行动的态度正好给了他们清晰的证据，他们可以挑选完全符合自己心意的时间和地点开战。他们开始行动了。我是在1956 年的圣诞节下定了决心——他们必须被粉碎。

“之后发生的你也知道了。他们的卫星、洲际弹道导弹基地几乎都准备好了。还有他们那虚假的氢弹测试结果，你真是说对了他们其实能承担结束测试。6 周前他们宣布已经测试了至少足够撑 3 年的炸弹。你见过那些数据，你知道那是真的。再加上他们计划事情的方式，等 3 年时间一到，他们也不再需要那些炸弹了。他们已经清除了所有对手。”

昆汀停下来，拿起他的铅笔，又开始在记事本上随意涂写着什么。“这就是我为什么行动，保罗。”他继续说着，声音比几秒钟前更平静，更低沉。“因为这不仅是权宜之计，更因为这是正确的事情。因为这并不是肆意进攻，而是纯粹的自我保护。你明白吗?”

霍华德站了起来，朝窗口走去。机场灯光都已关闭，他凝视着窗外被黑暗笼罩的基地。“我想我明白。”他冷静地说。“我理解，将军，而且我开始认为……”

他猛然停下，一打红色信号弹与两枚白色曳光弹划过的弧线突然在远处的黑暗中闪现。爆炸声几乎同时响起，紧接着，其中一座水泥高射炮塔台上的 75 毫米口径雷达高射炮瞄准“天空清扫者”（Skysweepers），随后更为密集与沉重的爆炸声也加入了进来。他猛地转过身。“将军，我们被攻击了。”

昆汀看了看墙上的钟。11 点 08 分。太早了。他在想他们是如何这么快就准备好了一场攻击。“我预料到了。”他喃喃自语道，“但没有这么快。好吧，那尽可能久地拖延他们。这并不难做到。”

霍华德看着他。昆汀仍然很沉着，一点儿都没有被攻击扰乱心神。不久之前，霍华德发现昆汀的论断是有确实根据的。他几乎要支持将军的行动了。但事情没有这么简单。此刻外面的美国人正自相残杀。这永远不可能是合理正义的。他突然对下令这场攻击的人涌起一阵愤怒。还有对昆汀冰冷、苦涩的仇恨，因为他打算让自己的人丧命。

他强迫自己的语气冷静而克制。这样昆汀也许会听进去一些。“将军，外面是我们自己人在攻击，自己人在抵抗。你的计划现在已经安全了。看在上帝的份上阻止这场不必要的杀戮吧。”他说话时的背景音是一阵持续不断的嘈杂声。基地外广阔的夜空中三四十处不同的地方都出现了曳光弹的弧线。

昆汀叹了口气。“我也不想这样，保罗，比你更不想，但这是无法避免的。离 843 联队轰炸还有一个小时。不管是谁在攻击基地，只要及时找到贝利或者哈德森，从他们那儿得到代码组，都可以随时阻止轰炸。我不能冒这个险。”他桌上的电话响了。他接了起来。“当然。”他说，“我知道他们穿什么样的制服，他们正试图拿下基地，是不是？……那好吧，我们所有的装备都可以用……可以，用吧。”他放回电话。

霍华德缓慢地朝书桌移动。昆汀的右手就放在手枪旁边，但他还没有拿起枪。“下令阻止这一切，将军。”霍华德轻声说。“外面的人正在死去，他们都是信赖你、相信你的人。不要对他们做这样的事。”

昆汀摇摇头。“他们很不幸，保罗，但他们也会感到光荣。他们正在为拯救这个世界而战。为地球上的和平而战。”

霍华德转身从桌边离开，走回窗边。窗外的基地交战正酣，枪声越来越嘈杂，越来越清晰。双方都全身心地投入战斗。火热的子弹刺穿空气，贪婪地寻找目标，一旦击中便爆发出凶残的红色火光。霍华德感到心里像被掏空了似的冰冷。他意识到再争下去也毫无意义。昆汀心意已决，不可动摇。

昆汀点燃一支烟。他精神上承受的痛苦比霍华德所能想象到的更严重。他热爱这个基地，热爱他手下的联队。每一声爆炸，每一次机枪开火时发出的咔嗒声，都痛苦地直插在他心上。地球上的和平，他想，这就是他们牺牲的原因。是值得的，一定是值得的。地球上的和平，愿所有人都能和平地生活在这个世界上。少数人会因此而蒙受苦难，但更多的人会活下去。他又拿起铅笔。他知道自己做的事是正确的。

第十二章　“阿拉巴马天使”

“阿拉巴马天使”

格林威治时间：11：10

莫斯科：下午 2：10

华盛顿：凌晨 6：10

阿拉巴马天使在爆炸的力量下摇摇欲坠，左翼被气流冲击几乎翻转成垂直。巨大的飞机战栗着，克林特·布朗从未经历过比这次更严重的摇晃和震颤。机舱里充满刺鼻的烟味，他试图将急速下坠的飞机调整成水平姿态，大声呼唤费德洛夫启用空气制动并降低转速。

飞机向前倾斜了一下，又战栗了几秒钟，稀薄的空气流进气闸，扰乱了气流，终于使急速下降的飞机慢了下来。几秒钟内布朗就看到左引擎内侧受到大量打击。3 号和 4 号引擎的计数器正显示转速迅速下降，计数器上方的火警指示灯闪烁着红光。

“关闭 3 号 4 号引擎。”费德洛夫冷静地说。“3 号 4 号引擎消防系统启动。”

“好的。”布朗看着两个计数器都降到零。5 秒钟后两盏红灯也熄灭了。“好像都控制住了，费德洛夫。每个人都启用紧急氧气装备。我点名你们喊到。”

他听着队员们一个一个轮流答复他。然后他继续说道：“是这样，我们被击中了。但她还能飞。我打算下降到 35000 英尺。我们一旦进入水平飞行就开始损害评估。开始工作。”

他调整了配平系统，给出每分钟 8000 英尺的稳定下降率。机舱里的烟味似乎没有进一步恶化。但事实上所有证据都显示压力系统出现故障，大概加压区墙壁被穿透了。他看了一眼压力等值计，更确认了是压力系统的问题。爆炸前它显示的是舒适的 10000 英尺等值，但现在却显示为 15000 英尺等值，并持续飞快上升。布朗判断等飞机下降到 35000 英尺的高度时，这数字大概也会达到 35000 英尺等值才能停下来。

他有一瞬间很感激他们能挺过第一场险境。压力区墙壁的损伤没有严重到发生爆炸性减压。这真是太幸运了。在 12 英里的高度发生爆炸性减压，而加压舱里维持的却是 2 英里高度的压力，飞机就会被撕裂，他们全部都会当场死亡。布朗的感激之情大概只持续了十分之一秒就退成了背景，还有其他危险迫在眉睫。

测高计的指针下降到超过 45000 英尺了。现在不管发生什么，至少他们能正常呼吸了。大约还有 1 分钟才能降到 35000 英尺。他迅速扫视了一遍仪表盘。除了那两架已熄灭的引擎指针静止不动，其他都还正常。他开始感到一丝乐观。

如果只是压力舱墙壁损伤和失去两架引擎，那还不算太糟。6架引擎也能飞很远。这当然是指飞到目标。之后还要回到美国？好吧，也许在30000英尺是不行，但眼下这并不重要。

欧文斯中尉说："上尉，我又发现了两枚导弹。像第一波那四枚一样在别处炸开了。"

"好的。"布朗说。"继续观察，比尔。"他看见测高计的指针已经降到40000英尺以下，突然意识到欧文斯汇报的重要性。"所以你的雷达还能正常工作？还有计算机？"

"完好如新，上尉。"

"很好。"布朗又将两个因素纳入他正在构建的框架中。他飞快地想起刚才击中他们的导弹。第一个想到的是电子计算机还能工作。他从这点着手。他联想到他们被攻击的时间点，比他预料中要早很多，也比情报局的人估计的离海岸线远得多。另外，欧文斯是在仅60英里的范围内发现的导弹，雷达上100英里以内的目标都很容易被发现，但当时他们距离海岸大约还有150英里。所有这些都说明导弹是从船上来的。也许是俄罗斯驻守了一队侦察舰以扩大海岸线的防御范围？布朗不这么认为。例行侦察任务会有报告，就像俄罗斯也毫无疑问正监视着德克萨斯州的每一座塔台和NORAD组织的每一艘侦查舰。

他在脑海中迅速搜索各式各样的可能性。现在正是他在SAC情报室里花大量时间学习必修课有所回报的时候，那些精心收集的关于敌人武器的信息——现在的，未来的，潜在的，都想了起来。他在脑海中储存的海量信息中选择，有几个条目对勾勒眼下问题的轮廓有所帮助，也方便寻找对策。

是这样的。四艘泽德罗夫（Zherdlov）级巡洋舰被改装成了可以搭载防空导弹。据悉俄罗斯手中拥有红外雷达制导导弹，但距离那导弹的初次投入使用日期还有一年之久。有两艘巡洋舰是基于“大天使”号（Archangel）改装的。其中一艘现役使用，另一艘搭载试验性导弹。最后，众所周知俄罗斯还使用破冰船在茫茫冰冻海洋中凿出一条通道，沿着这条通道滑下一艘大船，再将这条船作为人工岛留在那儿，直到他们决定把它从周围厚厚的冰层里切割出来。

不到30秒布朗就判断出击中他们的是导弹。但显然是小型高爆弹头。军事行动导弹会用核弹头。六枚雷达制导导弹只发射了一枚。毫无疑问这是尚在试验阶段的红外导弹——它绕着引擎辐射范围盘旋命中的方式也提醒了布朗——而且是从一艘暂时被冰封在巴伦支海的试验船上发出的。

测高计显示高度为36000英尺，他对费德洛夫说：“空气制动。给我这个海拔的最大转速。”他看着指针渐渐接近35000英尺，飞机进入水平飞行状态。

“上尉，你知道这个高度最大转速的燃油消耗吧?”费德洛夫的声音很焦虑。

“我知道。但随着高度下降，又失去两架引擎，为了不延误投弹时间，我们每一英里都不能落下太多。现在风的状况如何，斯坦?”

中尉斯坦·安德森飞快瞥了一眼垂直气团结构分部图。“应该对我们无害，”他简短地说。“可能会有帮助。风速60对我们影响不大。”

“好的，现在可以进行损害报告了。就按平常的顺序。”他听着队员的报告，仔细对每一份进行估量，有疑问的地方都会问清楚。

防御系统状态良好。计算机工作正常，搜索雷达也没坏。戈德史密斯的两架“大黄蜂”仍然蓄势待发，所有线路都已就绪。剩下的八架武器也都没有损坏。

麦洛斯报告无线电工作得很好。中尉恩格尔巴赫的目标雷达有一点问题。轰炸瞄准器机械上似乎没有受损，但雷达显示器无法正常工作了。他说得等他们快接近陆地的时候他才能更准确判断。

安德森的导航设备都没有问题，费德洛夫确认了飞机状态良好，除了那两架坏掉的引擎。“波音那些人还真是很懂得如何建造这些东西。”他说。“想干掉一架 52 式可不止击中两架引擎那么容易。”

“没错。”布朗说。“肯定比那要难得多。”很长一段时间里他都在想西雅图的女朋友。他记得她会这么说，“克林特亲爱的，我永远不会嫉妒这架飞机，或者 843 联队，或者任何一支你待过的联队。我是跟飞机一起在这儿长大的。我觉得等我们结婚后我会习惯生活中有他们的。”

等我们结婚后。现在西雅图是什么样？被炸得七零八落的高楼大厦，钢筋混凝土都暴露在外，天空飘满锶灰尘？柏油路，石头和木结构的房屋，人的残肢断臂，组成一幅毫无生气的画面？闪光的黑发，修长优美的身形，聪明伶俐的头脑，悦耳的声音，胸怀宽广，富有爱心，全都被烧成黑色的虚无？布朗紧张地说：“加西亚？”

“我这儿没问题，长官。”加西亚沉着地说。

“好的。谢谢，加西亚。”布朗又扫视了一圈设备，等着安德森和费德洛夫说些什么重要的事。一分钟过去了，他试图不要想西雅图。但才 5 秒钟他就失败了。

安德森第一个说话。“12 点 10 分之前我们到不了。即使加快速度，但高度上的损失仍然会拖后我们。肯定会晚一点，但眼下风向似乎对我们很有利。”

“好的，斯坦。”布朗将倒数第二个因素纳入自己的框架。现在他就等费德洛夫的反馈了。又等了半分钟，他害怕的消息终于来了，其实跟他自己粗略估算过的结果差不多。

“距离目标还有2800英里。”费德洛夫说。“我已经给出离开目标时我们会降低速度的余量。加上从A点到目标的800英里，我们还是有最少超过1000英里的飞行。”

至少超过1000英里。那就排除了返回北纬50°以南的任何基地。而北纬50°以北的基地大概早就被攻击了。不过，如果真是最坏的情况，只要快接近陆地，他们总还是可以降低高度，跳伞降落。反正那时候飞机也不重要了，它的使命已经结束。他看了一眼倒计时。还有51秒。他发现这样很难计算，将到达目标的分钟转化成实际时间。他本可以就简单对一眼手表。但他就是没有想到。他说：“斯坦，对一下时间。还有多少分钟穿越陆地?”

斯坦·安德森停下手头的工作，看了一眼他的手表，跟右手边对地位置指示器底部角落的小计时器对比了一下。“快到11.15了。10秒……现在……只有5秒了。设定倒计时55秒。我们会在11点24分穿越。比我预计晚了几分钟。航线会有短暂调整，但程度不大。只有2到3度。”

“好的，斯坦。好了，大家注意，情况是这样。我们仍然有能力攻击首要目标，也许第二目标也可以，但首要目标一定没问题。肯定办得到。以下是我的想法。

“我非常肯定我们被试验性导弹击中了，我想不出比这更合理的其他可能性了。我很自信如果是普通导弹我们一定躲得开，而且我们都知道戈德史密斯那些螯人的小家伙足以对付他们派来的战斗机。其他设备也都工作良好，所以我们一定可以击中首要目标。

“好，这些都是好的方面，那坏的方面呢？首先，我们被击中了，而且加压舱有破损。我们比最佳操作高度低了25000英尺，但这都是不可避免的。这些因素不会阻止我们到达首要目标。

“我们会到那儿，但是——嗯，我就不拐弯抹角了——之后我们可能无法达到任何一个在用的基地了。大家都知道这样的高度下降对喷气式飞机引擎的耗油量有什么样的影响。如果我们到不了基地，我打算大幅下降，在接近友军陆地时让每个人都跳伞出去。

“这是航空方面，现在我们说战术方面。这个高度与60000英尺时相比，我们被击中的概率并没有更高。我们飞这么高的唯一原因就是为了延长燃料使用时间。战术上来说，我们在这下面很安全。可能更安全，因为他们不会料到我们在这个高度。”

布朗停顿了一下，接着又缓缓地说，“所以我准备直奔首要目标。我们现在可以调头，理由也很充足，但我不打算这么做。我们的目标是科特拉斯的洲际弹道导弹基地。如果我们不击中这个目标的话，也许就相当于帮忙杀死了我们自己很多人。所以我们必须继续。”

中尉比尔·欧文斯紧急打断了他的话。“上尉，我发现两个信号，应该是战斗机。兵分两路，从前方过来。速度很快，大概是两个马赫。距离50英里。”

“知道了。”布朗说。“你的‘大黄蜂’准备好了吗，戈德史密斯？”

“准备好了，上尉。”戈德史密斯第二十遍检查他的装备。一切都运转良好。他打开1号和6号发射开关。现在就只需要按一个按钮了。

“只有25英里了，”欧文斯说。“分开得更远。我猜他们想要打近控战，打算先越过再从左右舷一起过来。”

“没错。”布朗说。

“10英里时呼叫他们。”戈德史密斯提高声音，急切地说。

“只有12英里了，再远一点就不见了。你看到他们了吗，赫曼？”

“当然。”戈德史密斯高兴地说。“我看到了。”他看见两个明亮的点在他的发射控制屏上。他们采用了超音速导弹战斗机典型的攻击模式。在目标前分开，等到与飞机成直角时，突然向左急转，用600英里的超速直追上来，发射火箭弹，然后速度很快地飞走。

戈德史密斯几乎是亲切地看着他们转向，一架从左舷过来，一架从右舷过来。这种战术蒙不了导弹。它们有内置优先选择系统，会让它们自动倾向选择自己那一侧的目标。战斗机现在只有6英里了。戈德史密斯把他的两个拇指都放在发射按钮上。5英里半，5英里，他说：“发射。”然后按下两个按钮。

电流沿着连接轰炸机导弹的回路电线疾走。每一个发射口的助推器都喷出12条白色火焰饥饿地舔舐着气流。纤细的火箭弹顺利地滑出弹匣，怒号着奔向自己毁灭性的任务。

戈德史密斯死死盯着屏幕。他看着两个小亮点穿过屏幕朝两个更大的光点移动，迟疑了片刻，接着快速而坚定地往前冲去，光点混在了一起。

阿拉巴马天使身后两团火焰缓慢地在冰冷空无一物的空气中缓缓展开。这两枚火箭弹实现了它们命中注定的自我毁灭。正是它们干掉了两架俄罗斯全天候战斗机。戈德史密斯一边看着屏幕上瞬间显现的剧烈反应，一边想战斗机的驾驶员可能永远也不会知道是什么击中了他们。他说：“目标已摧毁。下两架准备。”

戈德史密斯在控制面板中间一排开关上选择了 2 号和 7 号。每一个开关底下的红灯都稳定地亮着。他等了必要的 20 秒让导弹准备好并在发射位置上就位。红灯持续闪烁。他又拨到紧急回路。没有用。他取消 2 号和 7 号的选择，尝试 3 号和 8 号。4 号和 9 号。5 号和 10 号。红灯还是在闪烁。

他又花了几分钟尝试各种开关，切断回路，把它们拿出来，试了所有 4 种应急程序。接着他冷静但很确定地说：“长官，这些‘大黄蜂’有问题。我估计是定位臂损坏了。但不管是什么，它们没用了。”

戈德史密斯说完。布朗在想这意味着什么。欧文斯中尉说：“长官，另一架战斗机出现。很快，就像那两架一样。在前方 40 英里处。”

第十三章　五角大楼

五角大楼

格林威治时间：11：15

莫斯科：下午 2：15

华盛顿：凌晨 6：15

俄罗斯驻美国大使，M. 索宾（M. Zorubin），被指派到华盛顿的时间只比这一任总统长几个月。到目前为止，他给所有人的印象都很好。他是个个子高高，面色红润，看起来很快活的人，英语说得很好，带着轻微的英国口音——曾经在伦敦工作过 8 年的结果。

他个性鲜明，总有办法把最简单的陈述说得既温暖又真诚，听众往往被他打动，觉得这一定是个说一不二的男人。作为一个从小镇出来的政治家，他相信亲吻婴儿和男人间握手要稳健有力。而作为身负全世界最重要任命之一的外交官，他严格限制自己只能轻吻参议员妻子的指尖，即使她们常常发现他殷勤周到，谈吐风趣，充满魅力。

总统本身是喜欢索宾这个人的，但他并不完全信任他。国务院从来不是以谈吐机智和风度优雅而著称的，在那里，朴素克制、清教徒式的传统延续了数年。总统和国务卿都更倾向于外交官应该是严肃踏实的人。而且，他们不太确定索宾在克里姆林宫是不是算得上内部圈子中的人。他们怀疑他并不是重要角色，被指派到华盛顿仅仅是作为一个傀儡，为了说服美国公众——这样一个愉悦又受过良好教育的人必然代表了一个爱好和平又讲道理的政府。

说来也巧，他们竟然都错了。索宾站在离克里姆林宫权利中心非常近的位置。在他的政治生涯早期，他就已经意识到结盟很危险，树敌更危险。他非常小心地避开了任何结盟的约定，甚至没有任何亲密的友谊，除了一个人。他那轻快的漫不经心，明显对内政缺乏兴趣的态度，确保了他没有结下任何敌人。

因此他能够在斯大林早期残酷的阴谋斗争中幸存下来，躲过三次让整个俄罗斯都为之震荡的大清洗运动。斯大林当时已达到权力的顶峰，但即使是尔虞我诈的血腥斗争也阻止不了他的死亡。最后，元帅终于掌握了至高无上的权力，把控制政府的缰绳收进了他短肥但有力的手中。索宾胜利地幸存下来，因为他唯一亲密的友谊就是与元帅结成的。而且，他没有参与过任何内部政治权力斗争，事实上在他前 20 年的政治生涯中只有两年是在俄罗斯度过的，所以，这是一段将会持久的友谊。元帅没有任何原因对他有所忌惮，因此他是安全的。作为这段友谊的象征，他给了索宾华盛顿的任命，并给予高度重视。

但他在报告中所体现的价值也不完全是出于友谊。隐藏在索宾优雅魅力之下的是一流的大脑，冷酷，疏离，在必要的情况下，也可以无情。自从他到华盛顿以后，他的评估报告和对美国政策的预测呈现出不可思议的精准。因此元帅非常信任他的判断。

现在，在作战室里待了15分钟，索宾感到了多年未曾感受过的害怕。总统已经充分解释了发生的事情。他想说服索宾要有信心，他正尽一切努力召回轰炸机。但困难的是，很明显，那些轰炸机无法被召回了。索宾非常担心。有一些事情他心知肚明，某些行动可能会开始。不久以后，如果总统必须被迫做出一些不愉快的决定，那么他应该有告知他们的责任。但目前，总统似乎在尽全力。索宾决定再等上一段时间。

总统，国务卿，还有俄罗斯大使正关在作战室里一个方正的小房间里密会。军方给他们提供了两只麦克风和两个扬声器。它们都与跨越整个大洋与大陆的无线电网络相连，直接通到克里姆林宫。富兰克林将军作为SAC的司令官出席，坐在桌子对面。

索宾进来的时候，总统刚刚跟元帅第一次通话。交谈是礼貌的，但很正式。索宾仔细地听着，发现在元帅的声音中听不出任何特殊情绪。

但他太了解他的朋友了，不会这么轻易就被骗过。

他曾经为总统做过翻译。在他的建议下，莫斯科的美国大使曾被召到克里姆林宫为元帅进行翻译。这是普遍常识，他们讨论的话题太过重大，只有最高位置上的人才有权限知晓。

总统简短解释了发生的事情，简略列出他已经对召回轰炸机所采取的和正在进行中的措施。他强调美国没有以任何方式寻求与苏俄开战，他还显示了自己很有信心，并邀请苏维埃大使来到五角大楼，这样他就可以完全亲眼看见所有为阻止这场袭击而做出的努力。

“你说你们只有三分之二的轰炸机卷入事件。那剩下的三分之一呢?”元帅问道。

“我已经让他们禁飞。”总统飞快地回答他。他认为已经没有任何可能还有 SAC 所属的联队尚在空中，还被俄罗斯的雷达发现。

“可我的工作人员报告说至少还有另 200 架在空中。”元帅厉声说。

索宾脸上有转瞬即逝的笑容。美国没有垄断初期预警系统。开普勒冲斯蒂尔露齿一笑，斯蒂尔的表情还是深藏不露。“他们确实还在空中，没错，”总统说，“但他们是在返回途中。他们并没有朝俄罗斯的方向飞。”

“好吧，我们拭目以待。”对方的回答非常勉强。

“元帅，关于这件事我已经表达了我真挚的歉意。我可不可以建议我们现在只专注考虑如何尽最大的努力确保轰炸机不要到达它们的目标。我们会继续尝试一切方法先通过无线电召回它们。但我也安排了工作人员准备好一份完整的列表，包括轰炸机的目标，接近路线，高度，速度。他们会交给你的工作人员，以及飞机所携带的防御性武器的详细清单。”总统停顿了一下，他的声音有些轻微颤抖。被迫牺牲自己的军队从来都不是一件容易的事。“这样的话，你们可以进行部署，在轰炸机到达目标之前就进行拦截和摧毁。我们感到无法要求你们一直等待我们是否有能力通过无线电召回这批轰炸机，所以我们接受你们需要立即摧毁它们的可能性。我们提供的信息应该可以帮助你们做到这些事。”

“我们再看吧。”还是不太情愿地回答。“多快我们可以收到这些信息?”

“只要你们准备好就可以。”

“我们现在已经准备好了。我的工作人员告诉我双方正在进行联络。还有什么其他要说的吗?”

“有。”总统慢慢地说。“我承认这是我们的责任。但我认为我们已经显示了足够的诚意，我们准备在能力范围内尽一切手段将这个错误纠正。现在我必须寻求你方也有这样诚意的证据。如果你命令你们的远程轰炸机保持在地面状态，我将会视其为有充分诚意的证据。”

有一刻索宾看起来很震惊。似乎他就快要反对总统的要求了。但总统话间的语调已经排除了任何异议。索宾耸了耸肩，等待着对方的回复。对方的回答让他很惊讶。没有任何他以为会传来的愤怒的声音。相反，元帅轻描淡写地说:“我们再看吧。你们的大使刚刚到了。我该去见他了。”就这样，到目前为止，这个话题暂时搁下了。

总统感到筋疲力尽。在白宫仅仅几周，他就已经意识到他必须承担起最沉重、最令人折磨的责任和忧虑，再也没办法回到以前那种自由的生活了。他现在终于明白为什么之前的总统都衰老得如此迅速，为什么轻易就屈服在衰落的健康面前。他脑海中闪过一个奇怪的想法，应该在竞选广告中就用上“之前”“之后”这样的照片，去劝阻那些野心勃勃的政治家，因为他们竞选总统的唯一目的就是看中了那个职位所能带给他们的荣耀。

他递给索宾一支烟，并给他点上，开普勒电话底座上的小圆灯正在一闪一闪。

魁梧的将军伸出大手把电话抓起来。“我是开普勒。”他几乎是在咆哮，然后沉默着听对方说话。刚过了15秒钟他就说了句“等一下”，然后用左手掌捂住了话筒。

“总统先生，他们在索诺拉遇到了困难。伤亡很多，营长被压制得动弹不得。他必须用烟幕弹才有机会既突出重围又保全他的队伍。可能要花上一段时间。”

总统瞥了一眼墙上的钟。11点21分。他又必须做一个不愉快的决定了。还剩下不到40分钟，没有时间浪费了。“大概要多久？”

开普勒耸了耸肩。“这要看风向了。5分钟，可能10分钟。他已经开始扔了。”

“命令他马上开始强攻。”总统说道。“他就当他的队伍是敢死队吧。我需要他们以最快速度掌控全局。”

开普勒点点头，简短地跟电话里说了几句。他的眼神很悲伤。他对突击队有很深的感情。要他协助伤害自己的心血之一真是太强人所难了。

索宾很高兴。总统不是在儿戏，看得出来。他开始感到有一线希望，这场灾难里也许还能找出一点成功的地方。“在俄罗斯，我们也不允许军事行动被感情所左右。”他赞同地说。

“在俄罗斯你应该都不知道那该死的词是什么意思吧。”开普勒咆哮起来，脸都气紫了。

“将军！”总统的声音像鞭子一样在空中炸响。“请你控制一下自己。”

开普勒只好对着桌子怒目而视。他咕哝了一些话，也许可以视为道歉。不可思议的是，这时候是富兰克林将军插进来救了他。

“将军的情绪是可以理解的。”富兰克林冷冷地说。“他对他突击队的感情就像我对我手下的人一样。而索宾阁下可能忘了我们都很了解在俄罗斯是不允许军事行动被感情所影响的。在匈牙利也一样，毫无疑问。”

“好了，可以了。”总统直截了当地说。“富兰克林，不管你怎么有理，你想想自己的身份，那些话没必要说。我们是要试图解决危机，不是火上浇油……”他突然停住了。他意识到他正将会议引向无意义的争论，这样下去过去十年那些国际会议都白开了。他突然笑了，发现这情景的荒谬。“富兰克林，你要向索宾阁下道歉。”他结束这场争论。

“不必了不必了，没有关系，”索宾赶紧说，“富兰克林将军，就像开普勒将军一样，都是军人。他说的都是真心话，是发自内心的。不像我们，可能比较善于外交辞令，总统先生。我是这儿的客人，请让我使用客人的特权。我坚持，将军不必道歉。”他听起来真挚又让人心悦诚服。

富兰克林笑了。“阁下太客气了。”他很正式地说。“但他要是继续称我为军人，他就会发现他得跟我道歉了。我想将军，开普勒也不会完全同意这番描述的。”

“这个，”开普勒说，“我不知道。毕竟你确实是从军队起家的嘛。”他的语调温暖而友好。富兰克林冒着惹总统生气的危险站出来帮他说话，他很高兴。

一名白色头盔的军警护送一位勤务兵走进房间。一杯杯冒着热气的咖啡送到桌边的人手里。军警和勤务兵退出房间。墙上的钟走到 11 点 24 分。

外面，作战室外间，工作人员正在紧张工作。每一架轰炸机的目标路线都被忠实地转给俄罗斯方面。轰炸机的高度、速度，以及关于 52 式轰炸机防御系统的信息都被传递出去。

无线电信号提供了一流的通信渠道，莫斯科的终端对对方工作人员处理的速度和效率感到很意外。

很快问题就返回来了，增补已提供的信息，阐明信息中的难点。但只要纠正翻译中的错误，这些问题大部分都很容易解决。十分之九的疑问都是因为翻译出错。剩下那十分之一才是真正的问题。

当十几个工作人员没有任何中央控制、同时提问的时候，情报工作人员很快就能辨识并分离出想法中重复出现的模式，解读出其中的重要含义。现在，问题进来得越来越多，一名空军上校和他的两位助手对此进行了审查。他们分辨出一种模式，将它分离出来，并注意到源源不断的新问题都符合这个模式。很快，他们得出了明确的结论。俄罗斯防御系统与隶属第843联队的一架轰炸机第一次接触的报告证实了这个结论。

呼唤灯不断闪烁，空军参谋长将军斯蒂尔拿起电话："好的，带进来吧。"

片刻之后，空军上校带着俄罗斯问题评估报告走进房间。他与斯蒂尔耳语了几句，在自己带来的书写板上指指点点。"好的，这问题交给我吧。"斯蒂尔最后说。上校离开了房间。

斯蒂尔站起身。"总统先生，情报人员得出了一些结论。而且这里有一份报告说俄罗斯防御系统与我们的一架轰炸机有接触。"

"好，我们听一下。"总统声音很急切。

"首先，一架往南飞朝科尔古耶夫岛（Kolguev Island）方向的轰炸机被击中。他们没有说是否已击落。情报人员认为可能是被巴伦支海上试验制导导弹的船只所携带的武器所击中。没有其他武力接触的报告了。"

“情报人员觉得这种武器装备了某种制导系统，不光是纯粹的电子设备。从俄罗斯方面问的问题来看，他们可以确定很可能是俄罗斯的导弹，如果不是的话，会很容易被轰炸机所携带的电子计算机所干扰。而且我们都知道，战斗机很少能躲避轰炸机携带的红外制导导弹。”

斯蒂尔坐下来。

“所以意思就是他们还能侵入目标，即使我们已经给俄罗斯提供了那些信息?”

“看起来是这样的。”斯蒂尔说。

“应该就是了。”索宾肯定又直截了当地说。

“你的意思是，”总统问道，“你们的防御系统没包括除了雷达制导以外的某种地对空导弹?”

“据我所知，没有。”索宾环视四周。“我不是军事专家，但当然，我大概知道我们现有的水平。我听说过去年出现了使用其他制导系统的导弹，就在偶然获悉你们把计算机嵌进轰炸机的时候。我不认为它们已经准备好了。”

偶然获悉。嗯，这倒也是一种说法。总统心里想。“所以看起来基本得依赖索诺拉了。”他大声说。

“所有的事情，总统先生。相信我，真正意义上，世界上所有的事情。”

桌边的人看起来都很惊讶，然后被震惊了。因为这是索宾说出的话，或者说是大声喊出的这些话。他们立刻意识到索宾极其害怕。

第十四章　“阿拉巴马天使”

“阿拉巴马天使”

格林威治时间：11：20

莫斯科：下午 2：20

华盛顿：凌晨 6：20

克林特·布朗冷静地问道：“赫尔曼（Herman），大黄蜂是不是松开了？”

“我也不知道，上尉。”戈德史密斯（Goldsmith）回答得又快又紧张。“我看我最好还是去后面看一眼。”

“好的。现在敌人离我们有多远？”

“30 英里。”欧文斯中尉（Lieutenant Owens）说，“正以大概每两秒钟一英里的速度逼近。”

布朗飞快算了一下。一分钟达到同一高度。战斗机调转离开算额外半分钟，另一分钟是它们调头再追上来。在那样的速度下急转弯驾驶员反应较慢再加半分钟。攻击大概需要3分钟。他必须快速下降。“好的，赫尔曼，”他说，“你去后面吧。我给你30秒，然后我就要开始下降了。把后面连接好，让我知道。”

“好的。”戈德史密斯迅速移动到与主机身压力舱分开的装甲隔板。他带了一套便携氧气装备和多余的对讲机。

布朗听到欧文斯报告战斗机已经到25英里距离了。他说：“准备好以最大速率下降。都好了吗，费德洛夫?”

“都准备好了，上尉。我可以给你6000转速下降。如果需要的话，你还可以再减1000转。”

“好的。”布朗一动不动地看着手表上的时间一秒一秒滴答流逝。最大降速是每分钟14000英尺。如果戈德史密斯无法排除“大黄蜂”的故障，那么这将是唯一的选择。35000英尺高空的“阿拉巴马天使”是众矢之的。但在近地高度，战斗机的雷达会被干扰，飞行器反馈回的信号会完全被地面信号遮蔽。可是真正的低飞充满各种不确定因素。能见度低，导航不明，路线上有高地。但这是唯一的机会了。

好像知道他正在想什么似的，安德森突然说：“下降后我们刚好要穿越陆地。18000英尺有一层薄薄的云，但再往下应该就没有很厚的云层了。这个季节能见度应该不错。虽然光线不是很好，但前10分钟都没有高地需要担心。”

“谢谢，斯坦。”布朗在等欧文斯汇报战斗机只剩10英里。他决定在那之后5秒就开始下降。他必须很小心地观察马赫数。通常52式在达到音速的0.96倍时都表现得很好。但爆炸的冲击可能扰乱了气流。他必须警惕预示着压缩机故障的震颤出现。

“10英里。”欧文斯说。“正在往右舷方向离去。”

“收到。”布朗的手往配平系统操纵杆移去。他开始数秒。还剩两秒时他说“开始下降”，并将配平操纵杆往前推了下去。“记住我们的机舱没有加压。要一直咽口水。我没法儿因为谁耳朵不舒服就上升。”

下降指示器的指针不断移动，直到它显示了每分钟14000英尺的速度。布朗调整好轰炸机的位置以保持这样的降率。他仔细观察着马赫计从0.9开始往上移。几乎是同时，他也感到了震颤。可马赫计显示才0.93。他说：“降低转速，费德洛夫。”

“正在降低。”

中尉戈德史密斯从机尾回来报告。“上尉，‘大黄蜂’线路有点儿混乱，但状况良好。导弹上的一片金属击中了主伺服。我做不了什么，所以就回来了。”

布朗确认了消息，又将注意力集中到速度和下降率上。他本来以为空气制动系统可能也被击中了。肯定有什么东西出了问题。跟费德洛夫的配合很默契，他将转速降低到了危险点之下。他们无法再降得更低而不引起引擎过热。但速度还是增加得太快了。布朗慢慢调整飞机姿态，保持在每分钟10000英尺的降速，马赫计显示为稳定的0.91。还是能感到轻微的震颤。但这已经是相对缓慢的降速了。这么做实属无奈之举，因为任何更快的速度都会将轰炸机震成碎片。

“敌机12英里，4点钟方向。”欧文斯说。“正在转弯。”

布朗皱起眉头，瞥了一眼测高计。还是27000英尺。他希望俄罗斯飞行员转弯转得别太精确，也别是恢复和矫正战斗机攻击姿态的专家。

“13英里，5点钟方向。”欧文斯说。“调整姿态。”他停顿了几秒钟，专心凝视着观测仪上的亮点，此刻除了这充满敌意的明亮信号，身边的一切对他来说都不重要。他看着这个亮点缓慢地朝 6 点钟方向移动，角度非常小。“6 点钟方向，现在，14 英里。上尉，这人转弯非常快。”

“是啊。”布朗说。“他现在飞直线了吗？”

“对，直线逼近。10 英里时我会汇报，之后每隔一英里呼叫一次。”

布朗注意到了高度。23000 英尺。他飞快地算出轰炸机降到近地高度的时间和战斗机需要到达攻击位置的时间。这是个很简单的问题。战斗机以每分钟大约 10 英里的速度逼近他们。就算他允许战斗机飞到离他们 2 英里范围内，也意味着只要 70 秒钟多一点，战斗机就能达到攻击点。70 秒轰炸机只能降到海拔 10000 英尺。还是太高了。

突然间，布朗害怕了。人生中第一次他面对赤裸裸地冲击感到恐惧。这是第一次，他感受到恐惧让一个勇敢的正常人产生了特殊而微妙的痛苦。他认出了这份恐惧，将其合理化，并将所有的决心都集中到了手头的工作上。他并没有征服这份恐惧，但他将其推到足够遥远的背景里，继续履行自己的职责。

“10 英里。”欧文斯说。

10 英里。“阿拉巴马天使”还在 19000 英尺。根本没机会降到足够低的高度。他绝望地寻找任何他可能忽视的东西，可以让他比身后战斗机里的电子设备技高一筹的东西。但他知道什么也没有。反导弹计算机可以淹没导弹发出的低功率信号，将自己的意志彻底覆盖上去。但俄罗斯这款战斗机——新型超音速系列，其中一架现在大概已经觉得他们毫无挑战性了——配备了极其强大的雷达，计算无法欺骗过去。

“8 英里。”欧文斯的声音有点儿颤抖，但确定很不安。

布朗让自己承认他什么也做不了，他反击不了这个威胁，只能试着指责战斗机释放火箭弹的那个时刻。一旦承认这个事实，紧张感也立即消除了很多，因为恐惧而僵硬的身体也慢慢软化下来。他听见欧文斯汇报计算机越来越近，7 英里，5 英里，3 英里。他让自己振作起来，赶紧行动。

“戈德史密斯，”他急切地说，“看到火箭弹要被释放的征兆就大喊‘现在’。”

“明白。”

布朗将轰炸机拉平，往下压控制杆，让飞机保持向下的方向。只有一次机会。俄罗斯飞行员的自动预测瞄准会算出飞机下降的进程。火箭弹会瞄准的地方是轰炸机如果继续下降才会出现的地方。“费德洛夫，当我抬机鼻时给我全速。”他说。

“现在!”戈德史密斯通过对讲机大喊。

布朗猛地拉起控制杆，感到急速增加的离心力将他重重压在座位上。飞机从下降姿态变成水平，不情愿地朝天空抬起机鼻，开始爬升。火箭弹加速朝他们过来时他数着秒数，发现自己的大脑高速运转，他甚至有时间评估了这些火箭弹携带核弹头的概率。他想概率应该很低。

主要几枚火箭弹无害地从轰炸机身下飞过，离它们爆炸的时间还远得很。有 3 枚飞得比其他火箭弹更高，经过机身下时还是爆炸了。但它们没有造成任何伤害。第 4 枚的稳定器可能出了些故障，它飞得更高也更慢。它在加压舱尾部右舷边 10 码外爆炸了，20 千克炸药将金属弹壳炸成上百片致命的碎片。

爆炸在主机身和右翼连接处挖出一整个大窟窿。二三十块锯齿状的钢块儿将机舱撕得破破烂烂。麦洛斯、戈德史密斯、敏特当场身亡，身体被锋利的金属割开。安德森毫发无伤，但加西亚被击中了腿部。费德洛夫只受到轻微的皮肉伤。恩格尔巴赫和欧文斯都没有被击中，但碎片毁坏了欧文斯的主雷达。

布朗感到背部受到猛烈冲击，他被撞得失去意识，往前倒在控制杆上。“阿拉巴马天使”对控制杆前倾的动作做出响应，再次将机鼻下压，开始了漫长而令人揪心的下降，朝下方充满恶意的未知黑暗中滑去。

是费德洛夫第一个从爆炸的冲击中清醒过来。他踉跄着朝驾驶员座位走去，吃力地将布朗架起，轻轻地放在地板上。控制杆失去布朗的重量又恢复原位，轰炸机的机鼻开始朝水平位置缓慢抬升，服从着配平系统的要求。费德洛夫搬动完布朗后气喘吁吁地爬上座位。他只隐约意识到安德森正弯腰查看昏迷不醒的驾驶员。

费德洛夫知道他必须赶紧行动起来。那架战斗机也许正盘旋着预备下一次攻击。或者其他战斗机也许正朝这边飞过来。费德洛夫虽然不是驾驶员，但就像所有 SAC 的机械师一样，他也受过上百次双重训练。他可以在空中照顾飞机，只要不用降落或进行高强度的战斗飞行。而且他知道最安全的地方就是近地高度。好的，这就是他的目标。他慢慢往前移动控制杆，同时将飞机调整成机鼻向下的姿态。“阿拉巴马天使”再次歪歪斜斜地栽进黑暗。

接下来，费德洛夫评估了损坏状况。令人惊讶的是所有 6 架引擎都工作正常。他感到压缩机又开始震动，便赶紧降低了引擎转速。震颤停止了。他快速而全面地检验了所有仪器。所有飞行仪器都运转良好。燃料补给似乎也正常。

温度和压力基本正常。费德洛夫舒了一口气。这架飞机还在飞行而且还有能力飞行。他开始专注于控制飞机在丢失高度的同时还能稳定保持在航线上。他甚至都没有想到返航这个念头。

安德森弯腰查看布朗，发现他的眼睛突然挣扎着睁开。布朗慢慢将头转向一边，看见安德森的脸，后面是费德洛夫坐在驾驶员的座位上。他无声地动着嘴唇，声音被淹没在机舱轰鸣的噪声中。接着他开始缓缓撑起自己。安德森伸手阻止他，要求他躺着别动。布朗不耐烦地推开他的手，并示意安德森帮他一把。安德森只好慢慢扶他起来，布朗拍了拍费德洛夫表示他想回到座位上。就是在这时，在他爬进座位时，安德森才看到他后背上半部分右边衣服都撕开了，一大片深色血迹正在蔓延。

布朗陷进自己的座位。眼下他除了麻木的钝痛之外还没有其他感觉。但他知道自己伤势不轻。他感觉有个人用长矛狠狠捅进了他的后背。虽然不痛，但他意识到好像有个庞然大物侵入了他的身体，无处可去。他摸索着寻找对讲机，刚才费德洛夫移动他时被扯了下来，他检查了一下是否还连接正常。然后他说："斯坦，我们在哪儿?"

"我们正穿越陆地。"安德森飞快地说。"就保持这个航线，除非……"他的声音渐渐低下去，句子后面几乎听不见了。

布朗没有回复他。他瞥了一眼测高计，接着又打开无线电测高计。都还工作正常。他记得天线是在左翼的尖端。幸好没有被爆炸伤到。这下就不一样了。现在他可以掌握精确的离地高度。现在是 3000 英尺，而且他发现自己看得也非常清楚。安德森判断错了云层状况。上面有一些云层，但北半球的星星清冷明亮，光线很好。地面上的积雪也有很大帮助，但判断距离时可能会出差错。

他说："没什么除非，斯坦。此刻我们还是得继续。我甚至不用告诉你我们到达目标有多重要。现在我们也许是唯一挡在俄罗斯摧毁美国中间的人了。我们必须前进，必须摧毁那个基地。这是我们的责任，以上帝之名我发誓我们要完成这个使命。"

"没问题。"安德森说。"没问题，克林特。有足够的光线低飞吗，我是说，真正的低飞？"

"足够了。"布朗简短地说。他感到背上好像有一支滚烫的长矛突然捅了进去，极度的痛苦使得他的脸都扭曲了。这就对了，他冷冷地想。这不是他第一次受伤了。他16岁时和哥哥外出打猎，却被哥哥不小心用22毫米气枪弹射穿了腿。开始几分钟都没事儿，只是一种没有知觉的麻木。他甚至还能说笑。但接下来还没得到医疗援助的那6小时才是真正的地狱。

趁下一波疼痛还没袭来之前他赶紧说："我们得马上检查损坏并清点人员伤亡。看还有哪些设备工作正常。我打算一直保持低飞至目标。还有10英里时，我会上升至投弹高度，释放炸弹，然后转弯并回到低飞高度。飞行计划就按这样，你还行吗，斯坦？"

"马上执行。"安德森伸手去够他的计算机。

"好的。"布朗说。他停了下来，喘息着缓解再次袭来的疼痛，接着又说："我们会成功的，伙计们。相信我，我们会成功拿下那个基地的。此刻国内的人，正倚赖着我们完成这个任务，因为我们知道他们有多看重这个特殊的基地。而且他们可以倚赖我们。因为我们一定会成功的。"

第十五章　索诺拉，德克萨斯州

索诺拉，德克萨斯州

格林威治时间：11：25

莫斯科：下午 2：25

华盛顿：凌晨 6：25

当总统决定派突击队员去索诺拉时，开普勒将军说他的人将毫不费力地突破防御。富兰克林将军坚称会有大量人员伤亡。这两位将军都只说对了一部分。

突击队员在他们不熟悉的地区推进得很快。他们去了可以去的地方——绕开麻烦的机枪、炮台和高射炮塔。而他们过不去的地方，他们也突破了进去。这过程中确实有人员伤亡。

特别是 D 连，在朝东南方的行政楼推进时遇到了麻烦。他们被两座高射炮塔台的交叉火力困在光滑、赤裸裸的 839

联队维修区水泥操场上，每一座塔台都装备了两架“天空清扫者”(Skysweepers)。宽阔平坦的水泥地操场上没有任何掩护。他们无法挖坑，也无法指望地面能吸收一些朝他们直射过来的密集子弹。子弹一接触地面就立即爆开，将一小团空气点燃成啸叫着的金属地狱。D连一下就失去了60%的有生力量，幸存下来的队员在烟雾的掩护下匆匆撤退。

其他连运气稍好，但他们也持续时不时就有人员伤亡，而且如果他们也像D连那样被困在开阔的水泥操场，那么任何时刻都有可能要面临大量死伤。机场天生就应开阔而平坦。索诺拉基地又格外平整些，很大一部分平地都浇注了混凝土，修成跑道，维修区，加油区及准备区。所有地方都几乎没有掩护，而高射炮塔楼装备的火力加起来能抵得上一个师。

营长是一位在北美与意大利见识过战争的军官，后来又去过朝鲜，他评估了对讲机汇报的人员伤亡，决定必须让进攻速度慢下来。唯一快速推进的战线就是穿过水泥操场却所剩无几的D连。但再往前推进就难了，那两座高射炮塔楼统治了一切。他在考虑如何才能消灭他们。

这是个棘手的问题。混凝土建造的塔楼当初设计就是为了从0到500码的距离都能达到相当于一枚战术原子武器的万吨爆炸力。它们对空中威胁不堪一击，但它们拥有惊人的地面攻击力，没有迫击炮既能精确攻击这环形枪械库，又能在这个距离幸存下来。唯一的答案是烟。而且一定量的烟需要时间去扑灭。营长决定不能心急。他下了指令。

霍华德透过昆汀办公室的窗户看着这场战斗。待在屋里很安全，就像昆汀向他解释的那样。如果攻击的主要目的是活捉对方指挥官，那指挥官所在的总部肯定不是目标。一两颗流弹砸在外墙面上，仅此而已。

像大部分突击战一样，对不是突击队其中一员的旁观者来说，索诺拉的战斗毫无意义。透过不断喷发的闪光的火焰，霍华德眼看着生命在两座高射炮塔楼的火力下凋零。他并不真正知道他们撤退的意义，也不知道接下来古怪的静止代表着什么。

昆汀的电话响了，他转过身，听见昆汀收到消息并给出新的命令。将军直直地看着他。“我们伤亡惨重，保罗。”他说。“他们现在离这栋楼只有 500 码不到了。安全官认为他们正在人员重组。”他的嗓音平静，有一丝令人生疑的颤抖，是一位极其虚弱又悲伤的老人的声音。

霍华德突如其来对昆汀感到一阵奇怪的同情。这让他一直积攒的冰冷的愤怒隐入了背景。“取消吧。”他说。“现在就取消，昆特。”他一点儿也没意识到他使用了将军的昵称。

昆汀冲他迅速微笑了一下。“你是个好孩子，保罗。”他说。“你还有很长的路要走。未来某一天你也会不得不做决定，也许是一个你也不想做的决定。等到那时，你要记住今天发生过什么。做出决定，不管那会让你付出多大的代价。而一旦你做出了决定，坚持下去。

“那外面的很多人，不管他们是士兵还是军官，都是我的朋友。我认识他们，也认识他们的妻子，他们的家庭。我帮助他们结了婚，一直是他们孩子的教父，在他们喝醉或错过值班的时候教训他们。他们正在死去的事实让我伤心欲绝。我无法忍受自己对他们所做的事情。但我必须整体看待这一切，清清楚楚地。我做了我的决定，现在我必须坚持下去。这样吧，因为你我才这么做。现在外面暂时平息了，也不会有人再受伤害。就快 11 点 31 分了。843 联队的平均投弹时间是 12 点 05 分。我想他们不会在 30 分钟之内找到贝利或哈德森，所以 11 点 35 分时我会命令停止射击。这样可以吗?”

霍华德又将目光投向窗外。厚厚的灰色烟雾后，他看到两座高射炮塔楼将一大群人困在了 839 维修区那片水泥广场上。基地各处偶尔传来一声卡宾枪或 M.1 机枪射击的爆裂声。阴影处最有可能是空军官兵在射击。“会有帮助的，”他简短地说。“但愿这安静能一直维持到那时。”

他点燃一支烟，继续看着浓厚的灰色烟雾慢慢搅进几乎凝固不动的空气中。三枚曳光弹闪着耀眼炙热的白色光芒，缓慢朝地面坠去。当它们离地面只有五六十英尺时，几名士兵组成散兵线突然冲破烟雾，他们相距甚宽，各自朝着不同方向移动，但都目标明确，仿佛是事先计划好的方案。

又有五枚曳光弹在空中炸开，两盏探照灯打在烟雾墙上。又开火了，快速而断续的砰砰声穿插着重机枪与勃朗宁自动步枪（B. A. R.：Browning Automatic Rifle）清脆的嗒嗒声。突然霍华德意识到他再也看不到那些冲过烟雾的士兵了，与此同时，无后坐力炮的弹壳纷纷坠落，那两盏探照灯也熄灭了，接着曳光弹又被小型武器一阵弹雨射了下来。

更多曳光弹升上天空，在它们被射中之前短暂的时间里，霍华德看见广场上满是刚借着烟雾掩护出现的士兵的尸体。在天空清扫者持续消耗子弹前，黑暗再次屏蔽了他们，蒙住了防御小组的眼睛。但就在这瞬间，霍华德又见十几个士兵被击倒在地。

他突然转过身。“快停下，该死的，”他喊道。他朝昆汀怒吼着，用了所有能说出口的恶毒语言来咒骂他。要不是那支点四五巨大的枪口纹丝不动，他早就该跃过桌子了。他气得浑身颤抖。

昆汀看了看钟。11 点 34 分。“冷静点，保罗，”他说。

"我马上就下令了，马上。"霍华德把手搁在桌上休息。他感到精神上疲惫不堪，完全筋疲力尽，跟一只虚弱无助的小猫没什么两样。外面天空清扫者持续不断的射击声与轻型自动机枪稳定的轰鸣声他只是隐隐约约地意识到。

昆汀打开扬声器的开关。"我是指挥官。"他坚定地说。"我是昆汀将军。我命令你们停止射击。我重复一遍，停止射击。留在你们的位置上，但停止射击。我一将命令传达下去，你们就会从你们的长官和士官长那里收到同样的口头指令。我重复一遍，我是指挥官。停止射击。我是昆汀将军。停止射击。"

昆汀的命令从扬声器里听起来如钢铁般坚定，像雷声一样隆隆地传遍整个基地。大部分人都听到了命令，并与那些仍然持续射击的位置保持着谨慎的距离。

霍华德和昆汀听到交火声逐渐减弱。虽然并没有一起停下，但已经缓和了很多。昆汀广播了第二条命令，在那之后，射击声变得断断续续，并只限于小型武器。每一座高射炮塔楼都装有扬声器，因此机枪手听到并执行了昆汀的命令。

"我有工作要交给你，保罗。"昆汀说。"下楼去找安全官，告诉他我要我的命令传达到每一个负责的军官和士官那里。他们中有些人听不到扬声器。而且，我觉得你最好去欢迎一下突击队的指挥官。我不知道他是什么级别。把他带上这儿来。"

霍华德仔细看了看昆汀。现在将军看起来很平静，从容。他想了想是否能留下昆汀独自一人。很快他就意识到这并没有太大的意义。昆汀手里有枪。他阻止不了昆汀采取任何他认为合适的行动。基地某处传来一阵长长的机枪扫射的声音，打破了平静。外面的人还在不断死去，霍华德告诉自己。他们还会继续死去，直到他们收到结束这场战斗的命令。

他僵硬地点点头，转过身。在门口他停了下来。“将军，”他有些尴尬地说，“你确定你会没事儿的吧?”

昆汀笑了。这是一个真正发自内心的，温暖的微笑，霍华德已经很长时间没有在昆汀的脸上看见这样的微笑了。“我会没事儿的，保罗。没事儿，把那些命令快送出去吧。”

“我会很快送出去的。”霍华德跑出门。昆汀看着他离开。他听见霍华德在走廊上的脚步声，听见他砰的一声关上那扇将两间指挥官办公室与楼里其他房间隔开的大门。他想霍华德是个好孩子。只要假以时日，他也会成为一位真正优秀的指挥官。

昆汀慢慢走到门边。离他给自己定的最后期限已经过去两分钟了。他小心地锁上门，又回到自己书桌前。专家说，还有一年时间。少则六个月，多则两年。一个人能错得有多离谱?

他从左手边第二个抽屉里拿出皮夹，抽出里面窄窄一张照片。他看了一会儿，又把照片放回皮夹，再将皮夹放进抽屉。在他面前的书桌上，沉重、致命的四五式手枪像一块磁铁，躺在他记事本合着的封面上，吸引着他的注意力。他感到一阵冲动想拿起它，再在手中感受一下这熟悉的武器的分量。他压下这阵冲动。就像他告诉霍华德的那样，他相信他将要为自己的所作所为付出代价。会有一些特定的程序要走，但它们也无法久留住他。

在离开昆汀办公室的几分钟内，霍华德确保了停火命令正传到所有防御小队那里。他见了突击队指挥官，一位个子不高，精力充沛的中校，礼貌地朝他敬了礼，并护送他到昆汀的办公室。

他轻轻地敲了敲昆汀的门。自从他获得执行官可以自由进入的特权之后，还是第一次这么做。屋里没有回应。他又敲了敲门，然后第三次敲了敲门。仍然毫无回应。

门很结实。他们花了近 1 分钟才成功把门踢开。霍华德第一个进入房间。他所见的情景对他根本没有一点儿帮助。一波波涌上来的恶心持续了整整 30 秒，等这感觉消失以后，他就又准备好开始工作。

步兵中校站在他身边，开始着手寻找贝利和哈德森的行动。很快他就知道了答案。不管他们在哪儿，总之是不在索诺拉基地。

第十六章　五角大楼

五角大楼

格林威治时间：11：30

莫斯科：下午 2：30

华盛顿：凌晨 6：30

华盛顿，东方的天空显现出黎明第一束灰白的光线。莫斯科，冬日黄昏的阴沉笼罩着大街小巷。看不见的无线电信号连接着这两个城市，一边在俄罗斯与美国工作人员之间传递着新信息，一边发出嗡鸣和噼噼啪啪的声音。偶尔，总统与元帅之间会进行简短的交流。

大部分 843 联队的轰炸机现在已经越过俄罗斯边境了。航迹上代表他们距离各自目标还有 5 分钟的交叉点，正稳定地朝前爬行，此刻的地图更像是一系列铁路线，在缓缓地朝俄罗斯境内移动，因为每 5 分钟火车都会留下痕迹表示进展。

其中一条航线在土耳其斯坦——克孜勒奥尔达地区（Turkestan Kxyl Orda）南部以一个小红叉结束。俄罗斯报告有一架 B-52 就是在那里被摧毁的。他们对摧毁的方式保持沉默，仅仅提到那架轰炸机在空中爆炸，炸弹没有被引爆。

情报人员由此推断这架 52 式不幸穿过了导弹试验区。他们已经知道俄罗斯在用克孜勒库姆沙漠（Kizil Kum desert）的某片区域测试导弹，并从那儿发射了一些早期中程导弹到咸海（Aral Sea）作为目标。

消息被直接送到斯蒂尔将军手里，就在他准备总结陈词的时候。他瞟了一眼报告，皱起了眉头，开始讲话。“总统先生，阁下，现在空中的情况是这样的。843 联队正稳定地朝目标前进，虽然有一部分轰炸机已经飞越俄罗斯边境相当长一段时间，但我们只收到两份他们遭遇交战并受到打击的报告。第一份是关于一架朝南飞向科尔古耶夫岛的轰炸机被击中的报告。我们已确认这架轰炸机的一级目标是科特拉斯（Kotlass）的洲际弹道导弹基地。目前这架飞机是否还在飞行尚不可知。我们认为它可能已被击落。

“我们感到可以说它可能已被击落是因为这消息来自另一架确定已被摧毁的轰炸机，我很高兴地说”——他飞快地看了一眼索宾——“炸弹没有爆炸，而且据我们所知，除了机组人员没有引起其他伤亡。”

“谢谢您。”索宾温和地说。

“据我们所知，这事件所发生的地区是俄罗斯导弹试验中心。我指的是克孜勒库姆沙漠（Kizil Kum desert），阁下。”

索宾点点头。“您说的对。”

“这两个事件有相似之处，它们所发生的地区轰炸机都很可能遭遇了试验性导弹。而且从另一方面来说，其他轰炸机好像都没有被击中。现在我们几乎能确定普通的俄罗斯导弹和战斗机都无法阻止 52K 式战斗机。我们也许会失去两三架，但大多数都会通过。

“至于敌方领空，还没有任何苏维埃轰炸机部队起飞的报告。面对北约（NATO）的轻型轰炸机机场的确比平常更忙碌，但至今还没有明确迹象显示它们有攻击意图。第六舰队报告发现了两艘潜水艇的阴影。麦克莱伦上将（Admiral Maclellan）认为那是自从俄罗斯能进入埃及与叙利亚基地后，需要遵循的正常程序的一部分。至于第六舰队，俄罗斯潜水艇的阴影属于标准操作程序之一。他们并不担心。所有其他海域都很正常，没有任何敌意接触的报告。

“从这一切看来，总统先生，我们可以得出两个明确的结论。第一，撇开政治因素，我们确信机场被炸平之前俄罗斯远程轰炸机还来不及起飞。第二，至少会有 28 架轰炸机渗透到目标。”

“我明白了。”总统若有所思地说。“假设只有 25 架通过，他们会造成致命打击吗？”

“我不会说是致命。”富兰克林飞快地回答。“这是一个大国。说失去战斗力会更合适。他们会完全受制于紧接下来的攻击，因为他们没有剩余力量去打击重要目标，例如本国国内的基地。他们的攻击力将被严重削弱，我怀疑他们不一定能成功投放两到三枚炸弹到本国。”

“那他们意识到这一点了吗？”

“嗯，是的，总统先生，他们很清楚。任何称职的空军工作人员 10 分钟之内就会得出相同的结论。”

“我必须知道如果您无法成功召回轰炸机，是否有进一步打击的打算。”索宾的声音很刺耳。总统惊讶地看了他一眼。

俄罗斯大使的脸色失去了平日的红润。索宾脸色苍白，眼神里透出绝望。

“没有。”他直截了当地说。他认为索宾一定知道埋在乌拉尔地区（Urals）的全球毁灭性武器的存在。他修正了他对索宾重要性的估计。要熟悉这样的信息，这位俄罗斯人必须非常接近权力中心。

开普勒将军见电话闪个不停，他拿起电话，听了片刻，说：“好的，快去指挥官办公室。不要浪费一秒钟。”他放回电话。“索诺拉的指挥官停止了射击。”他简短地说。“我已经指示麦肯锡营长，以最快的速度赶去昆汀的办公室。”

“很好。”总统说。“非常好。”墙上的钟显示现在为 11 点 36 分。时间的流沙流逝得非常快，太快了。“斯蒂尔，”他问道，“假设我们得到了正确代码组，轰炸机收到指令要多长时间?”

“两三分钟吧。”斯蒂尔自信地说。“最多了。”

“如果我们得到代码组，比如说，12 点，我们还来得及阻止攻击吗?”

“呃，不一定。”富兰克林提出异议。“联队平均投弹时间是 12 点之后几分钟，没错。但每一方投弹时间都允许有一段时间宽裕，事实上是 4 分钟。有些轰炸机会准确在从 X 点转向两小时后投弹。大部分也许会试图在尽可能早的时间内投弹。这是很自然的事情，他们谁都不希望飞行时间比预计的要长。我只能说大部分轰炸机都在 10 点转向，并计划在两小时后投弹。”

“我明白了。”总统没有表现出丝毫慌张，但此刻他开始感到越来越确定他们可能无法召回轰炸机了。昆汀的计划一直是非常缜密的，他想。843 联队会在俄罗斯轰炸机起飞前就袭击成功。至少没有给他们留下做好准备并全副武装的时间。一切都在按昆汀事前计划好的轨迹发展。他不敢相信将军会疏忽到允许一位做简报时在场的官员还留在基地里。现在最后的希望就只剩下等昆汀从总统那儿知道了这个会威胁全世界的装置的存在，他会迅速意识到他必须召回他的轰炸机。

开普勒电话上的灯又亮了。开普勒赶紧抓起电话。“麦肯锡？是，我是开普勒。他什么？……当然，我明白……他们没有？……嗯，照顾好他们，该死的……好的，我们会保持这条线通畅。”他砰地放下电话。

“怎么，他说了什么？他们找到人了吗？”索宾声音尖利，充满恐惧。

“昆汀已经开枪自杀了。”开普勒沉重地说。“谁也不知道那两名参加了简报会的官员在哪儿。他们的妻子说他们昨晚出发去打猎了，似乎并没有什么疑点。他们正在寻找那两名官员，但听起来麦肯锡并不抱很大希望。”

“天呐！”索宾的脸如死一般的惨白。“那一切都完了。一切都结束了。”他点燃了一支烟，擦火柴的手颤抖得厉害。

总统沉思了片刻。那么最后的希望也破灭了。从一开始他的意识深处就害怕当昆汀发现自己要被抓住时会一死了之。这完全合乎逻辑，如果昆汀已经病重到相信自己行动的正义性，那么他一定会毫不犹豫地做任何事去确保他的行动执行到底。现在有必要对莫斯科传达这个消息了。他转身与国务卿简短交谈了片刻。接着他跟索宾说：“我打算再跟元帅谈谈。”

总统说得又快又简短。他告诉元帅看起来所有召回轰炸机的努力都失败了。他们会继续尝试，但他认为不会成功。

“狗娘养的！”扬声器里爆出一句粗鄙的脏话，总统不禁倒抽一口凉气。他沉默地听着持续了半分多钟连珠炮般的俄罗斯语。

“凶手。”索宾在进行翻译。他的声音充满忧虑，翻译也变得磕磕巴巴，说出来的词发音也不对。平日里他优雅修饰过的英语此刻都消失殆尽。“粗鲁的侵略者。你对一个和平的国家发动了一场无缘无故的攻击。直到现在我都让我的轰炸机部队在地面待命。我避免了任何可能会被认作有战争迹象的行为。但是现在你将要付出代价。苏维埃人民会向资本主义帝国主义凶手进行正义的复仇。”

总统冷静地说：“我们承认是我们的错误。我们正竭尽全力阻止这件事。对要疏散的城市和人群也提供了足够的警告。让元帅想一想，如果不是他的政府一直不停止在世界范围内的扩张，这件事也许根本不会发生。多年来，他们强加给我们可怕的经济压力，为的是我们可能拥有保护自己的武器，来抵抗他明知自己有所计划的攻击。而且不仅是我们的经济承受了压力，还有我们的思想和精神也饱受折磨。现在，我们有一位指挥官已经达到极限。元帅能否认他的扩张行为对指挥官的崩溃没有责任吗？但现在也不是互相推诿的时候。我们必须考虑我们还能做什么。你的城市会被摧毁，或至少是其中一些城市，但大部分目标都离城市很远。毫无疑问，你可以对城市进行疏散，所以人员伤亡应该不至于太严重。对于我们造成的损失，我们会进行赔偿。即使那可能会让我们国家陷入经济贫困的境地。因为那是唯一正确的做法。我们也能够承诺炸弹的放射性尘埃非常少。请元帅记住这一切都还没有不可挽回。并且我郑重重复我的承诺，不管造成什么样的伤害，我们都会进行赔偿。”

屋里很寂静，数千英里之外，无线电的另一端正在翻译总统的讲话。一分钟过去了。总统感到他从来没有经历过比这更长的一分钟了。接着扬声器爆出了两句简短、尖锐的句子，然后又归于沉寂。

索宾声音空洞，毫无希望。“你承担不起。”他翻译道。“但你肯定会付出代价。”他转身面对总统：“这就是结局了。”他无可奈何地说。“我能从他的声音里听出来。”

“你这么了解他？”总统问道。

“我们是很久的朋友了。”索宾简单地回答道。“如果那些目标被摧毁的话，他会成为一个没有权力，被打败的人。他不会容忍那样的事情发生。他会采取一定的行动。即使是现在我也不知道是否应该告诉你……”

总统打断了他。“我们已经知道了。”他说：“我们知道那些埋在乌拉尔地区（Urals）的装置了。”

“所以呢？也许您并不确定它们是否会被使用吧？”

“我的猜测是，”总统缓缓地说，“它们会被使用。”

索宾点点头，说：“您是对的，没错。你知道那意味着什么吗？”

“我们很清楚。”

“那就是了。”索宾耸了耸肩。他的脸色正慢慢恢复正常。又是一个证明，总统想，奇特的斯拉夫民族对命运的全盘接受。

“你知道的，总统先生，”索宾几乎是轻描淡写地说，“不久之前富兰克林将军说当飞机从X点转向后大概再过两小时投弹。我有比那更准确的说法。并不仅仅是离投弹时间还有两小时。而是还有两小时就在劫难逃。”

第十七章　“阿拉巴马天使”

“阿拉巴马天使”

格林威治时间：11：35

莫斯科：下午 2：35

华盛顿：凌晨 6：35

残酷的点名结束了。戈德史密斯、敏特、麦洛斯的尸体被摆放在靠后的隔板机舱地板上。每一名幸存的队员都花了简短的十几秒钟时间对死去的同伴表达了哀思，接着又回到自己的工作岗位，继续艰难的工作。他们必须要让轰炸机达到目标，为这些同伴复仇，也为家乡可能已经丧生的几百万人复仇。

也许死去的人才是幸运的吧，布朗想。至少他们不必背负疼痛带来的无形压力，背上的痛感越来越重，仿佛有手在狠狠往下压。他们不必承担把一架快要失去战斗力的轰炸机带到轰炸点的责任，而光是要聚积起到达目标的心力，就足以让成功的概率又小了好几成。

心力。现在这才是最重要的。如果他能足够专注，专注的时间够长，他会带“阿拉巴马天使”到达目标。也许他再多专注一点，他的思想就能征服那一波又一波滚滚袭来的疼痛了。那疼痛催着他不停从急救箱里寻找可以给他带来短暂慰藉的吗啡针剂。他凝视着前方几百英尺下白茫茫的一片雪地，目光随着地面轻微地上下起伏，放心地想着如果低于他设定的400英尺高度，无线电测高计就会闪烁出明亮的红光。

现在能不能幸存下来就靠低飞了。这个高度雷达无法追踪轰炸机，反正情报人员都坚持这么说。呃，他们在大部分事情上都还是正确的。巴伦支海（Barents Sea）冰冷的海水中间孤零零有一艘导弹舰也不能怪他们。如果雷达不能追踪轰炸机，它就无法控制战斗机进行拦截和攻击。而从地面发射的导弹对这个高度的轰炸机也毫无用处。

只有三件事可能会阻止轰炸机渗入目标，他想。一是缺少雷达监控、只能凭运气发现他们的战斗机。二是地面设置用来抵御低位攻击的快速发射轻型武器。第三件事目前随时可能发生，就是他也许无法及时看见一个障碍物，然后造成危险，或是那无线电测高计突然失灵。

地面抵御低位攻击的轻型武器他并不放在眼里。而科特拉斯不在北约空域的战斗轰炸机范围内。像52式那样的远程轰炸机也从来不会飞这么低。“阿拉巴马天使”准备低位进攻，但其实也是无奈之举，是无心插柳。在战争中无心之举就像有意为之一样难以计划。

独立于雷达控制的战斗机算是较大的威胁。每一架可用的全天候战斗机都分散在外自由巡逻。很可能就有一架或好几架战斗机发现他们。但布朗记得他有一个朋友是全天候F.104式战斗机的驾驶员，向他形容过在夜间拦截一架离地面只有几百英尺的快速移动轰炸机是什么样的任务。“异想天开。”朋友直截了当地说。对战斗机不利的因素太多了。能见度低，雷达灵敏度差，轰炸机喷出的气流干扰，还都只是其中几项。布朗的朋友说在那样的条件下能成功拦截的概率大概只有百分之五。

无线电测高计刺眼的红光在黑暗的机舱里闪烁。布朗将控制杆往回拉，立刻意识到自己是被地面略微上斜的坡度给欺骗了。红光消失了，布朗又朝前松了松控制杆，绿灯重新开始闪烁。他将测高计重新设置为400英尺以下红灯闪烁，500英尺以上绿灯闪烁。400至500英尺之间的高度对“阿拉巴马天使”是安全的。但贴地飞行的危险，轰炸机航线上的障碍，仍然是最大的威胁。他必须全神贯注。他说：“离目标还有多少英里，斯坦？还有多少分钟？”

“我一会儿告诉你。”安德森说，“恩格尔巴赫，继续寻找我们前方的一条大河。3分钟以后我们应该穿过这条河。跟我们的航线成90度。”

“那是佩萨（Peza）河吗？”

“是的。”安德森说，“没错。”你这个笨蛋，他想，不然还能是什么？第聂伯（The Dnieper）河？他控制了一下自己，将心中瞬间闪过的愤怒压了下去。恩格尔巴赫一向如此。但他为人严谨，很少犯错。“穿越时能不能给我一个精确的定位。”他继续说。他的声音冷静而友好。

“好的，斯坦。”恩格尔巴赫说。“我一会儿给你定位。”

“长官？”这是加西亚的声音。

布朗在椅子里扭动了一下，试着缓解他后背与布料之间那片黏腻的潮湿。这动作立刻引发了全身新一阵痉挛的疼痛。他打了一个寒战，紧张地说："怎么了，加西亚？"

"上尉，我得了解一下炸弹。你本来打算在什么高度投弹？"

"20000 英尺。"

"好的。所以我必须修改一下引信。否则，我们一投弹，安全塞就会掉出来，炸弹立刻就会爆炸。"

"好的。"布朗想了一会儿这个问题。加西亚说的有道理。炸弹从飞机上一投下去，最后的安全装置就不起作用了。如果炸弹是设置为在 20000 英尺爆炸，它一掉出飞机就会爆炸，根本不管轰炸机只在它上方几英尺。也许延迟可以做点什么。他说："如果你把它设置成地面高度，最大延迟时间是多少？"

"40 秒。"

布朗飞快地算了一下。时间应该足够了。如果炸弹一投下去他就立刻调转机头，爆炸时他们应该至少在 10 英里外了。爆炸冲击的地面面积不会像在空中引爆那么大，但也足够了。他说："好的，加西亚。1 号引信地面高度。延迟爆炸最大值。我不确定我们能不能再进行二次投弹。把 2 号弹的引爆器移除，并进行安全检查。等我们再次越过海洋时投弃。"

"好的。"加西亚说，"完成时向你汇报，长官。"

"好的，加西亚。你的腿怎么样？"

"没事儿，还撑得住。"加西亚轻描淡写地说。他移过去，开始精细工作，重新设置引信并给另一枚炸弹拆除引爆器。他的腿伤得还不算太糟糕。他打了满满一针从急救包里拿的奴佛卡因（novocain）。也许这违反规则，但这些规则从来没让他烦心过。至少不像敏特那无神的目光。他俯下身，轻轻帮敏特合上眼皮。接着又继续工作。

布朗说："比尔，看一眼麦洛斯的机器。也许还可以工作。我想等时间到了把攻击消息送出去。"

"好的，上尉。"中尉欧文斯经过费德洛夫身边，坐到麦洛斯的位置上。

"马上要经过那条河了。"恩格尔巴赫锐声说。"开始穿越，现在。"

安德森匆匆看了一眼经线仪，飞快地在他的日志上记下时间。现在，如果恩格尔巴赫有精确的定位坐标，他就可以导航了。

恩格尔巴赫说："斯坦，我大概确定我们穿越点在 H 区，154，205。在目标导航图上。"

"好的。"安德森抽出一张透明的导航图覆盖在他的图表上，标出恩格尔巴赫的数据。"好像没什么问题。"他慢慢地说。"并没有太偏离航线。接下来要找的是就在右舷边的一个小镇，大概 6 分钟就能看见。伊万诺夫斯克（Ivanovsk）就是这名字，没开玩笑。小镇，规模大概跟——"安德森犹豫了。他本来想说阿拉巴马州的多森。他飞快地接下去说："呃，就是个小镇。然后再过一分钟你们应该就能看见（Vashka）河汇入梅津（Mezen）河。等我们穿越海津河时我还想要另一个定位坐标。"

"我到时候给你。"恩格尔巴赫自信地说。他的雷达在这个高度没什么用了。但他没有忘记他学过的读图原理。即使在这样的速度下，一旦他知道何时要寻找什么，他通常都能找出来。他记下他应该在地图上找到坐标的时间，便开始盯着前方白茫茫的村庄。

布朗只是模糊地听见安德森与恩格尔巴赫之间的交谈。

他越来越意识到，如果不是他亲自接收信息或发布指令，他的注意力完全集中在维持轰炸机飞行，其他一切都被排除在外。他想也许这是生理上的自动调节过程。他的身体知道自己已无力参与所有事情，便自动只为重要的时机储存精力。有人呼叫他。他强迫自己去听，并听懂是什么消息。是加西亚，告诉他 1 号弹引信重新设置过了，2 号弹也安全了。

然后是安德森的声音。但领航员的信息他错过了。他虚弱地说："再说一遍，斯坦。"

安德森觉察出布朗声音中的虚弱和痛苦。他说："克林特，听我说。克林特，你听得到我说话吗?"

"当然。"布朗在召集身体里储备的所有力气，拼命反抗正在缓缓淹没他的黑暗。突然黑暗褪去了。他感到有股新的力量涌入他疲惫、极度痛苦的身体。疼痛缓解了一些。

"克林特，你还好吗?"安德森的声音高亢，很焦虑。

"我很好。你刚说什么?"

"更改路线左偏 3 度。预计到达目标时间 12 点 09 分。那里我们会遇到一阵较强的顺风。你听到了吗，克林特? 你可以设置倒计时了。还有 26 分钟到目标。"

"收到。线路变更。"布朗机械地开始动作。他变更了线路，设置倒计时，还花了几秒钟评估了一下这架飞机的性能。显然，剩下的 6 架引擎是全速，正以惊人的速度消耗着燃料。但算了，反正也无所谓了。这架轰炸机的速度不比音速慢多少。西雅图那帮人的确懂得如何造飞机。

他觉得西雅图好像有什么事儿。他很担心西雅图。为什么这时候它让他这么心神不宁? 好像有什么事情，但也不重要了。目标最重要。国内的人肯定想知道他完成任务了。他说："欧文斯，无线电怎么样了?"

“嗯，我也不是专家。无线电中弹了，但 CRM114 承受了大部分冲击。发送机好像没问题，但接收器坏了。目前没有消息过来。”

“好的，你就待在那儿。你掌握的莫斯电码足够把攻击消息发出去了。”布朗瞪着前方，眼前一大片红色正慢慢弥漫开。“现在接收器坏了没关系。不管谁想告诉我们什么，反正已经没有什么事儿是我们不知道的了。”

第十八章　索诺拉，德克萨斯州

索诺拉，德克萨斯州

格林威治时间：11：40

莫斯科：下午 2：40

华盛顿：凌晨 6：40

中校安德鲁·麦肯锡（Lieutenant Colonel Andrew Mackenzie），领导进攻索诺拉行动的人，挂上了电话。“他们讨厌这样，”他说，“他们一点都不喜欢这个状况。我告诉他们这两个军官可能仍然在基地某处，但如果他们不在自己的寓所，他们的妻子又说他们去打猎了，我看是没什么希望。我想直升机也许还有机会找到他们。”

霍华德望向外面灯火通明的基地。每一盏灯都被点亮了，帮助救护车和医护人员寻找与护理伤亡人员。他看到一辆救护车穿过水泥地操场，警笛大作，红光闪烁，消失在去往基地医院的方向。到处都有受伤的士兵聚在一起，一边接受注射，一边等待救护车的到来。远处，739 联队维修区宽阔的水泥地操场上，有人在弯腰给那些再也不会站起来的扭曲的躯体盖上军用毛毯。

霍华德在想贝利（Bailey）和哈德森（Hudson）。他们都是狂热敏锐的猎人。现在他们可能正隐藏在索诺拉 100 英里以外某个精心挑选的地方，也许靠近海岸，正等着清晨早起的鸟儿。像所有猎人一样，他们有自己喜欢的地点，但同时也像大部分猎人一样，这地点只有他们自己知道。3 架直升机已经起飞。霍华德看着第 4 架在视线里升起，渐渐消失在机场灯光无法穿透的黑暗之中。“虽然有机会。”他说。“但大概百万分之一吧。贝利和哈德森可能在 10000 平方英里范围内的任何地方，而且很长一段时间都还不会天亮。”

麦肯锡也走到窗边，站在霍华德身边。“现在外面状况很糟糕。”他飞快地说，“那些高射炮塔台如果没有炮兵支援根本就是地狱，很难通过。”

“是啊。你知道这一切都是为了什么？”

“嗯，”麦肯锡谨慎地说，“就是说这儿的将军突然失控，对俄罗斯发起全面攻击。我们侵入基地的命令是总统直接发布的。随便说一句，如果我们找到那些家伙，他们准备了一条线路从这间办公室直通到五角大楼。”

“我不明白。”霍华德喃喃着。“也许昆汀的行为是错误的，但现在木已成舟。在我看来唯一明智的选择就是继续进行下去。到底是为什么他们宁可牺牲外面那些可怜的士兵？”

麦肯锡耸了耸肩。“别问我，我只是陆军。是你们空军搅进了这摊大规模炸弹外交的混乱局面。我还从五角大楼听说了另一些传言。因为给我命令的军官曾经是我的师长。传言说红军（Reds）拥有一颗超级炸弹，足以摧毁整个美国。”

“不可能。”霍华德生气地说。“而且就算他们有，他们要怎么投放呢？我们已经打了他们一个出其不意，上校。昆汀也许是病了，但只要是轰炸机的行动，他仍然非常清醒。你要明白，我不是在为他的所作所为辩解。15 分钟之前我开始认为他是对的。现在，我也不是很确定。但我很清楚他不会估错他攻击的效果。”

“嗯，我希望你是对的。”麦肯锡缩起薄薄的嘴唇，若有所思。“虽然我觉得高层肯定有人知道得更多。我还不知道确切的数字，但这场攻击我肯定失去了差不多 200 个手下。你们呢？”

“我们不知道。估计超过 100 个了。”

“那至少有 300 人了。他们能接受这样的伤亡，一定是觉得状况相当严重了。”他转身向门走去。“好了，我得去看看我的手下怎么样了。必须把他们召集起来点名看看还剩哪些人。”他轻轻关上身后的门。

霍华德仍然站在窗边，陷入沉思。接下来几分钟里不知道什么时候，两名医护人员带着担架走了进来。就在霍华德望着外面基地的时候，医护人员移走了昆汀不完整的尸体，还做了简单的清理。当一个人把一支点四五手枪塞进嘴里，并扣动了扳机，那是一定会留下一堆烂摊子的。

他听见医护人员离开，还看见麦肯锡灵活、精力充沛的身影在队伍中走来走去。接着他朝书桌走过去。

医护人员已经把枪从桌上拿走了，但昆汀的记事本还躺在原处。霍华德在昆汀的椅子上坐下来，漫不经心地轻轻翻着记事本。此刻昆汀已经找到了他的平静，他想。也许不在这个世界，但不管是哪里，一定在他去的地方。

真有趣，他想，一边翻着记事本，一边心不在焉地看着那上面潦草的涂鸦，人的潜意识能有多少反映在记事本上的涂鸦里？他的显意识可能在忙别的事，但潜意识常常促使他涂写深藏在表象之下的想法。他看到他自己的名字，但昆汀提拔了他，他成了中校。霍华德酸楚地笑了。这场混乱过后他能保住少校军衔就不错了。然后有科特拉斯，首字母K下面重重地画了线。双连线符，在洲际弹道导弹基地和下划线K之间，表示轰炸机要去拿下这个目标。他翻到另一页。

突然间他在椅子里全身都僵硬了。他快速地来回翻着几页。是的，又出现一次。又一次。霍华德感到他的心脏因为激动而剧烈地跳动着。他觉得他知道了。不，比那更肯定，他确定他知道。

他伸手去拿直接通到五角大楼的电话。刹那间他仿佛又看到昆汀的脸，听见他说话的声音，他脸色苍白憔悴，声音却镇定，自信，充满理性。他犹豫了。猫鼬杀死眼镜蛇。因为这是事物的本质。这不是侵略，是自卫。我们会消灭你们，俄罗斯说。我们会消灭你们。他把手缩回来，站起身，慢慢向窗口走去。

在他心中理智与道德，冷酷的事实与偶然的结果正在激烈斗争。他确定自己有权力召回轰炸机，他只是不确定他是否应该行使这个权力。他点燃一支烟，瞥了一眼墙上的钟。11点46分。不管他作何决定，都必须抓紧时间。

窗外200码的地方他看到一辆救护车停在一群伤员身边。两名医护人员弯腰抬起担架，平稳地将伤员送上救护车。他看着担架被抬上救护车，两位医护人员俯身查看伤员。即使是在这个距离，他也清晰地看到其中一个人摇了摇头。担架又被抬下车，重新放回地上。有人走过去在上面盖上毯子。

霍华德立刻明白了他要做什么。他并不相信超级炸弹的故事，那只是政客试图再一次引发恐慌的手段。他也不相信对索诺拉的攻击是要安抚全球舆论。但他刚刚目睹一个人离世。不是猫鼬，不是眼镜蛇，是一个人。这就是昆汀犯错的地方。对动物来说凭本能杀戮是天性。但人只有在完全为了自卫的情况下才能伤害别人。没有任何理由能为他开脱。他走过办公桌拿起电话。那一瞬间全世界的命运都掌握在他手中。但他毫不知情。他只知道他明白了什么是正确的，他必须按照他所见的情景行动。

与五角大楼的连接几乎是即时的。接电话的人是一位陌生名字的上校。“你有什么要说的，少校。”上校说。

霍华德深吸一口气。“我只跟总统说。”他坚定地回答。“其他任何人都不行。”

他打起精神准备迎接电话那头疾风骤雨般愤怒的回复。但什么也没发生。片刻寂静之后，一个新的声音传来，“霍华德少校？我是总参谋长斯蒂尔将军。你有什么话可以跟我说，孩子。”

霍华德犹豫了。这可是上层领导。如果他冲撞了斯蒂尔将军，那他的事业肯定是完蛋了。但他立场坚定地说：“将军，对不起，长官。”他说。“我认不出你的声音。我觉得我知道了召回843联队的代码组，但我坚持只能跟总统一个人说。我比较能认出他的声音。”

霍华德再次被对方的回应震惊了。斯蒂尔将军没有再多说什么，只是回答：“等一下，孩子，我去找他。”

霍华德等待时感到一阵强烈的紧张。他现在是已经把脖子伸出去等待挨刀了。他坚持要跟正常军事渠道之外的人直接对话，军事素养告诉他这已经太过分了，但他的常识坚决认为他是对的。

他听到背景里一些微弱的声音，然后，一个他熟悉的声音开始跟他说话。声音安静，清晰，很有教养。他立刻就认了出来。这个声音说："我是总统，少校。斯蒂尔将军告诉我你可能有召回843联队的代码。你可以跟我说。"

霍华德发现他已经不再紧张了。这个声音给了他某种信心与保证。他开始说话。

第十九章　“阿拉巴马天使”

“阿拉巴马天使”

格林威治时间：11：45

莫斯科：下午2：45

华盛顿：凌晨6：45

中尉斯坦·安德森（Lieutenant Stan Andersen）很满意。新航线很不错，带他们直线飞往目标。他放下铅笔，说：“克林特。”

“怎么了，斯坦?”

“你还好吗? 有什么我能帮你的?”

“我撑得住。”布朗平静地说。“不用担心我，我伤得不重。”疼痛现在没有那么猛烈了，也有可能是他更习惯了。他一点儿也不担心麻木正渐渐爬上他的背，蔓延到肩膀。他知道自己正越来越虚弱，保存的体力也迅速被消耗。不过，再过半个小时左右也没关系了。费德洛夫可以接手，他就可以睡一会儿。他开始感到非常疲累。

“那太好了。”安德森说。但他并不很确定。他看见碎片将布朗的衣服撕扯得破破烂烂，还有一大片区域浸透了鲜血。他继续说：“现在应该不用再对航线做任何更改了。估计 12 点 08 分到达目标。我们很幸运，刚好是顺风。恩格尔巴赫，你可以打开可视目标雷达了。我们会从 1200 英尺开始爬坡，所以在到达瞄准点高度进行调整之后你大概有 5 分钟时间可以投弹。可以吗？”

“没问题，斯坦。”恩格尔巴赫说。他将一系列带状图依序整理好，这组带状图就是为眼下这样的偶发事件准备的——轰炸机最后必须要飞 200 英里左右的距离在低位投弹。普通地图在这个高度毫无用处。低位带状图只显示每 3 分钟飞行会出现的突出标志性建筑。轰炸员可以参考这些图进行必要的细微调整，保持轰炸机直飞不偏离目标。第一个出现的标志性景物是皮涅加河（Pinega River），从东向西流，下一条更近的同样的河是由西向东流。他望着前方白色模糊的地形渐渐逼近。

阿拉巴马天使前方出现十几条红色的火焰，从上至下，飞得更远但更低，但比轰炸机速度快得多。它们在地面上爆炸开，发出一簇簇清晰明亮的闪光。几秒钟后轰炸机飞越爆炸发生的地点，还被剧烈扰乱的空气震得摇摇晃晃。

“火箭弹。”布朗平静地说。

“看到了，从左翼擦过。”安德森已经完成导航，正抬头向天文观测窗外望去。“看起来像三角翼式。看到了吗，克林特？”

布朗只来得及瞥见一眼三角翼式战斗机纤细的身形，被白色包围的漆黑。“我觉得是。”他谨慎地说。“觉得他是不是又要过来了?”

“我看不见他了。他又瞄准了另一架，但太高了。”

“对。”布朗说。左脚突然痒得难以忍受。他试图扭动脚趾，却发现无法移动它们。然后他又想移动整只脚。还是不行，没有反应。他意识到他的左腿已经失去知觉，他开始明白他伤得有多重。他想了一会儿他要向其他队员隐瞒这件事。但这没有任何意义。这个高度如果他毫无预兆地晕过去，不到一秒钟飞机就会坠毁。他说道：“费德洛夫。”

“上尉?”

“费德洛夫，我要你在我身边待命。时刻注意观察。如果我看起来往前倒下去了，你要迅速拉高飞机，直到你可以把我拽出来。明白吗?”

“明白。”费德洛夫说。他往前移动，站在布朗身边。

“克林特，你伤得不轻。”安德森的声音听起来很焦急。“你感觉怎么样?”

“我撑得住。”布朗斩钉截铁地说完以后觉得自己的自信又回来了。它有一瞬间动摇过。但现在又再次坚强起来。他撑得下去，因为他必须这么做。他会击中目标，因为这目标注定要被击中。就是这么简单。

“战斗机!”安德森大喊。他看到一片模糊的黑色阴影俯冲下来，消失了片刻，接着，又出现火箭弹被发射出的红色火焰。这簇火光在“阿拉巴马天使”身后半英里的地方炸开。远处又出现了一两条火光，但最近的仍然在轰炸机身后两三百码的地方。几秒钟后黑色的三角形在他们上方闪现。

“天哪。”恩格尔巴赫说。“前方有密集的高射炮防御墙。也许有 5 英里。天哪，太密集了。根本没有空间可以挤过去。”

布朗看向前方，本来专注于轰炸机前方一英里处的目光抬了起来。

恩格尔巴赫是对的，他想。的确像一堵墙。前方天空他所见之处交叉布满曳光弹划过的弧线，中间夹杂着数以百计的小型爆炸。他迅速看了一下左翼与右翼。高射炮防御带似乎在两个方向上都无限延伸，没有尽头。

突然曳光弹的弧线间出现了一次更大的爆炸。有什么东西闪着光，喷射着火焰，急速往地面坠去然后爆炸。可能是战斗机刚刚进行了一次攻击，布朗想。领航员大概专注于仪表盘，从来没见过这一幕。他飞快地说：“你觉得怎么样，斯坦？”

“看起来像他们击中了一架飞机。也许跟刚刚攻击我们的战斗机是同一架。”

“是，”布朗说，“但我不是这个意思。你觉得我们应该扛得过去，还是必须绕开。还是从上面过去？”

“我不觉得能绕的过去。它们可能是围着科特拉斯一整圈。因为这是他们的一级目标，所有优先目标中级别最高的。从上面过去也不行。这就是它们的目的，迫使低位轰炸机往高处飞，然后战斗机再将其击落。”

“所以我们得穿过这道防御线。”布朗沉着地说。他伸手将无线电测高仪调整到200英尺。“我要尽量往低飞。任何能在200英尺击中我们的炮弹都是碰运气。还有任何剩余速度吗，费德洛夫？”

费德洛夫摇摇头。“没有了，”他苦涩地说。“一节多余的速度也没有了。我们现在就是全速。”

“好，我估计也是。”真好笑，布朗想，俄罗斯能负担起那么多高射炮把像科特拉斯这样的地方围一整圈，但目标还在 200 英里之外。他想算算大概要多少架高射炮，但很快就放弃了这毫无意义的尝试。他只知道一定非常多。

“你觉得有多远?”他问。

“我猜我低估了，”恩格尔巴赫说，“一定超过 5 英里了。现在目标雷达显示第一段集中处大概有 2 英里。”

“好的。”布朗轻松地说。他把飞机高度降到 200 英尺。还有 10 秒钟。他在座位上略微拱起背，完全是下意识的动作，却引起一阵突如其来的剧烈的疼痛。有一刹那他几乎希望轰炸机被高射炮击中，这痛苦就会结束了。但疼痛渐渐消退为沉重，尚可忍受，他很快就忘了，注意力集中在微妙精确的操控上——维持飞机飞在荒谬的 200 英尺高度。

曳光弹闪烁着耀眼的白光，在寒冷的空气中划出慵懒的弧线，彼此交叉往复，形成优雅却致命的图案。到处都有炸弹突然爆炸迸发出明亮的红光，刹那诞生，又转瞬消亡。布朗忘记了他的伤口，疼痛与缓慢侵蚀肩部肌肉的麻木都转化成了突围的决心。也许这道防御就像声呐屏障一样。也许一旦突围，接下来就气流平稳，通行安静无阻。又或许，去往目标的这一路都布满防御。布朗聚积起自己残存的最后一点力量，将其全部倾注到突破这道高射炮防御所需的注意力上。

“阿拉巴马天使”的飞行高度低到几乎是在沿地面滑行，将自己置身于她和她的夙愿——科特拉斯洲际弹道导弹基地之间的最后一道阻碍之中。

第二十章　五角大楼

五角大楼

格林威治时间：11：50

莫斯科：下午2：50

华盛顿：凌晨6：50

作战室里几乎没人交谈。自从元帅毫不掩饰地威胁之后，莫斯科再也没有传来别的消息。总统试图重建联系两次了，但屋里的扬声器一直令人不安地沉默着。

斯蒂尔报告说目前尚无苏联轰炸机部队升空的明确征兆。富兰克林对昆汀的计划感到一阵短暂的遗憾，经过重重疑虑它成功了，却只得到每个人都希望它湮灭的回报，而不是它应得的辉煌的胜利。不知怎么地，这一切都不合理，用最好的金属铸就一件武器，将其锻造得无比坚硬，打磨得完美光鲜，却发现在任何情况下它打倒敌人的同时也一定会摧毁其拥有者。好吧，他想，这就是二十世纪。适应它，要不然，他修正了一下，就跟它一起死去。

情报局上校走进来汇报又一架轰炸机被击毁。还是发生在那片用来测试试验性导弹的区域。3 架已被摧毁，但仍然还有 29 架在空中，大部分距离自己的目标只有 10 分钟飞行了。

索宾打破了阴郁的沉默。“我们会有多长时间？”他问道。

“大概是 6 周。可能少一点，也可能多一点。当然我们会提供交通供你回俄罗斯的，如果你希望的话。”

索宾摇摇头。“不，总统先生，我不想回去。我在俄罗斯无牵无挂，大部分人生都在别处度过。我想我会待在这儿，在华盛顿。现在我想我再也不用过极端正派的生活了，也许我可以接受一些女士的邀请，她们暗示过乐于接纳我进入她们的生活。总体来说，她们比我们俄罗斯的女人有吸引力得多。”他深思熟虑地说。“过度集中的政治经济理论也许会造就聪明理智的女人。但从性吸引力的角度来说，也一定会产生无趣的人，你不觉得吗？”

“毫无疑问。”总统生硬地说。他能理解索宾的态度，特别是考虑到索宾已经接受并合理化了他无法避免的死亡。但他无法赞同这个观点。

“吃喝玩乐。”索宾轻轻地说。“我记得有个狡猾的英国老外交官在伦敦……”他停住了，斯蒂尔将军的电话呼叫灯在闪烁。

斯蒂尔接起电话。“把他接进来。”他尖锐地说。“立刻。”他等了一会儿，然后说：“霍华德少校？我是斯蒂尔将军，总参谋长。你有什么要说的可以告诉我，孩子。”他听着回复，然后又说：“等一下，孩子，我去叫他。”

斯蒂尔放下电话。“总统先生，”他低声说，“索诺拉的执行官觉得他知道召回代码组。但他只愿意跟您一个人说。我把他转接到您的电话上吧?”

总统已经站起来了。“不，”他飞快地说，“我去你那儿接。”他快速绕过桌子。就算是最好的转接机也时不时会在转接电话过程中丢失某一端的电话。眼下操作员一个小小的失误就关系到人类的生死存亡。他从斯蒂尔手里接过电话，深吸了一口气。

“我是总统，少校，”他说，“斯蒂尔将军告诉我你可能有召回 843 联队的代码。现在你可以对我说。”

在索诺拉，保罗·霍华德感觉不到一丝紧张。“我不知道我做的对不对，长官，”他说得很清楚，“但我觉得我可能在做正确的事。你知道的，长官，昆汀将军在过去几个小时里对我说了很多，而那大部分时候他都在自己的记事本上随意涂写着什么。”

总统温和地打断他：“我知道，少校，你等一下再继续跟我说。但首先，不管对错，先给我代码。现在连一秒钟都很关键。”

“长官，我认为它们可能是字母 O，P，E 的某个组合。”

“好的，我重复一下，”总统说，“字母 O，P，E 的某个组合。”他说得清晰而缓慢。

他眼角的余光看见富兰克林起身朝门口飞奔过去。墙上的钟显示时间为 11 点 55 分。他全身都涌起兴奋。也许他们还能拯救这个世界。“现在继续说吧，少校。”

“好的，长官，昆汀将军向我解释他是如何看待他下的这些攻击指令的。他认为这个国家一定会遭到攻击，而这是阻止这场攻击的唯一方式。他算好一切成功所需的因素都已具备，843联队有实力摧毁俄罗斯攻击型武装力量。如果事情如他所想的进展，他以为这个国家不会受到任何伤害。显然他肯定某处失算了。”

“不，”总统说，“其实他并没有。他的计划到目前为止都很成功。他已有的信息他都算得很准，但他的信息是不完整的。”

“所以基地被袭击是有原因的?”

“的确如此。”

“哦，”霍华德说，“我想也是。总之，在告诉我计划是如何运作后，昆汀解释了为何他要采取行动。我觉得他的理由很有说服力。归结为一点就是如果我们现在不摧毁俄罗斯，那俄罗斯在未来一年左右的时间里一定会摧毁我们。他说我们能确保和平的唯一方式就是现在先杀死他们。他给我讲了一个关于猫鼬打碎眼镜蛇蛋的故事来阐释他的意思。”

“森林王子（Rikki-tikki-tavi）”总统喃喃着。

“是的，长官，就是这个名字。将军不停谈论着和平，‘地球上的和平’这个短语他至少用了两次。一次是在他问我一支SAC联队升空的声音真正意味着什么，另一次是他解释停机坪上的人为何而献身。

“医疗队抬走他的尸体之后，我瞥了一眼他一直在涂写的记事本。大部分我能认出来的涂写好像都跟他的谈话有关，我想应该是他下意识地一直在思考这些事。那里面有我的名字，还有目标的名字。我记得其中一个就是科特拉斯的洲际弹道导弹基地。然后我注意到有一页上他写了‘地球上的和平’这个短语。我重新翻看了这几页，发现这个短语被写了一遍又一遍。不仅如此，有一页上他在这个短语的每个首字母下都重重画线强调，然后在下面写下了这几个首字母所有可能的6种组合。就在那时，我的直觉告诉就是这个。其中一个组合就是代码。”

“等一下。”总统说。富兰克林回到房间。这位SAC的总指挥官微笑着。

“是对的。”富兰克林说。“OEP是正确的代码组。确认信息现在正陆续往回传。”

总统看着索宾。他忍不住还是说：“真遗憾，到头来你还是不能接受那些邀请。”

国务卿大声笑了出来。之前谁也没见他这样过。俄罗斯大使也笑了起来：“也许以后有机会吧。”他开玩笑地说。

“我希望没有。”总统突然意识到他还拿着电话。他捂着话筒说：“谁认识这位霍华德少校？”

“我认识。”富兰克林说。“是个好孩子。聪明，飞行技术也好。像他这样的人空军战略处非常需要。”

“他坚持要与我个人通话显示了很大的勇气。”总统缓缓地说。“他能够独立思考问题，并得出正确的答案。我感到我们欠他许多声感谢。”

“他应该得到提拔。”索宾加重语气说。“至少可以升为上校了。”

斯蒂尔将军微笑了一下。“哦，不，阁下，”他说，“我们不是这样做事的。不过，等富兰克林将军为他的指挥部检阅下一批提拔名单的时候，我想毫无疑问他会将霍华德今天所做的贡献列入考虑的。”

“这是一定的。”富兰克林说。

总统拿开捂着话筒的手。“霍华德少校？”

“什么事，长官？”

“你会很高兴得知你的假设是正确的。代码是OEP。”

“OEP。”霍华德喃喃着。“我想这应该代表了‘地球上的和平’吧，长官？”

“地球上的和平，给所有人的美好愿望。”总统平静地说。“是的，是短语变形。现在，霍华德，在我说完之前，我想先祝贺你。你的行为完全没有辜负军人的最高传统。在座的各位参谋长，还有俄罗斯大使阁下，也都与我想的一样。我很确定你将在空军大有一番作为。”

在索诺拉，霍华德缓缓地将电话放回原位。总统几乎就是在告诉他下一批提拔名单上肯定有他。所以当昆汀在记事本上乱涂那个军衔的时候，大概是知道些什么了。过了两三分钟，他才想起他忘记了要感谢总统，哪怕感谢一下这消息也好。

总统听到另一端挂上电话的咔嗒声，然后才微笑着放回他的听筒。他绕过桌子走回自己的座位。索宾递给他一支烟，他很郑重地接过来。他尽可能限制自己吸烟的次数，但这次他觉得是值得他放松严格生活作息的时刻。空军部队的助理们络绎不绝地带着收到的确认信息走进房间。富兰克林将军按照确认信息一个一个勾掉列表上对应的轰炸机机号。

“到现在为止多少架了，富兰克林？”总统问。

“15架，长官。”

“你认为他们都收到命令了吗？”

“我觉得没理由收不到。是的，我觉得他们都收到了。”

总统瞥了一眼钟。11点58分了。他决定再多等1分钟，再告诉元帅他们胜利的好消息。

“等确认到20架了就告诉我。”他指示富兰克林。

“现在有17架了，长官。”富兰克林又从助手那里拿到一张纸，勾掉了两架飞机。“19架了。”又一名助手走进来。列表上又增加了两个勾。“这样就有 21 架了，总统先生。”

“好了。索宾现在我准备跟元帅说了。我可能需要你确认我们已经成功召回轰炸机了。”

“我很愿意。”索宾说。总统注意到他的声音中大部分熟悉的魅力又回来了。

总统看到时钟的指针显示为 11 点 59 分。他示意打开无线电。直觉告诉他他应该会很享受接下来的几分钟。

第二十一章　“阿拉巴马天使”

“阿拉巴马天使”

格林威治时间：11：55

莫斯科：下午 2：55

华盛顿：凌晨 6：55

第二次世界大战中有一个关于高射炮的说法。也许起源于英国皇家空军（R. A. F. ），因为他们是第一个真正体验过高射炮重击的，不过之后又被空军第八队夺取了。传说是这样的：“看见高射炮还没关系。当你能听见它的时候，说明很接近。但当你能闻见它的味道时，你就麻烦了。”现在阿拉巴马天使已经闻见高射炮的味道有十分钟之久了，处境相当糟糕。第一炮击中了机身靠后的地方。似乎没有造成太严重的伤害，但机头和机尾的控制变得很僵硬。布朗做了一些必要的小修正，努力让飞机保持在 200 英尺的高度。

真正严重的伤害来自第二炮。当时斯坦·安德森（Stan Andersen）正站在天文观测窗边，费德洛夫站在布朗旁边，炮弹正好在斯坦和费德洛夫之间爆炸，他们俩都死了。安德森的身体承受了大部分爆炸的能量，已经变成驾驶舱地板上一摊鲜血淋漓、破破烂烂的残骸。费德洛夫的身体保护了布朗，他倒在控制面板上，脑袋松松地朝前挂着，随着飞机的移动古怪地晃来晃去。

加西亚和比尔·欧文斯（Bill Owens）也受到了爆炸的冲击，但安德森的身体掩护了他们，所以他们身体上没有受伤。恩格尔巴赫朝前蜷缩在他的雷达和瞄准器下，没有感觉也没有听到任何动静，除了身后突然传来一阵猛烈的震颤。

布朗得出了某个结论。他明白他们完全没可能再回头了。手臂越来越麻木，控制移动越来越困难。他很清楚等他把轰炸机带到目标以后，他就再没力气了。身体里的那片金属正在缓慢地摧毁他。现在唯一支撑着他的是他不能失败的信念。无数人的生命就取决于他能否击中目标。他感到他正在从每一个依靠他的人那儿汲取了一点力量，来维持他衰弱的身体运转，直到击中目标。曾经有一线希望，他打算让费德洛夫接手驾驶任务后带轰炸机飞回去。但现在费德洛夫死了，领航员也死了。这一线希望完完全全破灭了。

还有别的。他知道他无法从20000英尺投弹了。只能是低位。不过现在也无所谓了，他想，反正也逃不出去了。但是其他人知道吗？斯坦·安德森知道，但他死了。这是他三年来第一次在没有斯坦的情况下飞行。这完全不合理，斯坦好像在这儿，可他又不在这儿。可换句话说，战争什么时候合理过呢。

前面几英里的天空很干净，但再往上爬到6000多英尺的高度，会出现更多白色的炮弹线条和红色的爆炸点。布朗瞥了一眼手表。离12点还有1分钟。差不多到时间该爬升投弹高度了。可他根本没力气完成爬升，而且他估计这架飞机也没这个能力了。决定已下。现在他必须让别人来做这件事了。他说："伙计们，我们必须更改攻击方案。我们无法爬升到20000英尺。我必须从低位攻击。我希望你们明白这意味着什么。"跟背景里的爆裂声比起来，他的声音极其微弱。

比尔·欧文斯咬紧嘴唇。他完全知道布朗是什么意思。炸弹一旦投下去，他们就只有40秒时间逃开。40秒只能逃出6英里。根本不够远，离逃出炸弹的冲击和高温还差得远。如果从20000英尺投下炸弹，在它尚未降落到目标的时候，飞机就可以立即转向；等它真正爆炸的时候，他们已经在10或12英里以外了。在低位投弹这是不可能的。他说："我是欧文。我跟你一起，克林特（Clint）。"他的声音坚定而明确，是一个男人接受了命运安排的声音，不再寻觅另一种结束生命的方式。

恩格尔巴赫也立刻就明白了现在是什么状况。他几乎不太在意。他的工作是将炸弹精确地投放到目标。他会完成自己的工作。之后要发生什么就发生吧。也许他会害怕，但那也得等到炸弹投下去。现在不行。眼下他正忙着观察和定位，计算目标的距离，以及他该何时让机械开始工作。他说："我明白，克林特。"这是他第一次在空中直接用布朗的名字来称呼他。但不知怎么地，现在好像正是用的时候。

"好的。比尔，哈里。"布朗停顿了一下，"你那儿怎么样，何塞（Jose）?"

加西亚脸红了。他还不习惯长官这么叫他。但他挺喜欢的，感觉很好。他说："我不是很懂，上尉。"

布朗笑了。除了炸弹以外，加西亚的知识大部分只在酒吧和舞会上最有用。他说："别再喊我什么上尉了，何塞。你知道我的名字，直接叫就行了。"

"好的，长官，"加西亚说，"克林特。"

布朗又笑了。转瞬即逝。现在是什么情况？在上帝眼中所有人都是平等的？反正是那一类的。浪费几分钟也没关系。眼下他们不再是军官和士兵了。只是有工作要做的人。"你知道吗，这事儿就这样了，何塞，"他继续说，"如果我们低位投弹，我们没有那个速度逃开爆炸，冲击波会击中我们。你知道这是什么意思吗？"

加西亚咽了一口口水。他想起那些他从没去过的酒吧，那些他从没喝过的酒，那些他从没结识过的姑娘。他低头看着地板上敏特毫无生气的样子，他破产的时候敏特总是借钱给他，他犯错的时候敏特总是给他打掩护。酒吧，酒精饮料，姑娘，那些都是小孩子玩意儿。他做的是男人的工作，他就是那个有承担的男人。他说："我知道了。如果这是不可避免的，那就来吧。"他停住了。害羞是加西亚从未经历过的、全新而陌生的感觉，但此时他体验到了。"克林特。"他匆匆忙忙地结束自己的话。

"高射炮越来越近了，克林特。"恩格尔巴赫说。

"好的。哈里。比尔，你觉得你可以完成投放吗？"

"我想可以。我在麦多斯密码表（Meadows' code sheet）里查过。就是机号和色谱，照着做重复两次就行。我可以办到。"

布朗安静地坐了一会儿。还有什么事情他忘记了？他觉得应该没有了。不过还是跟加西亚确认一下炸弹吧。

"一号弹延迟爆炸时间设置为最大值了吗，何塞？"

“延迟爆炸最大值已设置，克林特。”

“好的。”布朗看了一眼手表。12点03分。高射炮更密集了。距离目标还有50英里。这应该是最后一道高射炮防御带了。再过5分钟他就可以休息了，不再挣扎，让他被痛苦折磨的身体沉入虚无。但那还得5分钟之后。现在眼前全是高射炮。

他一定不能忘了把攻击消息传到基地。即使眼下这个状况，依然什么事都可能发生。他说：“比尔，我希望消息准确在12点08分时发出去。如果那时我们还在飞，应该是已经闯过最后一道高射炮防御带，差不多到达目标了。就算那时候我们还没投弹，也还是先发出去。一旦炸弹投下去，我们也许就没那个时间了。”

“没问题，”欧文斯平静地说，“核查时间？”

“12点03分30秒。”

“12点03分30秒。”欧文斯跟着念了一遍。

布朗看着曳光弹划出两条交叉的弧线恰好在他的轨迹上形成一个明亮的“X”。“X”的中心点正好在“阿拉巴马天使”上方400至500英尺高度的地方。他驾驶着飞机轻松从“X”下方的三角形空挡处飞了过去。前方右翼处另一条曳光弹的弧线朝他逼近，一开始炮弹似乎移动得非常慢，然后突然闪烁出耀眼的弧光，发出嘶嘶的声音，以迅雷不及掩耳之势从轰炸机尾部飞过。

很安全，他想，它们没有正确转向。即使雷达和电子设备也无法在这么低的位置解决瞄准问题。但同样地，他也知道他无法充分移动自己的手臂完成大幅度规避动作。

“我们没有偏离航线。”恩格尔巴赫喊道。“位置就是后面那条小河那里。还有4分钟。”

"收到。"布朗又看见了高射炮。他原以为他们已经差不多通过了。可他眼前又是一组火箭弹发出嘶嘶的啸声升入空中，爆炸后又将大量燃烧着的磷像阵雨一样从 2000 英尺高空洒下。他迅速估算了一下距离。不会影响他的，离左翼太远。飞机往上升了一点，地面剧烈地倾斜了一下。

布朗没有及时看见它，而当他确实看见危险来临时，他也只能非常痛苦而缓慢地进行校正。有 20 秒钟时间"阿拉巴马天使"都距离地面有 600 英尺高。三架轻机枪的雷达都锁定了轰炸机，机鼻前的活动目标预测器摆动着长长的天线。三条炸弹划出的弧线正懒洋洋地朝他们逼近。

布朗咒骂着，将自己微不足道的剩余力量都用在推动控制杆上。起初轰炸机还能保持着平衡和直线飞行，但由于第一枚炸弹啸叫着从机鼻前飞过，飞机又朝地面缓慢地滑去。

轰炸机不断下坠，大部分炸弹都从它顶部越过。三枚击中了飞机。一枚在机身后部爆炸，没有造成什么伤害。一枚击中了右舷的燃料管，开始起火。第三枚撞上机腹，将其中一扇门撕裂。

"阿拉巴马天使"在冲击下摇摇欲坠。但它仍然在飞。突然间，他们已经过关了。身后的天空是充满爆炸声的地狱。前方却是一片祥和与空寂，通往科特拉斯的路畅通无阻。

布朗瞥了一眼右舷翼。着火的燃料从机翼尾部边缘往回吐着火舌。没关系。他们可以损失点燃料，除了加热空气，这火焰也烧不着任何东西。现在他们是高射炮极易捕捉的目标，明亮的火焰轻易就暴露了他们的位置。但已经没有高射炮了。布朗允许自己为这微小的胜利淡淡微笑了一下。他们做到了。再过 3 分钟科特拉斯就不复存在了。这架轰炸机也将不复存在，但没有关系。

他安静地说："好了，她做到了。我们大概还剩下3分钟。"恩格尔巴赫清了清嗓子。他出乎意料地发现自己一点儿也不害怕。他说："克林特，待会儿就不剩什么时间了。也许你想说……"

麻木已经爬到布朗的小臂了。控制杆上的那只手迟钝而了无生气。但他知道这只手还能撑到他们经过目标。他平静地说："当然，哈里。何塞，也许你想自己待一会儿?"

加西亚想起加利福尼亚州那个小镇贫民窟里锡皮搭建的小楼，他就是在那里长大的。每当他需要安慰的时候他就会想起来。他已经很多年没有想起来了，或者也许他根本就没意识到。但现在他需要。和克林特·布朗，哈里·恩格尔巴赫，还有比尔·欧文斯一起。过去两小时里他们一起经历了很多。他们团结在一起。他说："现在好像不重要了，克林特。有些事情是对的，有些不是，反正我也弄不清楚区别。也代我说吧。"

有些事情是对的，有些事情是错的。是的，布朗也这么认为。杀戮是错的。但保卫你认为对的和正确的事情没有错。无缘无故的攻击与杀戮是错的。但回击这样的行为是正确的。他感到一阵令人愉悦的平静。他们正在做的事情肯定是正确的，他们可以问心无愧地承认它。

轰炸机拼命飞越剩下的几英里，右舷翼猛烈喷出长长的火焰向所有人宣示着它的存在。布朗开始说非常简单的几句话。

第二十二章　五角大楼

五角大楼

格林威治时间：12：00

莫斯科：下午 3：00

华盛顿：清晨 7：00

“很不错了。”富兰克林将军说。他在列表上标记了最后一个确认信息。现在只有 3 架轰炸机还下落不明。其中两架报告确定是摧毁了，第 3 架在巴伦支海上方被击中，显然也被摧毁了。也许已经坠入大海某处，再也找不到了。

总统正与元帅谈话。富兰克林把消息写在一张纸上，大意是说 21 架轰炸机已确认召回，3 架已被摧毁。整支联队都找到了。他把纸举在总统面前，总统点点头快速地扫了一遍。富兰克林走出房间去确保加油点准备好迎接联队返回。他已经决定把他们召回美国。另一支联队可以调到海外接替他们的位置。

“自然，我们会弥补任何我们造成的伤害。”总统说。“我们会赔偿对俄罗斯财产的实际损害，也会对死伤者的家属做出合理赔偿。最后，我们将采取措施确保这样的事件不再发生。”

回复很明确。“这样的事情不能再次发生。赔偿的提议可以接受。”

“如果在我们力量控制范围内，那这样的事不会再发生了。”总统坚定地说。“但我必须提醒元帅，在这整场不幸的事件中，我们显示出了良好的诚意。我们才刚刚避免了一场悲剧。我们现在要确保它不会再次发生，不仅仅要对我们的武器和指挥官更严加控制，还必须消除这些事件会出现的根本原因。在我们之间我们应当做的就是缓和国际紧张局势。别无他法。我再重复一次，我们这一方已经显示出了良好的诚意。”

回复几乎立刻就来了。“言语是廉价的。赔偿也很容易。”

“我们已经准备好用行动来证明我们的意图。”总统沉着地说。“事实上，我认为在过去的两小时里我们已经有所表示。”

回复再次来得飞快。“我想问总统一个问题。假设有一座我们的城市被摧毁。以总统的诚意，既然他准备用行动来证明自己希望和平的心愿如此坚定，那么他是否允许我的轰炸机自由进入他的城市，作为美国轰炸机摧毁了我们一座城市的公平报复？”

总统沉思着。他迅速看了一眼索宾，但这俄罗斯人并没有与他对视。“如果我认为世界和平需要建立在这样的牺牲上，那是的，我会允许。”

“那我再提醒总统一次，言语是苍白廉价的东西。”

“我从来说话算话。”总统生气地说。

整整半分钟时间大家都在沉默。然后元帅的声音再次从扬声器里传来。总统看见索宾听着那刺耳但冷静的说话声，脸色苍白。

索宾站在他面前直视前方，声音木然地说：“既然总统自称向来说话算话，那他现在有一个机会来显示他的诚意。跟他的保证恰恰相反，他的轰炸机并没有全部返回。有一架仍然飞越在俄罗斯南部领空。我们假设它的目标是平静的城市科特拉斯。如果它击中了科特拉斯，那我会要求总统证明他的话是可信的。作为报复，我要求总统放弃一座美国城市。”

总统脸色惨白。“他是认真的吗?”他问索宾。

俄罗斯大使缓缓地说：“总统先生，恐怕是这样的。你必须了解俄罗斯政府系统。只要人们看见元帅大权在握，那他就没有危险。但如果一座俄罗斯城市被摧毁，而他不能说‘看吧。他们摧毁了一座我们的城市，但因为我是个热爱和平的人，所以我只是也摧毁了一座他们的城市，而没有摧毁他们一整个国家。我只是为了给他们一点教训。’那么他就会陷入被罢免的危险境地。你必须记住，我们是半个亚洲国家。虽然我们不像中国人那么看重脸面，但仍然比你们要看重得多。我确定他是认真的。”

“轰炸机的目标不是科特拉斯城区。”斯蒂尔将军插话说。“是城外的洲际弹道导弹基地。”

“城外多远?”

“6 英里，总统先生。”

“那城市会受影响被摧毁吗?”

“如果炸弹投放在瞄准点几英里之内的话，是的，它会被摧毁。”

总统的手指在桌上敲打着。他看见富兰克林将军走进房间，好像有什么重要的事要说。“什么事，富兰克林？”

“总统先生，远程预警站（Distant Early Warning station）报告了俄罗斯的轰炸机。不是很多，大概 12 架。它们在 400 英里的地方待命。”

总统皱起眉头。“索宾，”他说，“如果我拒绝，会发生什么？”

索宾耸了耸肩。“看情况。您的轰炸机正往回飞。他也许很想趁机发动攻击，不管有没有您的允许，都要摧毁一两座城市。可能是小型攻击，不超过 12 架左右的轰炸机。毫无疑问就是富兰克林将军刚刚提到的那些。”

总统做出决定。“我给他一座城市。”他说。“但必须由我选择。不然我不会配合。富兰克林，根据现在的风向，与科特拉斯差不多大小的城市是哪一座？”

富兰克林说：“风向是正西，而且可能会保持一段时间。总统先生，我想答案是大西洋城。每年这个时间没什么游客，高速公路进出也很方便。人口疏散会很快，任何来不及撤离的人群还可以逃到海上。如果我们不得不放弃一座城市，那这可能是最好的选择，但我……”

“这是我的决定，富兰克林。”

“遵命，长官。”

“开普勒？”

“总统先生。”

“我要大西洋城立即疏散。我宣布该城市及周围 15 英里范围内的地区都戒严。你将亲自负责疏散，以我的名义发布命令，不用向我请示。我相信你的判断和能力，此时此刻我就告诉你我会毫不犹豫支持你的任何行动。”

“太好了，总统先生。”开普勒站起来，他高大，健壮，看起来很有才干。“一个疑问，长官。你刚刚宣布戒严的那整个区域的所有人都要撤离吗?”

总统看着 SAC 指挥官。“你是专家，富兰克林。你怎么想?”

“应该是足够了。”富兰克林慢慢地说。“不看地形，我不能很肯定地说。”他停住了。“也许我应该跟开普勒将军一起去。如果情况是，将军，如果他……”富兰克林尴尬地停住了。

“很高兴你也一起来。”开普勒热情地说。“完全弄不懂这些新装置。也不想懂。”

“那好，”总统说，“你们俩都去。我想奥马哈的副手将替你处理 SAC 事务吧，富兰克林将军?”

“他现在就开始处理了，长官。”

“好吧。开始行动吧。”总统看着开普勒和富兰克林离开。他注意到之前富兰克林跟索宾争执时，要和开普勒结成统一战线，开普勒是如何应对的。如果有任何事可以促进陆军将领和空军将领之间的感情，他都觉得他应该要做，只要能减少未来他要裁定的争执就好。

现在是时候该让元帅知道他的决定了。墙上的大钟显示时间为 12 点 06 分。“我是总统。”他冷静地说。“我想告诉元帅如果他有一座城市被摧毁，我理解他的立场。但我认为世界和平比我们任何一方的一座城市都更重要。因此我准备让他的轰炸机自由进入一座同等规模的美国城市。我为此选择了大西洋城。万一俄罗斯有一座城市被摧毁，那俄罗斯的轰炸机就可以摧毁大西洋城。但我必须向元帅指出，这种情况下俄罗斯被摧毁城市将不再获得赔偿。因为美国已经付出放弃一座城市的代价。这是元帅可以选择的。”

回复几秒钟就来了。“总统的提议无法被接受。美国的轰炸机选择了它的目标。我们希望可以自己选择目标。”

“不行。”总统的语气毫不含糊。“我不接受。这是我最后的提议，我不会再讨价还价。为了维护和平我准备好要付出这些代价。但我不会再退让更多。”

桌边所有人都非常安静地坐着，等待对方的回复。一分钟左右的时间好像过了整整一个世纪。“我们接受总统的提议。可否将细节留给工作人员处理?”

“可以。”总统简短地回复。“但必须注意，我的许可是有条件的，只建立在科特拉斯被摧毁的基础上。”

“明白。”

“那目前没有什么可说的了。”总统在椅子里放松下来。墙上的钟显示为 12 点 07 分。无论如何，他们不久就会知道这个时刻了。

第二十三章 “阿拉巴马天使”

“阿拉巴马天使”

格林威治时间：12：05

莫斯科时间：下午3：05

华盛顿时间：清晨7：05

克林特·布朗可以看见科特拉斯在他面前闪烁着灯光。这个纬度的时间此刻天色已经很黑了，但这并不要紧。有灯光引导着他。正当他看着这些灯光的时候，它们却突然熄灭了。一瞬间所有的灯光都不见了，就好像有人操纵了主控制开关，在源头就将电力供应完全切断。几秒钟之内他还能看清城镇——冰雪覆盖的平原上一大片模糊的黑影。他继续朝前飞，很自信他设置的航线一定会带他越过城镇，再往前6英里，就是洲际弹道导弹基地了。

“现在可以打开投弹仓了。”恩格尔巴赫平静地说。

“对。现在。”布朗摁下打开投弹仓门的按钮，同时，恩格尔巴赫操纵着控制杆。这两套装置必须同时操作，否则仓门不会打开。

“指示灯好像有问题。”恩格尔巴赫急切地说，“它们怎么没有变绿。该死，它们全都灭了。”

布朗强迫他疲惫的大脑思考恩格尔巴赫说的话。指示灯有问题。不过，指示灯又有什么关系？他感到一阵轻微的震颤，飞机的速度又下降了一个点左右，门打开时总是这样。“电路大概坏了。没事儿，哈里。”

布朗看着科特拉斯的黑影越来越近。现在该做最后一次例行检查了，他原本希望他永远不要经历这一切。“好的。何塞，来吧。”

“开始发射。”加西亚说。

“收到。”布朗打开总开关，拉下红色控制杆。仪表盘顶部一盏刺眼的红灯立即闪烁起来。布朗聚集起全身力气，好不容易抬起胳膊摸索到变压器，将那耀眼的灯光调暗。

完成了。炸弹已经被激活。现在只剩唯一一个安全装置了，连接机身与炸弹内部两个要害装置的两根细细的钢钉。炸弹掉下去时，这两根钢钉会被拔出来，这样就触发了点火装置。点火器一旦被触发，炸弹就会在达到预设高度时爆炸。对他们的炸弹来说是40秒。这已经是预设高度的最大延迟爆炸值了，但他们的投弹高度已经非常接近预设高度，所以无论如何时间也不够用。

科特拉斯越来越近，在北极圈的夜幕笼罩下朝他们冲过来。隐隐约约，布朗感到一阵含混不清的抱歉，为那些只剩几秒钟生命可活的人群。但他也无法过多考虑了。他的手麻了，眼前变得模模糊糊。他努力挤出几个字：“比尔，把消息发出去。”

欧文斯不熟悉无线传输。他缓慢而仔细地敲着键盘。他相信自己没有出错。“我发出去了，克林特，”他说，这时科特拉斯的城镇正从他们身下飞快掠过。

恩格尔巴赫看着前方。他的目标雷达显示前方5英里偏右舷处有某种阻碍。他紧张地想从黑暗中识别出那是什么。

他检查了投弹装置，很完好。他突然看到了雷达探测的障碍物。是一座发射塔，高高地伸进天空，末端融入黑暗。恩格尔巴赫心情澎湃，一阵兴奋。他们做到了。5秒钟之内他就会投弹，他可以保证投在目标半英里内。

他的手伸向释放开关。“释放开关，克林特。”他说。

“释放开关。”布朗聚集起全身所有力气。他必须把手举起来，往前移6英寸。不可能。他无法往前移动，根本不能。一英寸一英寸，他痛苦地往前移。终于能摸到开关了。拉下来。黑暗灌满机舱，他飘浮在浓稠的黑暗中。他看不见开关。他忘了那是干什么用的。他只知道如果不拉下那个开关，他的人生毫无意义。他坚定地拉下开关，又跌回椅子里，那只手软绵绵地挂在一边。

恩格尔巴赫控制面板上的绿灯亮了。他看见左舷又出现一座发射塔，目标差不多到了。他按下投弹按钮，平静地说：“炸弹已投放。”

第二十四章　五角大楼

五角大楼

格林威治时间：12：07

莫斯科：下午 3：07

华盛顿：清晨 7：07

莫斯科还是一片黑暗，华盛顿却天亮了。五角大楼和克里姆林宫被 8 小时的时差和 40 年的隔阂分隔两地。它们之间的联系就像赖以交流的无线电波一样脆弱而微妙。

五角大楼里总统正与斯蒂尔将军商讨大西洋城的命运。他们判断应该还有足够时间疏散人群。远程预警线（DEW Line：Distant Early Warning Line）发现的俄罗斯轰炸机三四个小时内不可能到得了那儿。民防已经开始组织撤离，开普勒和富兰克林的直升机还在路上，那里正有一架喷气式轰炸机等着他们。

除了牺牲一座城市，总统看不到自己还有任何其他选择。索宾应该知道元帅会如何行动，而且索宾很确定如果科特拉斯被摧毁，元帅也一定会摧毁一座美国的城市。时钟移到12点08分。只剩一个微弱的希望了，总统想，就是即使到现在俄罗斯也许还在试图歼灭最后一架轰炸机。不管多微弱，总还是个机会。他急切地想抓紧这个机会。

“俄罗斯的报告说它还在前进，”斯蒂尔平静地说，就好像他知道总统正在想什么似的。他看看总统愁眉不展的脸，飞快地接下去说：“当然，通信上是有时间延迟的。报告从通信站传出，通过克里姆林宫过滤，再传到我们这里，至少要四五分钟时间。”

“同样的通讯时间延迟也适用于我们的轰炸机吗？”

“是的，但没有这么严重。我们这儿拿到的都是纸质确认，传输只要两分钟。”

总统看了一眼钟。12点09分了。“你确定轰炸机投弹时发出了攻击信息？”

斯蒂尔耸了耸肩。“很难说。照我看，这架轰炸机被击中过，无线电也许已经坏了。这还可以解释为什么它没收到召回信息。恐怕这个消息不可靠，长官。”

“是，当然。所以第一个消息有可能是从他们那儿来的？”

“有可能。顺便提一句，那些俄罗斯轰炸机还在原地待命。”斯蒂尔小心地看了一眼总统。“图勒（Thule）的那些远程战斗机很容易就能到达他们那里。”他有意装出一副漫不经心的样子说。“用现有的武力进行报复是一回事，但如果送更多的飞机去那冰天雪地的地方就完全是另一回事了。”

“我认为我们不会那么做。”总统缓缓地说。

斯蒂尔觉察到总统的声音里有一丝轻微的踌躇。“我的意思只是可以再给第二个想法一些时间。”他说。“让情绪平复下来的时间。”

“也许还可以争取时间让情况回转到一个小时之前的样子。”总统坚定地说。

“不，斯蒂尔，不能这么做。我承诺过。如果我们还打算从这混乱的局面里为国际关系做点什么的话，现在我必须坚持。”他转身跟索宾说话。

好吧，斯蒂尔想，那就这样了。他毫不怀疑轰炸机会到达目标。可能会有一点落后于原计划，但击中目标是很自然的事。现在 12 点 10 分了。加上时间延迟 4 分钟，加上爆炸冲击必然会引发的传输延迟再几分钟。所以那架飞机的投弹时间应该在 12 点 01 分至 12 点 09 分之间。接下来的 6 分钟应该会有些消息。

一名助手打断了他的思绪。“将军，俄罗斯报告轰炸机已经飞过最后一段防御区了。他们说那架轰炸机着了火，并下坠至 100 米，但正朝科特拉斯直飞过去。”

“谢谢你。”斯蒂尔说。他在想他是否应该把这消息告诉总统。他决定还是不说。爆炸的消息很快就会到。他闭上眼睛思索了一会儿，想象那轰炸机上的队员是什么感觉。他们的高度已经降至 300 英尺。为什么？可能是因为飞机被击中了，没办法飞得更高。但那样的话他们也逃过不爆炸后的冲击波。但他们还是投弹了，尽管这是一次自杀式的任务。此刻斯蒂尔比平日里更为他的空军感到骄傲，但同时也为这群孩子以那样的方式死去而感到悲伤。

索宾正在跟总统说话。在过去的 9 分钟里他感到与这个驼背、学究气很重的人走得很近。总统紧紧掌握着政府权力的缰绳这件事给他留下极其深刻的印象。他已经达到绝对的权威，虽然有时候会显得突兀或让人不愉快，然而，他还是会立即服从。

俄罗斯大使也注意到，当总统直截了当地拒绝让元帅选择一座美国城市时，他表现出的那种顽固的决心。虽然是包裹在温和言辞下的拒绝，但毫无退让的余地。索宾在心里记下这一刻以备将来参考——总统只能被逼迫到这个程度。一旦触及底线，他绝对不会让步。继续逼迫他的企图可能很危险。极度危险。索宾在过去的一小时里学到了很多。他在想所发生的事情有没有打击到总统。索宾糊涂的面具下隐藏着对导弹知识和制导系统的高度了解，以及与其相关的制作工艺上的困难。

他看见一位助手走到斯蒂尔将军身边，递给他一张信息表。斯蒂尔飞快地看起来，脸上没什么表情。他朝索宾和总统站在一起的地方走去，就在他走到他们身边时，墙上的钟正好显示为 12 点 11 分。

“总统先生，阁下，”斯蒂尔很正式地说，“我有 843 联队无法联络的那架轰炸机的消息。消息只说它完成了攻击。起始时间是 12 点 09 分。”

“谢谢你。”总统冷静地说。他的表情很悲伤。现在最后的机会也没有了。

第二十五章　“阿拉巴马天使”

“阿拉巴马天使”

格林威治时间：12：10

莫斯科：下午3：10

华盛顿：清晨7：10

恩格尔巴赫慢慢松开投弹按键。倒计时显示离爆炸只剩35秒。恩格尔巴赫回忆起他在某处看过的一本书，是关于不同国家如何执行死刑。他记得在英国，谋杀犯仍然要被绞死。英国人对自己这个系统的功效性很自豪。他记得书里说执行者进入牢房30秒内，罪犯就会死去。时间间隔之短显然对将要被绞死的人来说是好事。好吧，恩格尔巴赫想，我也不会害怕的。他看着秒针一点一点接近30秒。现在他知道人死之前是什么感觉了。眼下，他觉得还不算太糟糕。

比尔·欧文斯抬头看着星空。星星真多啊，他想，好遥远。等攻击消息送出去后他就站在观测窗边，刚才斯坦·安德森就站在这儿，然后炮弹炸死了他。欧文斯想起安德森。斯坦人可真不错啊。平时总是有点儿内向，但关键时刻很靠得住。好人。欧文斯认出了火星。他可能有点儿色盲，因为他总找不到人们说的红色斑点。他想起他还是个孩子的时候，跟爷爷一起爬到家附近的山顶，爷爷还带了望远镜。那望远镜可漂亮了，亮闪闪的黄铜管和锃亮的镜片。他们在找据说是住在火星上的人，但结果令人失望，他们什么也没找到。欧文斯冲着回忆里自己孩子气的失望之情笑了。从某种程度上来说他是幸运的。很快他就会把火星了解得一清二楚，还有其他星星和行星。他又会见到斯坦·安德森。还有20秒不到的时间。也许他还能再见到爷爷。他朝观测窗外望去，试图找到飞马座。他感到内心很平静。

加西亚想起达拉斯的一个女孩。他倒不是在温柔地想念她，平淡得就像想其他事情一样。她以为她可以怪他，就因为她可以让旅馆侍者发誓看见他们俩一起进了拉雷多旅馆同一个房间——而且他蠢得——也有可能是太醉——竟然留下了他的真实姓名和地址。她以为他不知道她只是图他的钱夹吗。真是的，现在好了，她得旅行多远才能从他这儿拿到钱啊。他开心得笑起来。他很高兴他完美的纪录保持到了最后。

恩格尔巴赫，欧文斯和加西亚都很平静。他们一点儿都不害怕，早在克林特·布朗说要低位投弹的时候，他们就把自己当作已经死去的人。他们都找到了内心的平静。时间尽可以想走多快就走多快。

克林特·布朗已经死了。他活着的最后一个动作是压下释放开关好让恩格尔巴赫投弹。恩格尔巴赫按下按钮时布朗已经死了，最后储存的一点生命力随着后背伤口不断失血过多也耗尽了。

死之前他把飞机调整成水平位置，这样“阿拉巴马天使”可以持续飞行。随着恩格尔巴赫按下按钮，飞机承重发生改变，她逐渐转向东南方向飞行。她逐渐上升了一点，正在慢慢远离地面。高度表上的绿灯闪烁，然后突然熄灭了。几秒钟后红灯亮了起来。飞机又向地面坠去。

投弹点35秒钟后，离瞄准点差不多6英里的地方，阿拉巴马天使剐蹭到倾斜的地面。她开始解体，但冲击波又把她向上弹起600英尺高。碎片从破损的飞机上落下来，有一片属于飞机的鼻部，而恩格尔巴赫仍然在里面。主机身裂成两半，弹仓里掉出一个沉重的柱体，那是其中一扇仓门的残骸。

炸弹掉下去的时候稳定翼被扯掉了，钢钉还留在飞机上，炸弹在空中翻转了两次才撞到地面，又弹起。没了稳定翼，炸弹在下降途中无法保持平衡，不停翻滚。等撞进地面被卡住后，炸弹的外钢壳爆裂开来。炸弹弹起100英尺又落下。当它第二次撞到地面时，外壳突然脱落，炸弹的内核在停下来之前蹭到一排破破烂烂的针叶林。“阿拉巴马天使”也剐蹭到同一排针叶林，冲击之下机翼折断，机身解体。欧文斯和加西亚在油箱爆炸中瞬间死亡，一两秒钟之后机头重重砸到地面，恩格尔巴赫也死了。烈焰升腾起300英尺高，烧毁了所有“阿拉巴马天使”的残骸。

最初冲击过后的30秒，高爆弹药筒将两个钚堆猛地撞在一起，原子立刻发生了爆炸，氚核被点燃。但组成炸弹主体的氘填料随着钢壳的爆裂早已分崩瓦解。虽然发生了爆炸，而且比摧毁广岛那颗炸弹威力大了15～20倍，但主体并没有被引爆，因为主体早已没有了。爆炸被第843联队另一架B-52轰炸机看到，他们收到召回命令后正往西北方向飞行，准备去契普萨河（Chepza river）的格拉佐夫（Glasov）一个轰炸机基地。领航员精确定位了爆炸的位置，无线电联络员发出了详细的消息。

“阿拉巴马天使”的残骸因为爆炸完全分崩瓦解，一英里半径范围内的区域都成了白热沸腾的人间地狱。爆炸后 30 秒，众所周知的蘑菇云腾起 50000 英尺高。在它的底部，长眠着“阿拉巴马天使”全员。他们失败了，但也成功了。他们问心无愧。

第二十六章　五角大楼

五角大楼

格林威治时间：12：15

莫斯科：3：15

华盛顿：7：15

“我得知那架轰炸机仍然在朝科特拉斯的方向前进，攻击已经开始，爆炸也已发生。”索宾翻译得光滑流畅，扬声器里尖利刺耳的声音被他转换成精准、外交辞令式的英语。“如果已有一座城市被摧毁，请问总统先生是否还坚持他的协议不变?”

总统合眼片刻。好吧，就这样了。他已经表明过态度，现在是坚持这个态度的时刻了。“是的，”他斩钉截铁地说，“我坚持。”

“那么，我们定个时间。我建议从现在开始起15分钟后，你们的时间是7点30分。”总统心不在焉地点点头。他意识到斯蒂尔正在这突如其来的混乱里冲他挥着手。从现在开始起15分钟。15分钟！一定是哪里不对。大西洋城绝对不可能在15分钟内完成人员疏散。“您在时间上算得不对，”他说，“我的参谋长说你们的轰炸机在我们时间的10点钟前远不能到位。”

总统的话30秒钟就被翻译到了克里姆林宫。然后扬声器又开始发出尖锐的声音。一连串句子传过来，索宾翻译得又快又顺畅。“我已经驳回参谋长的提案。大西洋城不会被轰炸机摧毁。是导弹。我们的潜水艇正停在你们的海岸400英里处。潜水艇指挥官已经收到命令，将会在你们时间的7点25分发射导弹。预计5分钟后击中目标。”

索宾的声音没有起伏。实际上他完全意识到了这消息的分量。15分钟背后是大西洋城至少50000人的生命。

总统犹豫了。有一瞬间他几乎感到一阵生理上的恶心。他努力压下这不适的感觉，紧紧抓着面前桌子的边缘，好让自己稳定下来。他朝海军上将麦克莱伦看去。“这话是真的吗?”他问道，脸色苍白。

麦克莱伦平静地说：“这是有可能的，先生。通常他们会有一两艘潜艇停在400英里左右之外，并携带着射程足够的导弹。”

“那精确度呢?”

麦克莱伦皱起了眉，说：“400英里效果并不出色。最好是5至10英里。”

“我明白了。”总统示意打开无线电。“我不接受元帅的提议，”他平静地说，“大西洋城还没有进行疏散。”

对方回复得飞快。“科特拉斯也一样。”

“我不接受这个提议不单单是出于这个原因，”总统说，“据我所知，俄罗斯潜艇携带的导弹精确度还不足以保证击中400英里之远的目标。但协议上说的只是大西洋城，别无他处。我必须请问元帅有无替换方案可选。”

回复仍然很快。“它们足够精确了。”对方短暂停顿了一下，没有人会听错他下一个句子中的苦涩与坚定。“我不会考虑任何备选方案。从现在开始起7分钟后发射导弹。”

“索宾，”总统悄悄地说，“我陷入困境了。你知道导弹发射后意味着什么吗？”

“我知道。”索宾声音低沉。“我很抱歉。但他似乎已经做出了决定。我能听出来。”

总统思考了一会儿，SAC还在空中的联队——第843联队，仍然有很多轰炸机尚未飞出俄罗斯领空。他很容易威胁要有所行动。但那有什么用。过去一小时左右的情况还是没有任何改变。最终威胁仍然躺在乌拉尔地区下方，时刻准备毒害这个世界。毕竟俄罗斯要有一个城市被摧毁了。他设身处地地想，如果让他做决定，他肯定坚持毫无意义的报复行为。但这不是他的决定，也许报复对克里姆林宫的人来说也不是毫无意义。他挥挥手示意打开无线电通信。

“等一等！”斯蒂尔将军的声音响亮而尖锐。“总统先生，请等一等。”

总统看着他。斯蒂尔手里抓着一张信息单。“什么事，斯蒂尔？”他问道。

“科特拉斯没有被摧毁，总统先生。城市和洲际弹道导弹基地都没事儿。这消息是一名SAC队员发来的，他在被召回后的返程中亲眼看见爆炸。他们坚称爆炸发生在科特拉斯东南方向15英里处，整整一片地区都无人居住。他们还说爆炸很普通，是千吨级，不是百万吨级。”

“我不明白，”总统慢慢地说，“我记得他们是携带标准武器的吧？”

“的确，长官。虽然只是猜测，但我敢说大概情况应该是这样。我们已经知道这架轰炸机被击中了，而且据俄罗斯报告说它飞得非常低。它的炸弹释放装置可能损坏了，所以飞机带着炸弹飞过了目标。随后当炸弹掉下来时，它可能没有时间再自我平衡，结果撞到地面时只引起了点火器爆炸，但主体还完好。所以爆炸只是千吨级，大概在 100 千吨级到 200 千吨级之间。”

“这在技术上可能吗？”

“当然，”斯蒂尔说。“总统先生，这份报告意味着没有城市被摧毁，也没有军事基地受到打击。真正的爆炸可能完全没有造成伤亡。当然，主体仍有脱落的危险，但跟氢弹爆炸比起来太微不足道了。速度快的话，他们有足够时间疏散人群，避免辐射伤亡。”

“报告有没有证实？”

“已经证实过了，长官。”

“很好。”总统的声音充满了新希望。他瞥了一眼钟。离导弹发射还有 6 分钟。还有时间。他看见绿灯亮了，意味着连接已经为他打开。

“我刚刚收到报告，”他说，“我想请求元帅取消对潜艇的命令。我想这是我们的当务之急。报告说爆炸没有伤到科特拉斯。而且爆炸规模本身相对较小，是普通原子弹级别，不是氢弹武器。我相信元帅会和我一样对科特拉斯幸免于难感到高兴，我希望大西洋城也是如此。”

“我什么都没听说。导弹将会发射。”回复直截了当。

“可科特拉斯完好无损。”总统急促地说。

“我什么也不知道。你的轰炸机已经投下了炸弹。我的潜艇也将发射导弹。”

总统突然转过身。他努力控制着自己，忍住差点脱口而出的、充满恨意的语句。“您最好不要这么做。”他最后挤出一句。他的声音很冷静，但能听出里面含着一份之前没有的苦涩。“我说过一座城换一座城。你的城市并没有被摧毁。我不会接受大西洋城遭到破坏。我要说的就这么多。”

索宾仔细看了一眼总统。他立刻意识到总统已经到了崩溃边缘。

他被逼到绝境了。索宾感到最终总统会毫不犹豫地采取行动。再一次地，整个世界命悬一线。但元帅知道吗？或者他只是疑惑重重，虚张声势，以为总统也是在吓唬他？

索宾打定主意。

他走上前去。“不好意思，总统先生，”他很正式地说，“我希望能和元帅直接通话。”他轻轻打开通话按钮，绿灯亮了。屋子里的人还没来得及对他的行动做出反应，索宾已经开始用俄语说话。

他说得很快，但口齿清晰，中间停顿了两次，等莫斯科那边提问。交谈大约持续了两分钟。索宾突然爆发出一长串句子结束了谈话。在这之前他只说了一个明显是在提问的句子。他面无表情地等着回答。回复最后终于来了，一个尖锐的单音节。

索宾转向总统，前额闪烁着晶莹的汗水。但他在微笑，说：“导弹发射取消了，总统先生。元帅说他并不是真心要这么做。他只是希望您和您的工作人员明白，眼睁睁看着一个城市即将被摧毁是什么感觉。”

“我明白了。”总统若有所思地说。“我真的要谢谢你，阁下，感谢你的斡旋。”

索宾正式地鞠躬回礼。真悬啊，他想。多亏他的老朋友信任他对当前情况的判断，才同意撤销发射命令。元帅刚才很确定总统除了抗议不会有所行动。索宾向他保证总统的状态完全相反。他很幸运，元帅相信了他。

“现在，”总统说，“我们必须立刻采取措施保证这样的情况不会再次发生。斯蒂尔。”

“长官?”

“R 计划必须废止。立即生效。”

斯蒂尔耸耸肩。他会执行总统的命令，但他忍不住想向他指出撤销 R 计划会在防御上造成的缺口。最后他还是跟总统说了。

总统听他说完，然后说：“我不这么认为。我大胆地说，过去两小时内所发生的事情，代表了俄罗斯眼下是不会袭击这个国家的。至少不是在我们的时代。”索宾锐利地看他一眼。他觉得总统对眼前状况的评估可能是正确的。他在想他是怎么得出这个结论的。

“俄罗斯在洲际弹道导弹上有所领先。”总统缓缓地说。“而我们需要 6 个月左右准备好后备民兵储备（Minuteman sites），这样的报复合情合理、确实可靠。我相信，等到那一天，不仅不可能发生战争，双方也会对此达成共识。”

“那还是需要 6 个月时间。”斯蒂尔生硬地说。“在这期间只要 4 个月他们的远程导弹就会准备好，但我们还没有。而他们很清楚这一点。”

“没错，但他们也清楚其他事情。或者至少，”总统转身看着索宾，“他们很快会清楚的。比如，他们已经知道无法阻止52式轰炸机和它的雷达制导导弹。我觉得他们无法在6个月内就替换好自己的雷达制导导弹。那导弹还在试验阶段。”

索宾的眼睛闪烁了一会儿。他意识到总统正锐利地审视着他。他笑了。总统注意到了俄罗斯明显的劣势。

“而且，”总统继续说，“他们知道第二支K式联队这个月就能投入使用，下个月就有第三支。一旦阁下的报告到达他们手里，他们还会知道，从现在开始直到我们的后备民兵储备投入使用，我会命令一支至少20架K式轰炸机的小队全副武装每天在空中24小时待命。他们不会朝X点前进，但会停在加油点等待。而且他们全部在我的直接命令下。他们会为和平保驾护航，直到后备民兵储备让和平成为现实。和平，先生们，是我决意要创造的。”索宾声音平静地说：“总统是正确的。一旦双方都有了势均力敌的导弹，战争就无利可图。既然如此，何必要挑起战争呢。”他耸了耸肩。

“意识形态的分歧并不像生与死那样尖锐。我们也许得学会如何求同存异。总好过学的是如何面对死亡。”

“没错。”总统说。“现在，先生们，我希望可以和俄罗斯大使以及国务卿私下谈话。我保证会对我们造成的伤害进行补偿。我可能要去莫斯科和元帅商讨细节。大使和我会立即做出安排。谢谢你们所有人的帮助。”

索宾看着工作人员和助手鱼贯走出房间。他觉得这可能是一个新时代的开始。俄罗斯和美国双方举足轻重的人物一起度过了恐惧的两个小时。这不是理论上的恐惧，是那种任何有理智的人都会感到的害怕，只要他思考过这两大对立阵营破坏性的潜力。这是纯粹的，无处可逃的恐惧，是逻辑的死角，是一条不管他们怎么做都无力阻止灾难性结局的道路。双方都没有人可以经历过那样的时刻还继续寻求战争。

“你知道，”总统说，“真正发动攻击命令的那位将军，他这么做，也是因为他确信那是唯一可以确保世界和平的方法。”

总统的话让索宾思考了一会儿。“可是，”他说，“他的攻击失败了。但我想它一样能给世界带来和平。”

“但愿如此。”总统陷进他在行动中用过的椅子。他非常疲惫，但他感到他最需要努力的时刻尚未来临。但他很期待。他感到，就像索宾一样，双方都没有人会经历过那样的时刻还继续采取任何可能导致战争的行为。“让我们朝这个方向努力吧。”他坚决地说。他做手势要打开通讯，开始与元帅谈话。